不知山上

馮格——著

目次

人物表（部分）

明心：淨業寺住持
明路：淨業寺禪師
明覺：淨業寺禪師（未登場）
寧宏（明山）：曾經的淨業寺禪師，富商
寧複：寧宏之子
淨椿：淨業寺和尚
淨夏：淨業寺和尚（未登場）
淨秋：淨業寺和尚
淨冬：淨業寺和尚
葉珩：言思月友人
言思月：葉珩友人
杜安：筆者
X：圖書管理員
Y：無業遊民
克莉絲蒂娜：挪威人，寓居中國

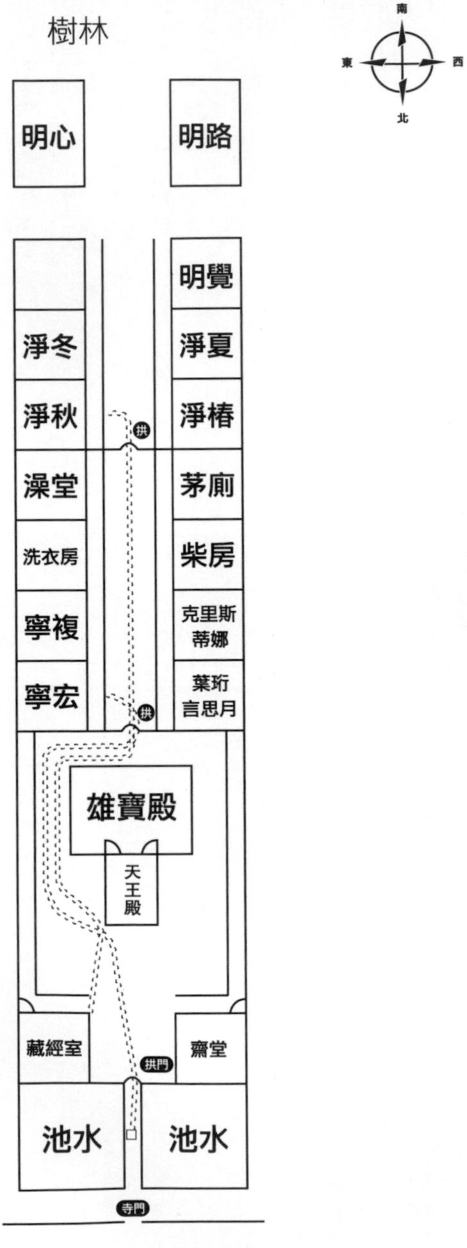
南
東
西
北
樹林
明心
明路
明覺
淨冬
淨夏
淨秋
淨椿
拱
澡堂
茅廁
洗衣房
柴房
寧複
克里斯
蒂娜
寧宏
葉珩
言思月
拱
雄寶殿
天
王
殿
藏經室
齋堂
拱門
池水
池水
寺門

序幕

序幕零

本作使用了一個雙生子詭計，勿謂言之不預也。

序幕一

昔女來矣，楊柳依依。今女離思，雨雪霏霏。
漫步樓宇，行過墳塋。腥味斥漫，怨氣衝天。
斬手斷腳，剖腹剜心。挖眼劓鼻，碎屍淩遲。
鼐鼒烹煮，檀木橫穿。燬火焚化，百蟲嚙食。

佇立鵠望，遠山如墨。忽見金光，狀有千佛。
金山晃然，魔光佛光。自觀他觀，邪正混雜。

序幕二

咯嘰。咯嘰。
手指頭鑽心疼。
血咕嚕咕嚕湧流。
巴掌高的木雕佛像有了生命。
他舔舐著傷口，吮吸著鮮血。
佛陀將自己塗滿了血。
佛陀撕咬著他的肉體。
他動彈不得，只能看著。
一尊，兩尊，三尊……
齜牙咧嘴的佛像將其淹沒。
他們有的揮著手，有的跳著舞。
嘔啞嘲哳，鬼哭狼嚎。
一尊人形的佛像突然幻化成了一隻老鼠。

披著僧袍，揣著佛珠，肚皮圓滾滾。
——是鐵鼠。
一隻，兩隻，三隻……
數不清的老鼠啃他的肉，飲他的血。
他們兩根大門牙狠狠地把筋肉從骨頭上剔掉。
細碎的肉沫伴隨著咀嚼聲進入鐵鼠之腹。
他就這麼看著自己成了一副骨架。
吃飽喝足的老鼠在骨縫間穿行嬉戲。
硬石似的腳掌踩過，針鐵般的鬚毛劃過，皆令骨冷。
這是地獄的酷刑嗎？
他的骨骸泛著黑光。
黑光附在骨頭上，剔都剔不掉。
這是詛咒，他不知道為什麼他會知道。
但他就是知道。
千千萬萬個聲音在叮嚀。
因果輪迴，終有報應！

序幕三　第零章

11月23日一早，我照例走進暫居地旁的一家圖書館——這是我少見的能夠堅持下來的習慣——就發現那個前凸後翹經常會對我上演制服誘惑的美女圖書管理員竟然變成了一個哈欠連天單肘撐頰的年輕男人。關鍵是他連制服都沒穿！

對於我這沒有固定職業的人來說，他這種糟蹋飯碗的行為簡直不能忍受。或許我可以考慮跟圖書館的管理層反映由我頂替他。我大步流星地走了過去。那人倒還算盡職地問我有什麼可以幫助我的，但我還是打算為難他一下。

「我想找一下《希臘棺材之謎》。」

「後轉二十一步，左轉八步。就那片地方了。」

那人慵懶卻自信的模樣讓我心裡咯噔了一下。不過，我也只能乖乖數著步子，後轉走二十一步，再左轉走八步。那塊區域確實是一片推理小說。而那本大名鼎鼎的《希臘棺材之謎》正佇立在我的面前。我戰戰兢兢地把書拿下，緩緩走回管理員那裡。

「你是怎麼做到的？」我把書和嶄新的借閱證遞給他。

「看推理小說的可不止你一個。」那人漫不經心地說著。

「可你精確到了步數。」

「你走過來的時候我就目測了你一步的距離。門口到這裡一共四塊地磚，也就是三米，你走了七步。那麼二十一步是十二塊，八步四塊多一些。只要誤差不大，你會走到那本書前面的。」說話間，他熟練地操作著機器，記錄完成後，把書和借閱證遞還給我。

「原來如此。」

「恰好，我要找人合租，你要不要來？」

我驚異地看著他，我總覺得這話至少也該是我說出來的。是的，我現在沒有房子住。

「你怎麼知道我要合租？」其實問出這句話並不合適，要知道，我並沒有足夠的金錢。

「事實上，我不知道。」

「可是你……」

「咳咳。」

聽到後面傳來警示的咳嗽聲，我這才意識到這裡是需要安靜的地方。

「我們出去聊吧。」

「你不用工作嗎？」

「我只是幫忙看一下，現在正主已經回來了。」

「謝謝了，Y。」這是一個女人的聲音。

（別想歪，Y就是那人本名。）

接著我就看見之前我說的那個前凸後翹經常會上演制服誘惑的美女圖書管理員接過了Y的班。我稍稍看了幾秒，然後就感到一股刺痛。是Y，他正扯著我一個耳朵。

「別想了，X她不喜歡男人。」Y細聲耳語。

（X不是本名，她只是不願意透露自己的真實姓名，我便以X代替之。）

X巧笑嫣然，「杜安，你又來啦。」

（X這是在說我）

「是的。」我點頭致意，接著便被Y粗魯地拖拽走了。

離開溫馨的圖書館，走在寒風肆虐的清冷街道上，我不由得緊了緊身上單薄的衣服。Y說要帶我去他住的地方，這話我總覺得怪怪的，但我但還是聽話地跟著他，街邊的高樓大廈漸漸地變為低矮平房。

「現在可以說了嗎？你怎麼知道我要合租？」我直接發問了。不知為何，我總有種華生遇到福爾摩斯的即視感。

「我說過了，我不知道，我能確定的只有你沒有地方住這一點。人總要有個體面的屋子住的，不是嗎？

「我還是不太理解。」

「你頭上還是濕漉漉的，亂成這樣恐怕不是洗的。你睡公園長椅的吧，就圖書館旁邊那個，那邊早上有人躺在報紙堆裡裡，鞋子和你現在穿的是一個款式。那裡露氣很重，可很容易感冒啊。再加上先前你進來時的袖口是濕的，眼角也有濕氣，我大致可以認為你剛剛才用手洗過臉。此外，你身上還散發著濃郁的梅花味與泥土味，旁邊公園梅花很多，而且廁所旁邊的泥土味道很沖。」

「你這麼厲害？我不太信。」我嘴硬道。

Y撇撇嘴，輕佻地道，「哎，好吧，是X她和我說你住在公園，那麼，你就一定睡公園。她可不會騙我。」
從驚訝到無語，不過一句話的事。
「那麼，合租嗎？」
「可我可能連合租的錢都沒有。」我心虛地摸了下口袋，其實我連午飯的錢都沒有，目前只有一枚想當假幣花卻一直花不出去的遊戲幣。
「我不差錢，我付全部。」Y大手一揮。
「你怎麼對我這麼好？」我頓住了腳步，投去充滿疑慮的目光。
「你真想知道？」Y投回來戲謔的目光。
「當然。」
「我的父母想要抱孫子，但我連女朋友都沒有。我不想這麼早結婚。所以我想讓我的父母誤認為我其實是個gay。」
我感到頭頂天雷滾滾，「你不結婚的對策很奇葩啊。」
「這是個治本的對策。我只是想與你住一起來向我的父母證明我是玻璃。所以，你有沒有錢都沒有關係，我只是要你這個人。換句話說，合租只是表面形式。」
「那實際上呢？」
「包養。」Y就這麼赤裸裸地說了出來，說完，他自顧自往前走，似乎是要我自己做決定。
天越來越冷，寒風刺骨，公園還怎麼睡得下去。不怎麼透風的ATM機間，我根本是搶不到的。
就算住能忍受，昨天晚上的包子錢已經讓我徹底身無分文了，中午的伙食可沒著落啊。在我踟躕之際，Y扭過頭，「不逗你了。是X知曉你的情況，所以讓你和我住一段時間而已。你也不必有負擔，房租先欠著。」

「啊，謝謝，謝謝。」我麻利地跟上去。Y的屋子雖然只有八十平米，但對於我來說自然是很大的，三個房間，客廳臥室廁所。在這個房價爆表的城市，這麼一棟房子足以讓我搭上整個人生。不過，由於雜物的佔據，剩下的空間並不大。更不要說還得被冰箱、桌椅等不可或缺的傢俱佔掉點兒地。反正，結果是我只能和Y擠一個房間，一張床位。但我並不介意，但Y卻介意，他說讓我睡沙發。

Y的屋子裡，在我看來，最珍貴的物品該是客廳裡一張本城市的手繪平面圖，上面有各種各樣的方塊、線條以及其他不知名的符號。聽Y說這是這座城市的地圖，他畫得很嚴格，絲毫沒有誤差。地圖上是一隻掛鐘，現在正是上午十點整，快到午飯時間了呢。

客廳裡還有面對面的兩張灰撲撲的單人沙發，夾著一張茶几，旁邊就是冰箱和電視機。Y一回來就佔據了靠牆的沙發，橫躺著，兩腳擱在沙發扶手上，發起了呆。我便站著，直到我兩腿發酸，Y像是才注意到屋裡多了個人一般，給我挪出一個位置，熱情地與我攀談。好吧，雖然我不太想承認，但我感覺他多半是在羞辱我。例如：

「問你個問題。」

「問。」

「有一個裝水的大杯子，兩隻沒裝水的小杯子，還有兩個斤斤計較的人。現在要把大杯子裡的水倒到兩隻小杯子裡，分別給那兩個吝嗇鬼。請問你要怎麼分，才能讓兩個人都沒有異議？」

「唔。我想想。有了！讓他們中的一個人倒水，分成他認為的兩等分，再讓另一個自己選他認為更多的那一杯。這樣可以吧。」

「確實是很好的做法。可這樣一來你就喝不了水了。」

「那你覺得該怎麼做？」

「哈哈，暴力解決。他們不服，就打到他們服。」

說真的，看著那個懶懶散散躺在自己狗窩裡洋洋灑灑發表著欠打言論的邋邋遢遢不修邊幅的合租對象，我對於未來的同居關係並不抱持著樂觀態度。但一想到自己畢竟在同居關係中處於弱勢地位，除了默默承受其毫無由來的嘲諷也無其他的選擇了。在被提問了好幾個明明考驗情商或智商卻一定要暴力解決的問題而感到頗受侮辱的我不禁有些氣惱地宣揚：「你要是真有本事，就把紅衣男孩案破了呀！」

「紅衣男孩案？這是什麼？」Y斂了斂嘴角的笑意。

「你不知道？」

「我應該知道嗎？」

「這種轟動全國的案子，你竟然不知道！」我愣愣地看著卡在沙發裡的Y，「你莫不是個假的推理愛好者吧？」

「我當然不是一個推理愛好者，我是一位推理大師。推理不是愛好，而是職業，是使命！」Y毫不害臊地張開雙臂，彷彿在鐵達尼號上吹著海風，但我絕對不會手癢到去抱他。

「那刁安青碎屍案、花槽雙屍案、天上人間花魁遇害案呢？」

「都沒聽說過。」Y看起來興趣缺缺。

「真可惜，這種懸案才需要你這種推理大師去解決哩。」我語氣裡不由得加上了抹嘲諷。

「這種事不是員警的職責嗎？」

「話是這麼說，但是……」

「有什麼好但是的。」Y道，「就算我真有能力解決，也沒必要真的去管這些個事。」

「那或許你可以看看這個，看看在線索都給出的情況下，你能否解決。」我把今早借的推理小說遞給他。

「哦，不不。不能這樣。我拒絕看那些無聊的看似有規律實則只是人的意志強加給它意義的符號。它們比鬼畫符還鬼畫符。」

「你是說文字？」

「不然呢？費孝通在《鄉土中國》裡有類似的說法。在鄉土社會中，人們根本不需要文字，就能理解對方的意思。就像你叫杜……杜什麼來著？」

「咳咳，杜安。」

「對，杜安。直介面頭上叫這兩個音不是很方便嗎？你聽不懂嗎？偏偏要故作聰明地寫下來。」Y一本正經地說道，宛若一位飽學的大學教授。

「話是這麼說。」我訥訥著，突然意識到了什麼，「你不會不識字吧？」

「你可以這麼理解，那種東西真是討厭。密密麻麻、扭扭曲曲得就像北歐迷霧中的黑樹林的枝幹。」

「既然是文盲，那就直說嘛。我念給你聽。」我瞥了眼牆上標識了各種符號的手繪地圖，似乎也有些明白它的作用了。

「不要太詳細了，一些不重要的描寫直接跳過。知道簡潔是多麼地令人著迷嗎？」Y聽到「文盲」這個詞沒有我想像中的激烈反應，倒是讓我有些泄氣。

「但可能線索就在那些描寫之中。」

Y怔了一會兒，眼睛朦朦朧朧，「那算了，我還是睡覺吧。」

「不對啊。如果你不認識字，你先前怎麼知道這本書在哪的？你還說看推理小說的不止我一個。啊，我知道了，你是知難而退，假裝自己是文盲吧？我沒推理錯吧？推理大師！」

Y面無表情地回應我，「你所謂的推理太忽視情境與人的能動性了。那個圖書館制度是一格一個作者，並根據首字母順序排列——我還是能辨識阿拉伯數字以及英文字母的。所以我只需知道昆恩的分區在哪就可以了。這算什麼難事？

「至於我說的看推理小說的不止你一個，那是中文詞義多樣造成的誤解。『看』並非只能指與眼睛有關的行動，它還有準備、認為之類的意思。而我說的『看』是聽、聞的意思，看推理小說指聽人朗讀。畢竟我之前只要表達我也喜歡推理小說，知道一些推理小說這一層意思即可。」

「可我的推理確實也可以成立。」

Y滔滔不絕地繼續說：「是的。但與事實不符。現在有兩個解答：一、我是文盲，二、我不是文盲。可惜，你的是偽解，我的是真解。邏輯如果不考慮情境與人的能動就很可能被反過來利用。這正是我覺得最有趣的地方：同一件事，可以存在多個合理的解答，但明明真相只有一個。這時候要如何通過邏輯找出真解答？又怎能確定這不是某人精心設計的圈套，又或者不是邏輯上自然而然產生的假解？」

「是啊，很有趣。」我不乏譏諷地冷嘲，「但更有趣的是，我現在甚至只能通過『兇手』的自白來確定到底他採用的到底是哪種詭計。」

Y含笑的臉一下子就冷了下來，我知道他知道我的意思——他的真解只是他的一面之詞，所謂解答真假只在他嘴巴裡外，毫無證據。而就在我開始懊悔於因心直口快魯莽頂撞Y，這個能夠掃我出門的人時，他倒樂開懷了。他驚奇而欣慰地說：「你比你看起來機靈多了。挺好。」但緊接著，他就拍拍我的肩膀，若無其事地吩咐：「去，倒杯茶來，渴了。」

第一章　天

1

在接到好友言思月邀請的很長一段時日裡，葉珩都不曾哪怕有過這樣一絲念頭：她將親身經歷的淨業寺的那一系列慘案，縱使日後有了定論，妖精作祟、佛像殺人等等聳人聽聞的言論依舊風靡於附近的鄉鎮——尤其是自稱妖精鎮的姚鎮。

但當她在禪房裡神情獃滯地仰望那懸掛在九米高空中的無頭屍後，腦海裡如毛團般雜亂的思緒中，倒真有日後被人議論並被稱為不幸者的可怕想法。但這層奢侈的憂慮很快就被一番回憶取代。曾有三次，葉珩預感到了死亡的降臨。。第一是在邁過寺門的那一刻，她在荒山中野嶺上空穀裡寺門前聆聽到了層層疊疊悠悠揚揚的地獄的梵音；第二次是在佛堂內殿的門前，她隔著灑了狗血的門板，嗅到了獨屬於腐爛枯骨腐朽屍骸的死氣；而第三次是在淨業寺南邊密林的林中小屋中，一副破碎的面具赤裸裸地為她展示了死亡的預兆。

正如歷史早已證明的，神諭在任何一齣悲劇發生前都無法被真正順利被地解讀，預定要永滅的可憐人壓根無法獲得救贖。葉珩，一個同樣可憐的人，也是直到現在才反應過來，仁慈又公正的神明對於她將遭遇的夢魘，早已給過數次暗示。只要任何一次被她揪住，引起警覺，她都能夠避免慘禍。可是現在，為時已晚。

在寺門前的那次，是最初、最熱鬧喧騰、卻也最隱晦難明的。在古老的牆垣外，在繪畫著一朵妖冶的紅蓮花的寺門前，她方想邁動步子，便似是扯斷了一根繃緊的琴弦，各種聲音就此紛至遝來。一旁戢翼的野鴉本安靜地立在一根料峭的寒枝之上，卻突然發出一聲冷清的淒啼，又撲棱幾下，頡頏而去。遠山的老猿似回應般，仰天悲嘯，長啼不住晴空中，伴隨著殷殷的悶雷，一簇簇黑煙灰霧從天際撒將開來，將太陽網住七彩的陽光幻化出一隻纖纖玉手，吭哧吭哧、刺啦刺啦地似要把這黑色的帷幕拉開。大音希聲，但在此，卻分外響亮。

葉珩環顧四周，又猛然往身後直直望去，只見這遠方起伏的山野、幽寂的枯林、散亂的墳塚，無不揮發出深邃厚重而摧枯拉朽的肅殺之氣。鵠立在此方丈內，覺察到這片區域的廣闊蕭瑟，她竟有些悸動。

葉珩晃晃腦袋，躊躇片刻，在言思月不解的目光中，開始窘迫於與自己多愁善感的表現。她機械地邁開了步子，邁入寺中。葉珩能清晰地感受到寺廟的淒清。這寺內比寺外更為冰冷，似乎有一種寒氣在此淤積不散。而天色在這一秒，陰沉得極為迅速。似乎一下子，黑夜便降臨了。那頭踆烏終究沒鬥過天道的法則，被人給捉去了。

越過寺門，進入北院，視野開闊不少，一條一米寬的黝黑石子路往前筆直鋪展開去，將一池半米深的渾濁的冰水劃開。池水漪瀾不興，枯枝敗葉零散地浮著，荷蓮腐朽的遺骸也殘留著，惟見得一派死寂。四周牆壁上一條條縱橫的裂縫以及似筆墨點綴的斑駁黑塊平添著幾分歷史的厚重感。

一片落葉從遠處飄來，盪開波紋，此刻回憶之畫面驟然破碎。葉珩從獃滯的狀態中回過神來。有人在呼喚她。那聲音在拉扯她。她看到一個白膚藍瞳的歐美女人，左手拿著一柄天藍色的小傘。波浪般的金色長髮披散在白色貂絨外套上，發梢輕輕搖曳。面頰上施著淡妝，一雙眼眸宛如瓦爾登湖一般，平靜而澄澈。在葉珩心裡，這樣的人才擔得上童話裡高貴聖潔的公主，見諸安徒生的筆端，活在孩提的夢裡。

這位「公主」正彎身看著她。她認得自己？葉珩正像海邊拾貝般，回收過往的記憶。她眨眨眼，微低下巴。一個可愛的女孩正依偎在她的懷裡，通紅的眼眶裡噙滿了淚水。葉珩撕心裂肺地疼。葉珩記得她，言思月，她的至交，正是她邀自己上山入寺的。

「葉小姐，你還好嗎？」面前的「公主」——克莉絲蒂娜不斷地發問。

葉珩困難地開口，「我還好。」

她面色復歸平靜，「沒事就好。葉小姐，雖然很抱歉在這個時候叨擾你。但我還是希望你能詳細地告訴我剛剛到底發生了什麼？」

是啊。葉珩自問，剛剛發生了什麼？明路禪師的屍體怎麼無端出現的？他的頭顱又是怎麼消失的？這一切如夢似幻，又如假包換，直至現在，她都有種恍然如隔世的錯覺。她只能述說她的所見所聞。而做下這殘忍的事的是天狗還是人，她就無從得知了。但以她看來，除了天狗作祟，再無其他的可能了。她捋著思路，從離開客房後開始說起。

是夜七點。月似彎刀，星若釘芒。但它們盡被這吹得漫天飛舞的雪花遮掩，看不真切。這是少見的暴風雪。這也是隆冬中的隆冬。

葉珩撐著一柄油紙傘蓮步輕移，在鬆軟的雪地上一步一個腳印。酥酥的融雪聲縈繞耳畔。在暴雪的亂奏下，人們留下的腳印以肉眼可見的速度被填充著。只需要兩分鐘，雪制的毛毯就會重新平整地鋪在大地上。

葉珩沿著屋簷青瓦，依仗旁邊屋子裡的亮光向前摸索，獨自來到明心禪房——這是一棟十米高的禪房，充當鐘樓的職能——來參加一場密會。這場密會，是在晚膳後定下的。叩門不過一念，門就開了。淨業寺住持明心的慈眉善目映入眼簾。禪房內外似是兩個世界，儘管溫暖的氣息縈繞葉珩的身軀，其手足冷意尚存。一張四角方桌置於禪房東側，一座燭台孤零零地立在桌上一角，其旁還有一隻小鬧鐘。在火燭微弱光輝的照耀下，中間地板上神聖的曼陀羅華、對面的老舊床鋪、不遠處的莊嚴佛像和呆板櫃子都不過顯出輪廓。

葉珩見狀，不禁微微蹙眉。她對於黑暗總懷有一種本能的恐懼。為她開門的明心面色微紅。他為只點燃了一根蠟燭致歉。在禪房內，雖然共有三根蠟燭，但一併點起來，顯然是無法度過之後的半個月的。淨業寺畢竟是間小寺廟，物資匱乏。昨天寺中的淨字輩和尚淨椿與淨秋下山採購，也不過是買了些招待客人用的食物。而這趟行程便已然註定，若是沒有好心的施主贊助，寺裡的僧人只能清心寡欲地過半個月拉緊褲腰帶的日子。

接著，葉珩走遠路——留下愈來愈淡的濕濡腳印——在東邊遠離門、面向床的位置坐下，以讓還未到場的明路禪師可少走些路。當然，這亦有蠟燭在東北角的緣故。而看到葉珩落座後，明心便坐在了西邊最靠近門的位置，其左手邊的位置即北座上坐著的是寧宏，此時正悠閑地嗑著瓜子。

他們三人靜坐些許，沒人打破沉寂。但葉珩已然焦躁不安，他們相約在七點。而如今明路已遲到了十分鐘，而他的禪房就在隔壁，距離此處不過五米。這總讓葉珩想起曾經的同學，每次為學校活動準備表演，她總如約而至。但其他人稀稀拉拉地到來，最遲的或能浪費她大半個小時的時間。學生時代的她尚且能夠忍耐，但步入社會、參加工作的她對於這個世界、這個時代的節奏有了更敏感的認識——追求效率與簡捷，時間就是金錢，效率便是價值，而等待永遠是一件令人煩躁的事。就算在一個本該安靜平緩地行動的深山寺廟裡，她也沒能如倒時差一般調整過來。又靜候一會兒，她打算詢問幾句。可是，蠟燭卻莫名其妙地熄滅了。

人因為難以忍受黑暗的折磨，而發明瞭火。失去火焰，浸身無邊的黑暗，無疑是剝奪人的安全感最迅捷的方式。惶恐的情緒也隨著這不安全感蔓延開來，明心大聲請寧宏去櫃子裡再取根蠟燭來。那櫃子就在寧宏身後。全身冰涼的葉珩更是死死抓住身下的凳子，似是要把自己黏在上面。黑暗就像一頭夢魘，無時無刻不在侵蝕著她的靈魂。她熱愛城市，正是因為城市的光亮是永恆的。

約莫三十秒鐘後，淡弱的燭光磨磨蹭蹭地燃起。葉珩暗暗定心。寧宏則饒有興致地用他保養甚佳的右手擺弄起那無故熄滅的蠟燭來。這是個身材臃腫碩大、腆胸迭肚的優雅老頭，理著舒爽的鬍渣，梳著雪氅般的大背頭。雖穿著中山裝，卻顯得極為洋氣而潮流。左手粘著根雪茄，口袋銜著一副墨鏡。「這蠟燭怎麼回事？」他在發問，但似乎沒在問誰。

明心黑著臉，喉頭咕咚，說了句不知道。葉珩別過頭，這才有閑暇打量住持明心，之前都只是遠觀，如今細看其檀色面容，便見眸眉如墨，鼻頰似藕，面不沾髯，弗食人煙，一派真俗圓融，渾然得道高僧的模樣。但葉珩知道，很多人的心性絕不像其表面所示，尤其是那些吃的鹽比自己吃的米還多的人。

寧宏終於放下蠟燭，「住在這寺廟裡確實清貧。不過不必憂心，我這些年也存著些積蓄，可以幫助你們。無論如何，這也曾是我生活的家啊。」說著，他　了眼明心身側一個木架上的手電筒。手電筒的金屬筒身如同腐朽的樹皮一樣有不少裂痕，富有年代的質感。

「那是以前我送你的生日禮物吧？嘖嘖，還留著呢？也是，畢竟曾經你我形影不離。這份勝過親情的師兄弟情誰能忘卻？其實我也留著你送我的生日禮物哩。多年來，我一直佩戴，時時觀摩，以慰雲樹之思。」寧宏從口袋裡摸出一塊玉佩來，玉質卻極為不純，怕是逛遍整個玉佩市場，都找不到比它更劣質更便宜的了。寧宏一遍遍地揉磨著，這次的感情不見半點虛假。

明心聞言動容，蒼老的眼眸裡淚花閃爍，他似乎記起了什麼，那絕對是讓他無法忘懷也不能避開的回憶。人總是有情感的動物，曾經是共同生活數十年的最好的朋友，這份情誼，豈是說忘就能忘的？二人多年未見的如冰封般的隔閡在這段溫暖的對話裡慢慢消融。他輕輕念叨了句師弟，情深意切。

「師兄！」寧宏歡喜地應道，旋即大笑：「哈哈，等此間事了，我請你們寺中的人下山見見世面。」

明心輕聲推脫出家人不便奔波。

寧宏付之一笑，不以為意。

一股涼風襲來，裹挾著幾多晶瑩的雪花，落在寧宏紅潤的面孔上。感受著左側臉頰上的冰涼與濕潤，寧宏有些驚疑地仰頭看去，剎那間發出一聲不可思議的驚嚎，「上面！」

明心和葉珩都抬起頭，房樑上本來關閉著的通風口不知為何竟然開啟了。而順著皎潔的月光，隱約可見九米高的房梁那裡懸掛著什麼東西。可惜月光實在慘澹，距離又遠了些，只能模糊見一輪廓。

明心拿起旁邊的手電筒，打開開關一照，古井不波的臉上竟也露出難以置信的驚容。「啪嗒」一聲，手電筒跌落在了地上，發出碎裂的聲音，燈光也隨之消失。顯然那老舊的手電筒摔壞了。而就那麼兩三秒間，葉珩和甯宏也已然看了個明明白白，在橫貫南北的房梁的正中間，有一個失去了雙手的人，穿著古樸青色僧袍。其肩膀染有一大片血污。房樑上不知怎麼有了一個繩圈，而那個人就這麼懸掛在了上面。更詭異的是，寺廟裡的天狗的面具戴在了那人的頭上。紅臉，長鼻，以及那滿是嘲諷的眼與嘴。正應了那句：天狗者，懸掛之物也。

明心倒在地上，吐字模糊，幾乎是哭著說出來的，令人無法辨識，然後再無音響，想是嚇暈了過去。而葉珩和寧宏也沒應答他，因為蠟燭又熄滅了。或許是因為風，或許是別的什麼原因造成的。原因已經不重要了，重要的是，他們重新陷入了黑暗。

葉珩聲音劇烈顫抖著，怯怯懦懦如初生的幼獸在哽咽。她能感覺到寧宏在驚呼後被凳子絆到重重跌倒的聲音；能感覺到微風中淡淡的血腥味；也能感覺到自己撲通撲通個不停打擊樂似的心跳聲；甚至能感覺到全身血管裡如掉入冰窟了一般的冰涼。

恍惚間，一個熟悉而蒼老的聲音在耳邊響起——她已沒有精力去搜尋出那個名字，「天狗頗具人形，紅臉，高鼻，長臂，傾身，善飛行，好嘲譏。殺戮成性，喜將屍體懸掛於常人無法觸及的高處，以死者至親無法收屍之苦為平生最樂。」

她感應得到，在這高聳而黑暗的禪房裡呆著一頭魔鬼，它正匍匐著，盯著他們，正借他們的慌亂與恐懼取樂。她陷入了蒙昧，就像驚濤駭浪中死死蜷縮在一葉扁舟中無助。她的意識在逐漸模糊，似乎聽到了天狗在大笑，看到天狗在飛舞盤旋。它粉墨登場，嘴邊曲折扭動，舌頭逃出口腔，肆意揮灑。他發泄自己的張狂，要在自己對這個如一潭死水般的世界尋求變數，只要能帶來快樂，哪怕是毀滅。這些異象在蠟燭再次被點燃後瞬間消失。葉珩的背後完全浸濕了，冰涼而膩粘，仿若剛從水潭中上岸一般。她大口喘著氣。

寧宏哆嗦著手指，試了足足一分鐘才成功地用火柴把這支蠟燭點燃。這火柴因為濕氣重有些潮了。這一次，寧宏拿著蠟燭，直接來到門前，將其打開。月光灑了進來，以橫掃之勢驅走了部分黑暗。雖然寒冷的空氣也跟著進來了，但二人心頭卻是暖和的。寧宏可以看到，這外面的雪地一片銀裝，就像他不曾來時那樣。

但又有咕咕嚕嚕、滴滴答答的詭譎聲音開始迴響在這空曠寂寥的禪房裡，聽起來就像是天狗的涎水在流淌、滴落。而藉著蒼茫的月光，葉珩好不容易才看清，原來是不斷有暗紅色的血滴從上方無盡黑暗中滴落下來。她看到某一滴血液砸在彼岸花邊上的地板上，從凝聚到潰散，只覺寒意爬上脊背——這是屍體在作畫呀。

寧宏深呼一口氣，徑直跑回自己的客房，一路踉蹌。他帶走了自帶的手電筒，又回到禪房裡。他選准方向，狠心按下開關。很快，他便步了明心的後塵，躺在地上，雙目無神。

葉珩上下嘴唇止不住地打架，她剛剛恍惚間看到了什麼，那屍體有了變化，但她必須要再仔細確認。她咬咬牙，堅定地拿起寧宏身畔的手電筒，心裡卻止不住地祈禱。當光束再次在懸掛的屍體上直直落下，她感到頭皮一陣發麻，心扉裂碎——屍體還在，但其頭顱卻不翼而飛。那紅臉高鼻的天狗面具懸掛在屍體的腰間。斬首後的血液從開裂處四溢，順著殘餘的脖頸流淌下來。它們將青袍澈底染成紅袍，殊途卻同歸，從腳尖滴落在那株聖潔的曼陀羅華上。咕嚕、滴答。

這一刻，潔白的曼陀羅華變成了血紅的曼珠沙華。

天堂成了地獄。新生成了墮落。

2

克莉絲蒂娜是慘案發生後最後一個來到的，也是最悠閑的一個。

最先來的是聽見寧宏去客房取光源時叫叫嚷嚷而心中惴惴的淨椿，他提著油燈，身後跟著愁眉苦臉的淨秋和怯怯懦懦的淨冬。濕潤的水氣從他的粗大的口鼻處飄溢而出，他臉上的肌肉愈漸震顫，腦門析出一片汗沼，他已經發現事態不對勁了。瞧瞧他眼前是什麼一副光景：昏倒在地的明心和寧宏、目光獃滯且神志不清的葉珩以及不斷被鮮血染紅的彼岸花。而當淨椿看到懸掛在半空中的屍體時，他也不能再保持鎮定，身軀劇烈顫動，雙手失去知覺，差點這油燈也報廢了。淨冬直接趴在了地上，驚栗得渾身發抖。唯一看起來正常的似乎只有淨秋，但從他慘白的臉色中，也可以感受到他內心的波濤洶湧。三人都看出了個中端倪——那恐怕是明路禪師的屍體。

慢慢地，這裡的異常就像能在大海中吸引幾公里外鯊魚的一滴血，吸引來了更多的人。一直極為嚴肅冷酷的寧復很快趕到，他一見父親寧宏昏倒在地，臉色頓時變得極不好看。在冷冷地看著天上的屍體和四周的活人之後，扛起寧宏就往客房奔去。寧宏在顛簸中漸漸蘇醒，眼神空洞。

淨椿也趕忙與淨秋一起將明心搬去了別的禪房，只留下了淨冬和剛到現場正在尖叫的言思月。尖叫過後，一陣眩暈的言思月一下子撲進葉珩懷裡，放聲大哭起來。別讓任何人破壞現場！臨走前，淨椿果斷地給淨冬下了這個命令。淨冬咽下積蓄許久的唾液，把淨椿遞給他的油燈放在桌上。獨自坐在長凳上，姿勢神態像極了寺門口的金剛力士。

故此，克莉絲蒂娜的姍姍來遲只驚動了淨冬。淨冬迎上來，聲音顫抖，眼眶裡含著淚。克莉絲蒂娜費了好大勁，才讓他止住了胡言亂語。她開門見山：「剛剛這裡到底發生了什麼？」

淨冬不住抽噎：「我也不知道。當時只有住持、寧施主與葉小姐在屋裡。」

克莉絲蒂娜便打發他去搬架梯子來，接著抬頭翹望那具屍體，五味雜陳地合上了眼，強忍著嘔吐感。克莉絲蒂娜來到葉珩面前，言思月正趴在她懷裡。她們二人皆身材苗條纖瘦，姿容美好，體態雖嬌嬈卻不妖艷。克莉絲蒂娜雖然與她們接觸不多，卻清晰地感到她們的性格上的差異之處：一人活潑躍動、英姿颯爽，一人癡傻呆萌、嫻靜婉嫿，倒是互補的閨蜜良伴。克莉絲蒂娜又費了不小的勁讓葉珩回過神來，「葉小姐，雖然很抱歉在這個時候叨擾你。但我還是希望你能詳細地告訴我剛剛到底發生了什麼？」

葉珩懵懂地點了點頭，輕聲細語地述說起方才的夢魘。克莉絲蒂娜靜靜聽著，心中卻一直盤算推演，一向澹然的神情亦出現一絲波動。講述完後，她觀察了蠟燭片刻，發現蠟燭側面開了個口子，明顯是有人事先截斷了燈芯，以致過了一段時間就會突兀熄滅。而這會兒，淨冬已經累死累活地搬著一張梯子過來了。還沒站定，他便又被克莉絲蒂娜打發去看林中小屋裡那五副面具的狀況了。

克莉絲蒂娜騰騰地爬上梯子。她沒去看屍體碗口大的傷疤，她從來見不得這種血肉模糊的慘狀。她嚴重恐屍，但眼不見就好了。從身形來看，這是明路禪師無疑了。緊接著，她拿出手機，做些拍攝工作。她並不打算將屍體運下去，她上來只是怕一些重要的證據會隨著時間的流逝而消失。她仔細觀察著房梁，又惡寒地閉上眼，抓住屍體上方的繩結左右撥動。

「克莉絲蒂娜小姐，情況怎麼樣？」淨椿的聲音在建築中迴響。他嗓門洪亮，聲如鐘鳴。淨秋靜靜立其一側，仰首翹望，眉見愁鬱。

「房樑上的灰塵痕跡完全沒有任何被破壞的跡象。」克莉絲蒂娜輕描淡寫地說道，但眉頭卻越壓越低，「把繩子繫在房樑上的繩結，與房梁貼得嚴絲合縫且極為紮實。根本不可能在房樑上左右移動了。只能由在它附近的人繫上去，比如現在的我。但聽葉小姐說，這些事是在三十秒鐘中內完成的。當然或許不是三十秒。在入夜後，房樑上的一根繩子根本發現不了。而就算在白天，這麼高的高度，除非仰頭，也發現不了。所以繩子可能很早就在這上面了。」克莉絲蒂娜眉頭微松。

「不會的，住持用好晚膳就回到這裡了，天氣那麼冷，他肯定再沒出去過。而我晚膳後送他回來時，曾仰頭看過，沒有繩子。而綁這繩子必須在半空之中，那就必須要梯子。但兇手爬梯子，綁繩子，住持怎麼會沒發現呢？」

克莉絲蒂娜輕輕嘆了口氣，感到有些崴泥。她別過頭去，看向那房樑上方的通風口。淨椿也架了副梯子到了她身邊，見克莉絲蒂娜一直盯著通風口不放，他忍不住問道：「通風口有什麼問題嗎？」

「你真該好好瞭解一下，方才到底出了什麼事。」克莉絲蒂娜冷淡地瞅了他一眼。淨椿瞬間發覺，這故交少見地生出些惱氣。

「頭顱消失之謎還是無法解開。」克莉絲蒂娜自顧自地言語，「頭顱或許可以被裁剪到能通過通風口的程度，又屋外從通風口運出。但天狗面具的移動沒法解釋，面具被轉移到到腰間，只能由屋裡的人做到才對。」

一旁的淨椿意興闌珊地看著屍體。那屍體之所以在失去頭顱後還不掉下來，靠的是麻繩上的粗鐵鉤鉤住了屍體的衣服。這鐵鉤位於房梁西側的繩子上，繩結往上一段距離。鐵鉤很長，屍體可以說基本沒動，只是少了個頭。而天狗的面具同樣如此，它被腰間設置的鐵鉤鉤住了連接其兩端的細繩。另外，那根麻繩呈「8」狀，上小下大，繩結在中間，其本來用以套住屍體頭顱的下方繩套整個一圈都被血液染紅了。這繩圈內側被血濺到不奇怪，可怎麼外側也全是血漬的？淨椿心中訝異，卻怕擾亂就有思路，便沒有發問。

「這麼看，那個兇手當時就是在半空中完成地這些事。」淨椿又聽見克莉絲蒂娜在那嘀咕。淨椿只是搖頭，往下一瞧，又見到屍體手腕斬斷之處被透明膠封閉起來，故此，血液無法流失。忽然，克莉絲蒂娜利索地下了木梯。她見到淨冬回來了。

「怎麼樣？」

淨冬斂衽而立，默然搖頭，有些無奈地說道：「面具都不見了。」

克莉絲蒂娜沉思著，踱步到禪房外，明月更顯皎潔。閱歷豐富的克莉絲蒂娜明白明路之死只是一個系列的開始。而這個死亡名單上印刻著的多半是明心、寧宏和葉珩。他們三人於此處集會，定有祕密。

「我的三位朋友，幫我找兩樣東西好嗎？」她回眸冷望。

「什麼東西？」淨秋問道，他一直是一副愁容。克莉絲蒂娜則一陣恍惚，這是五年後再訪淨業寺她第一次清晰地聽到淨秋的聲音。與淨椿、淨冬不同，淨秋的聲音縱然依舊空明如秋，卻較曾經多了份沉甸甸的質感。畢竟，他已三十了，她心想，接著淡淡說：「找禪師的頭顱、手掌以及殺死禪師的兇器。」

　　淨椿三人答應去尋了。克莉絲蒂娜卻沒有一併前去，她擔憂到時看見血淋淋的頭顱會讓自己徹底失態。她在雪天中蹲下身，任由雪花嘩嘩地打在肩頭、面孔、發間，慢慢積累，將她埋葬。這讓她好受許多，寒冷讓她清醒，也讓她有種回到母國的感覺。她拿出筆，在紙上畫出了禪房的三視圖。畫好後，她抖抖身上的積雪，去了明路的禪房，禪房門口有血跡，這裡應該就是第一案發現場。除此之外，此處並無異常。克莉絲蒂娜緩緩回到了禪房，靜靜坐著，直視那株殷紅的曼陀羅華。葉珩和言思月二人已經離去。此時，整個案發現場，只有她一個人。

　　克莉絲蒂娜忽然覺得這命案的發生再正常不過了，只要聯想到先前這寺廟氣氛之詭異，生出這樣的想法不足為奇。甚至於，她早該意識到，她這顆只會給人帶去災厄的禍星怎麼會真的就在淨業寺失靈呢？她今日下午到淨業寺已近五點，一度只見到淨冬。見到克莉絲蒂娜的淨冬甚是興奮，吵著嚷著要帶她去尋正在待客的師兄們。

　　從北院到南院，從南院到林間，克莉絲蒂娜最終是在林中小屋見到葉珩、寧宏這些陌生人。當時淨椿正拾起本該在架子上層的紅蓮面具，神情慌張而僵硬，想說什麼卻又說不出來。寧宏死死攥著自己的雪茄煙，原本的慈眉善目中流露出些許狠戾。淨秋雙目緊閉著，嘴裡忙不迭地念起禪語。屋子裡的氣氛已然降至零點。

　　可惜此時的淨冬並沒有領會到現場壓抑的氛圍，他的心完全被老友重逢的喜悅充斥著。他歡欣雀躍地向兩位師兄通報克莉絲蒂娜的到來。克莉絲蒂娜也只能硬著頭皮自我介紹，她靦然而笑，行了一禮，舉止得體，令人如沐春風，「我是來自挪威的克莉絲蒂娜，很高興認識各位。淨椿、淨秋，很高興再次見到你們。」

眾人的反應，克莉絲蒂娜並未關注，她那富有洞察力的目光穿過了人牆的阻撓，直視那讓氛圍變得陰鬱的本源。地上有一個裂成兩半的紅色面具，那是一張似犬的面龐，邊緣是永不熄滅的火苗。「紅蓮的面具，毀了。」她語氣平淡無奇，像在述說一件尋常事，但其鄭重的態度卻表明並非如此。她熟知淨業寺的傳說，紅蓮者，淨業之物也。紅蓮鎮壓天狗諸妖，盤踞淨業寺。如今紅蓮面具被毀，按照傳說，天狗諸妖便脫身而出，從此可為非作歹了。而面具的摧毀明顯不是無意而為，那麼，做這件事的人，定然會借題發揮。

她目光輕移，便見著一個不高不矮的架子，有上下兩層。上層本是紅蓮所在之處，現在空蕩蕩的，而下層則有四副面具，後面都有連接兩端方便人佩戴的細繩。從左往右，色彩各異，分別呈紅、白、黑、藍四色。

紅色的面具上有一根又尖又長的鼻子，這是天狗的面具，生動似活物。眼眶歪曲、嘴角深陷，凝神一聽，好像有細碎的嘲哳笑聲。天狗之笑，意在嘲諷。

白色的羅剎面具上多白色毛髮，長而蓬鬆，隱約可見兩顆猩紅的眼珠子。其青灰色的嘴巴大張，唇嵌兩根獠牙，頭頂一雙尖角。這絕對是一個嗜殺成性、肆無忌憚、無比瘋狂的劊子手。

黑色的面具屬於不知，克莉絲蒂娜根本不知該如何細細描述，它沒有眼嘴耳鼻，滿臉的扭曲、破碎，甚是醜陋，或許所謂不知，便是要去醜化它。

藍色的濕婆面具，法相莊嚴，雙目微閉，面帶微笑，看起來平平無奇，卻讓人莫名熟悉。五年前，克莉絲蒂娜曾直視良久，後驚發覺這與《V怪客》裡的面具極為相似，也由此看出了這笑容背後所隱藏著的乖張乍古。

此時日薄西山，晚霞將逝。不知不覺間，極高之處開始飄下朵朵晶瑩的雪花。這蒼莽的群山間時不時就會下雪，甚至會有人專程來附近賞雪。但寺裡沒有人希望今晚是個雪夜，尤其是某些心事重重的人。下雪意味著短時間內沒人能過來，也沒人能離開。下雪也意味著事情充滿了變數。

大江無論激起多大的浪花，它前進的步伐從不會停下。克莉絲蒂娜自知自己亦是這樣一朵無關緊要的浪花。林中小屋的事開始持續發酵，一些人愈加惶恐不安。就連克莉絲蒂娜這個外來人都感覺到了淨業寺的異常，她感覺自己身處一場正在醞釀的風暴的中心，而這風暴隨時會席捲整個淨業寺。

克莉絲蒂娜沒有戳穿一些有心人故作鎮定的偽裝。眾人在享用豐盛的晚膳期間，曾相互認識交流了一番，克莉絲蒂娜表現得對淨業寺的熱鬧頗為好奇。只是當她問到寧宏和葉珩因何上山之時，寧宏只說緬懷往事，葉珩亦僅談及遊山玩水。克莉絲蒂娜雖暗覺弔詭，卻也只能半信半疑著。如今回首這一切，她越來越覺得，自己又被同一隻黑手推進了迷案的漩渦。

這些年，她害死了不少人。一開始是身邊的人，老師、同學、同事、親戚、乃至於偶遇的路人，他們要麼瘋狂地犯下了罪行，要麼不幸地成為罪犯手下的亡魂。而她總會遇到愚蠢至極的員警，只能親自為死去的親朋抓住兇手，又或為受到陷害的好友洗清罪名，充當令她厭惡膩味的偵探的角色。她曾自嘲，為何每次都是她這隻瞎貓有斷案的急智，偏偏每次都能用歪門邪道找到真兇？

為了緩解由此造成的抑鬱症，她開始去往中國的不同地方。而更可怕的是，死神一直如影隨形，將死亡帶去她暫居的旅館、逗留的餐廳。她不再工作、不再交往、甚至不再出門。但總敵不過宿命。

她曾想過割腕自殺，服毒自盡，跳樓自絕，卻都奇蹟般地復生。感受著醫生與員警們古怪的眼神，她再不敢嘗試這樣的事了。正是這時，她想起了淨業寺。她上一次來，沒有帶來任何災厄。她本想著如果能在這裡安穩地生活下去，便在一旁結廬，削髮為尼。但她現在只自私地請求淨字輩三位好友能夠安穩度過這一次難關，也希冀兇手不會出現在他們三人之中——她毫不擔心自己，這麼多年，她從沒出過事。

見淨椿三人慢騰騰地回來，克莉絲蒂娜收斂思緒。他們垂頭喪氣於沒有找到失蹤的頭顱或行兇的器具。但對於這點，克莉絲蒂娜並不奇怪，畢竟頭顱和兇器只要隨便一埋，要發現就只能等雪化了。詢問了他們一些情況後，克莉絲蒂娜請淨椿通知其他人晚上八點聚在齋堂。不忍心一直辜負友人的淨椿打著包票，尤其是，他知道克莉絲蒂娜的能力絕對非凡。但他同時也忽略了兇手的心思縝密與步步為營，並將為之付出代價。

3

晚八點，齋堂。

除明心無法前來，其餘人俱群集此處，以淨椿、淨秋、淨冬、克莉絲蒂娜、葉珩、言思月、寧宏、寧復這樣的座次繞成一桌，圍著幾根昏黃的蠟燭。此時局勢杌隉，氣氛亦甚為凝重。尤其是三個年輕的和尚，各個面帶悲戚之色，誦聲哀悼之詞。

淨椿聽著淨秋一直念叨「天狗大人息怒」，淨冬也不斷嘟囔「請天狗大人放過他」之類的話，心裡漾起一陣陣煩躁的情緒。但他終究不忍斥責。他打開窗，好讓寒冷的氣息壓迫進來。窗外碩大的雪塊亂墜，打在他的心頭。

這樣雱霏的雪夜，進山難，下山更難。就算雪停了，短時間也下不了山。而山上又沒有信號，以至於直到現在都沒有人知道這荒郊的野寺裡發生了如此血腥的兇殺案。

言思月的慌張是眾皆目睹且可想而知的。但他人如果知道她雖長相打扮成熟，其實今年剛過十六生日，或許便更加憐惜了。來到淨業寺後，她便一直以葉珩為依靠，可這會兒，葉珩都六神無主，她便更惶恐淒惑了。卻又想起不久前葉珩言語的慷慨激昂，她感同身受的羞赧竟比惶恐更盛。她還記得用完晚膳後，自己與葉珩圍著火爐在桌邊嘰嘰喳喳、竊竊私語，活像是鄉下老嫗在議論祥林嫂的事端，當時卻還渾然不覺。

而葉珩在自帶的保溫杯裡攪拌著自帶的咖啡，身畔擺著一支自帶的明亮檯燈——她對寺裡的用物實在討厭極了——更是口無遮攔地漫哼著指責明心、明路，說他們出家人慈悲為懷、我對其他人比對自己還好的樣子都是裝出來的，他們說的話，哪怕一個字都不可信。她剛開始嘟著嘴聽著，捧著寺裡準備的正冒著熱氣的熱茶，藉此暖手。之後，百無聊賴的她就開始散漫地趴在桌子上，右手食指畫著圈圈來。接著，談到紅蓮面具損壞的時候，葉珩提到了克莉絲蒂娜。

「不會吧?克莉絲蒂娜不是鎖壞了才來的嗎？」她嘴巴張成了「O」型。

「人家說不定是先去小屋裡看了會兒才進寺的，左右雖是懸崖峭壁，但還隔著幾十米，又不是真過不了人。更何況，她不是以前就在這住過嘛？」葉珩不以為然。

「也是哦。」

「說到她，我真覺得不對勁。我問過淨空，聽說這一個半月都沒人來過，結果她恰恰在我們來的這一天來了。你說這是不是太巧了？會不會有什麼目的？」

「不會吧？畢竟已經一個半月沒人來，這幾天也該來人了。所以今天來了，也不奇怪吧。」

「嘖嘖，你這想法也太單純了。」葉珩將咖啡一飲而盡，竟喝出了乾盡烈酒的氣勢。

「我看你只是討厭人家。」

「嗨，我討厭她有什麼不可以的？我就是討厭她。這人太裝了，別人問她一句，她不說話。別人問她幾句，她方才不情不願地搭理你一句，語氣還冷冰冰的。這算什麼？大家都欠她錢不成？這叫什麼道理？我們可沒必要把她當大小姐看待。」葉珩不自然地嚷嚷。

「是啊。」她附和，「這種女人就是冰山吧？」

「就是咯，冰山，男人、女人都啃不動的那種。說起來，淨慧好像對她頗有意思。」葉珩好像只抓住了耗子的貓。

「啊？他可是和尚。」她捂住小嘴。

「和尚不能還俗的嗎？」

「你這樣說人家不好。」她苦口婆心地說道。

「我自有分寸。但蒼蠅不叮無縫的蛋，我不是說我是蒼蠅。只是你看看人家淨空，目不斜視的。你再看看淨慧這人，我們上山時，在我們身上掃來掃去的。你再看看淨遠……這人……」葉珩猛然頓住，賭氣道，「總之，這寺廟裡沒一個好人。淨空說不定也有齷齪哩。」

「唉，我總覺得今天會發生什麼事。」她不安地含著自己的上嘴唇，看著茶杯裡的一片姿態扭曲的茶葉沉入杯底，心有隱憂。這寺廟裡的氣氛讓她有些不好的預感。但只要她想細細尋覓這不安的來源，卻又發覺這寺廟給她的感覺與別的地方其實別無二致。她隱約間明白，這似乎是在表明，能作祟的是人，而非寺廟裡的妖。可這人心更叵測哩。

「放心。」葉珩猛拍平坦的胸脯，「無論發生什麼，我都會保護好你的。你要對我有信心啊。」

「嗯。我相信你。」

回憶至此的言思月瞟了眼葉珩，總感覺葉珩比自己還慌張。而經過這一陣分神，勉強還算孩童言思月在這壓抑的氛圍裡竟放鬆不少。她不知不覺間又牽起了葉珩的濕漉漉的小手，葉珩對她莞爾一笑，蒼白的面容復有血色。言思月也心中一暖，她暗自想，她不能一直依賴葉姐姐，自己也要堅強。

寧宏與葉珩開始說起案件細情，言思月不想聽，她巡視一圈，決定想找些轉移注意力的事物，至少不要那麼快回到命案發生的現實中去。她在心裡描繪著眾人的形象，「淨椿人近中年，皮膚黝黑，身材有些臃腫，就像一頭黑熊。。他手腳粗糙有一張大餅樣的闊臉，性格溫厚老實。。淨秋一直在唱喏著什麼，但看起來並不慌張，很虔誠，卻也離經叛道。言思月是不明白這人為何要信仰妖精。五官雖然端正，但一直保持著那副如喪考妣一樣的面容。他看起來極為年輕，其實也有三十歲了。淨冬是塊小鮮肉，身材頎長如竹竿，瘦削如排骨，臉很白，就像粉敷多了，跟個白種人似的，和克莉絲蒂娜都有得一拼。作為寺裡最年幼的人，淨冬最活潑也最怕事。。寧復長得最俊俏，不過好像生怕別人不知道他很不好惹似的，目光總是很冰冷，像蛇一樣。他和克莉絲蒂娜一樣不會都是冬天生的人吧？」

可惜，人不能永遠活在虛幻中，總是要回歸現實的。言思月轉移注意力的策略使她成功跳過了葉珩和寧宏對今晚的靈異事件的講述，但沒能逃過克莉絲蒂娜在她聽來如冰渣般的嗓音。不過，於其他人所見所聞，當時克莉絲蒂娜緩緩開口，音色可謂清朗空明，帶著股北歐人特有的冷意，「諸位，我們現在局勢不容樂觀，大雪封寺，卻發生了命案，這本該是小說才有的情節。鑒於小說中的慘禍，我不希望大家做出不智的舉動。我這些年破解過不少棘手的案子，不知大家可否相信我，配合我的調查？」克莉絲蒂娜等了片刻，又道：「既然沒有人反對，那還請諸位告訴我你們今晚的行蹤。」

「你是在懷疑我們之中的人？」寧復率先詰難。他穿著夾克衫，坐得筆挺，氣勢淩冽，眸光如刀般鋒利。

「我只是不想放過任何可能性。」克莉絲蒂娜那淡漠的目光順勢落在寧複身上，「寧復先生，如果你不想多費口舌，我還可以這樣問：除葉小姐和寧宏先生，今晚晚膳之後可還曾有人出過門？」看到眾人或搖頭或沉默，克莉絲蒂娜續道：「果然，下雪天沒人想離開被子和火爐。既然沒人出過門，也就沒有人能在案發時間互相證明。所以，所有人都沒有不在場證明。」

「不知道明路禪師的死亡時間是什麼時候？」葉珩問道，她現在精神面貌已恢復正常。

「對不起，我並不知道。」克莉絲蒂娜毫不避諱，大方承認。

「可你不是偵探嗎？不是破過不少案子嗎？」葉珩把眉頭一壓。

克莉絲蒂娜壓著無名怒火，「首先，請不要冠我以偵探之名號。其次，儘管我確實破過不少案子。但可惜的是，我也確實不會驗屍。我所參與的案子，屍檢都是可靠的法醫操辦的。」

「我還以為……」

「是的，很多查案者都會去學習這方面的知識。但我由於一些個人的原因患上了恐屍症，所以沒有瞭解過。鑒於此，我接下來想問的是，在晚膳後，是否還有人曾見過明路禪師？」

眾人又是搖頭。

克莉絲蒂娜面孔又轉向葉珩那邊，「葉小姐、寧先生，你們與住持聚在一處要說些什麼？你們之前一直支支吾吾、含糊其辭，並不利於我的調查。」

寧宏聽了，面色陰沉。葉珩倒與之截然不同，極為坦率，「我們是去討論『士』的事情。」

「『士』？『身先士卒』？」

「是的，明心住持說這是明塵師伯的代號。」

「嗯？」寧宏聞言，卻是一愣。

「看來『士』的意思沒這麼簡單。它到底是什麼？寧先生。」克莉絲蒂娜瞬間發覺蹊蹺。

「就是指明塵師兄。」寧宏用手帕擦了擦汗。

「您好像有些熱，明明是大冷天。」

「我這人一直出汗多。」寧宏僵硬地笑道。

克莉絲蒂娜沒有糾纏，「所以，葉小姐，你們為什麼要去討論關於明塵的事？」

「克莉絲蒂娜小姐，你先看看這封信。」葉珩從懷中取出一封信，她補充說，「我是明海的女兒。」

克莉絲蒂娜接過信紙，心裡默讀。

明海師弟，看到落款，你應該知道我的身分了吧。一別數十年，吾甚是想念。冬月初五，正好是二十七年前那件事發生的日子。到今年這一天，我們就在這淨業寺聚首，敘敘舊情如何？你自然可以選擇不來，但後果可能你不能承受，所以還請來罷。我想你也會來見見我這位故人的。如果一個人很擔心會迷路，可以多帶一個人，這我自是不會介意的。但請不要帶什麼我不願見的人，有道是「別從仙客求方法，時到僧家問苦空。」——士

「不止這封信。明心住持和我說了二十七年前發生的事。」接著，葉珩便當著眾人的面，直接將事情抖漏了出去，一字不落，「二十七年前的這一日，同樣下著如今天這樣的鵝毛雪，明覺禪師也同樣下山雲遊了。淨業寺裡來了一個人，自稱『五花馬』。明心見他凍僵了，便帶他入寺，又給他準備了些烈酒暖身。明心說他們本想等他恢復體力就送他下山。卻沒想他酒量不行，只喝幾杯就爛醉如泥，吐露了些驚人言語。他們發現這五花馬來頭可不簡單。他是個盜墓賊，是來取他放在附近一處洞穴裡的文物的。聽他說，足足有四十多件價值連城的寶貝。而他們知道了後，勸他將文物還回國家。『五花馬』自然不肯，他們便廝打起來。後來——

「他們不小心把『五花馬』殺死了。他的後腦勺重重磕在桌角。他們中的大師兄明塵見狀，考慮到是他率先動的手，也是他最後推了五花馬一手，便獨自一人包攬了罪責。至於這『士』為什麼是明塵的意思嘛。明心說他們當年六人親如兄弟，都愛做些荒唐事。奈何師父管得嚴，便一起編了套密碼代號，以防通訊被師父看破。比如說，『兒』就代表明心，『心』去掉兩點。『士』指的自然是明塵，『塵』的下半部是『土』，形似『士』。」

最後，她言辭尖銳地總結，「我說這些的意思很明顯，明心、明路和寧宏都有大問題。明心的故事騙騙小孩子也就算了，可騙不了我。我相信大家也不會信。二十七年前恐怕你們做的事很不光彩

吧？寧伯父。」

寧宏死死盯著葉珩，「真是個牙尖嘴利不饒人的小丫頭。明心確實撒謊了。但這也是逼不得已，這件事根本就不該被其他人知道。怎麼？明海沒告訴你他乾的畜生事兒？」

「你……」葉珩和言思月都怒視著寧宏。

「桀桀，明海連自己的親生女兒都不願意說，你覺得明心會對你說嗎？你又覺得我會對你們說嗎？」寧宏獰笑道。

「這世間的事總是輪迴的。」克莉絲蒂娜朱唇輕啟。

「你這話什麼意思？」寧宏肥大的面孔上笑意雲散，龐大的身軀不安地蠕動。

「『士』既然不是明塵的意思，我想就應該是背叛者的意思吧。」

「你怎麼知道的！」他整個身子都僵住了。

「果然是這種低級趣味的謎題。」克莉絲蒂娜眉頭微挑。

「你到底是怎麼知道的？是誰告訴你的？明心、明路，還是誰？」寧宏嘶吼著。

「是默頓告訴我的。」

「默頓，那是誰？那位社會學家？」

「難道這套密碼是明塵設計的？所以，你才不知道『士』的由來？竟會這樣反問？」

「『士』到底為什麼是背叛者的意思？」淨冬插嘴問道。

克莉絲蒂娜也不賣關子，「寧先生說的沒錯，默頓確實是一位社會學家，他認為出於社會不同結構位置的人對社會有五種不同的適應類型：遵從、創新、儀式主義、退卻主義、反抗，並用符號表示。遵從，認同社會一致公認的成功目標，也認同社會認可的達成這些目標的合理手段，所以是『+』『+』。創新是『+』『-』。儀式主義是『-』『+』。退卻主義是『-』『-』。而反抗，亦即背叛，既不認同成功目標，也不認同達成這些目標的合理手段，卻在此基礎上，形成另一種成功目標，確立另外的合理手段，也就是『士』『士』。你們的數學老師應該也不會把加減寫成『土』吧，這太不雅觀了。」

寧宏燃了根雪茄煙，吐了個煙圈，有些憔悴地說道：「你猜的不錯。『士』確實是背叛者的意思。所以，我也在找這個人。範圍很小，目前也只有兩個可能性。但偏偏哪個人都像，卻又都不像。這麼說吧，只有誰死了，誰才清白。」他的這句話倒是讓葉珩側目，在她看來，寧宏應該更懷疑自己才對。他方才和明心關係似乎很不錯啊。果然是只老狐狸。

「有時候，死亡都證明不了一個人的清白呢。」克莉絲蒂娜意味難明地說著。

寧宏聞言，眼皮直跳。

「您現在可以告知我們二十七年前的事了嗎？」克莉絲蒂娜神態自若。

「有些事不是你想說，你就能說的。」寧宏呼出一大團煙霧，換了個輕鬆的坐姿，現在，他整個人都在浸在煙霧裡。雖然看不清表情，但他的語氣裡帶著愧疚，「我也知道二十七年過去了，整整二十七年。我的身體一直是自由的，但我的心一直被一層紗蒙著。你可能沒法理解——我一旦說出那件事，我可能就要死了。因為我沒法原諒我自己。別人不知道，我就可以當做什麼都沒有發生。你看起來很瞭解社會學，那你應該聽說過戈夫曼的擬劇理論。我們都不過是在演戲罷了，帶著副面具，人前一副，人後一副，與不同的人在一起戴不同的面具，又何必一定要戳我痛處？又何必讓在後台的事擺到前臺來？又何必讓一件醜聞大白天下以至於一個熱愛慈善的富翁只能成為一個卑躬屈膝、搖尾求憐的可憐蟲？

「我想成為你們認可的人，但這件事一旦曝光，連我自己都無法原諒自己。大家不知道，這事就沒有。我就這麼想的。所以我沒回來過，看到老友，心裡固然有重逢的喜悅，但也有無盡的恐懼。因為在他們面前，我無法使自己相信自己還是什麼光鮮亮麗的人，我無法再心安理得地戴上大劇院給我安排的戲劇面具。當然，我想他們也一樣。所以我們不見面。」他頓了頓，似乎是想到了明心與明路，「只是我不與他們見面。」

「說白了，你還是不想說。」葉珩悶哼幾聲，睥睨道。

「要讓我說，死都不可能。有些事，比自殺還難。死了，不過肉體死亡。說了，可能精神上都會變質。以後的一生，都只能在他人的鄙夷中度過了。」煙霧散去，露出寧宏面色落寞，他對於葉珩的冒犯置若罔聞。他只垂下眼瞼，盯著煙頭，煩躁地將其撚滅。

「我想我明白您的意思。你無法自己說出口，所以只能由其他人來說。你也是這麼希望的吧。」克莉絲蒂娜抬高聲音，像是個登臺表演的演說家，「諸位，能否答應我不要把我待會兒的推論說出去，這只是我的猜測，傳出去很可能會誤傷這位老先生。」

「請吧。」寧宏又燃起了一根雪茄煙，這一次，他連墨鏡都戴上了。克莉絲蒂娜似乎感受到了一個年邁老者的哀傷與可悲。

4

「我說過，這世間的事總是輪迴的。各個地方古老年代的王朝更替，壓迫與反抗，總是輪迴上演。同一時代的小說裡的愛恨情仇也幾乎俱是一種戲碼，而就算不同時代，也有相似的主題。究其原因，還是在社會層面。是社會決定了人們的生活。你們想想，在荒山古剎會發生什麼？一個盜墓賊，五個和尚。誤殺不是我們愛看的戲碼。聯想到背叛者，我認為當年盜墓賊有無財寶雖不確定，但五個和尚絕對綁了這個盜墓賊。但明塵做了背叛者，他放走了盜墓賊。後來，明塵被他的師弟們殺害了，有些人很愧疚，就下山了。這個故事如何？」

寧宏拊掌，宛若欣賞了莎士比亞的戲劇一般露出滿意的笑容，「克莉絲蒂娜小姐，你安排的劇情很耳熟，的確是普通的小說故事呢。」

「看來猜錯了呢。」克莉絲蒂娜輕輕道。不過葉珩知道，克莉絲蒂娜猜得八九不離十了，不論有什麼細節錯誤，四個老人殺了曾經的大師兄是不會有錯了，這五花馬自然也不能倖免。克莉絲蒂娜這樣說，不過是有意保護寧宏罷了。

「雖然我猜錯了。但是這所謂的『士』很可能就是兇手，而且他的殺意很可能就是肇始於二十七年前的事。那麼，有沒有可能你們把那件事不小心說出去了？如果沒有，兇手就鎖定在你們明字輩剩下的三人裡了。畢竟，背叛者也可能指他背叛了這理應保守祕密的四人小團體，不是嗎？」克莉絲蒂娜言語有力，目光亦如寶劍般鋒利。

寧宏彈了彈煙灰，嗤道：「明心我不知道。反正我沒告訴過別人。」

葉珩亦搖頭，「父親連我都不說，又怎麼會告訴其他人。」

克莉絲蒂娜思慮片刻，方道：「既然如此，我們還是把目光放到今晚的案子上來吧。我先陳述一下我的調查進展。」沒能得到「士」的身分，克莉絲蒂娜並不意外，而一說到這樁案子，她一下子就嚴肅起來，「屍體雖然沒了頭，但根據一些體質特徵，死者是明路禪師這點絕對無疑。根據淨椿觀察到的死者身上的傷口以及禪房裡的血跡，明路禪師應該是在自己的禪房裡被一擊致命的。而除了肩頭的致命傷外，兇手斬去了死者的頭顱，還切掉了死者一對手掌——手腕被切後，又被兇手用透明膠封住了。此外，屍體腹部還被刻了一個巴掌大的『士』的標記。而柴房有一柄斧頭失竊，恐怕就是兇器。」

「按葉小姐的說法，兇手在第一次蠟燭熄滅時，將死者吊在了離地九米高的房樑中間。而在下一次蠟燭熄滅時，取下了他的頭顱。由此可以推測頭顱應該早已斬下，用某種方式粘合。關於這點，淨椿和淨秋都說是用六根堅韌的線串起來，還有膠帶粘合，目前看來是在那一分鐘內，兇手用剪刀剪了線，撕開了膠帶。在取下頭顱後，兇手利用繩結上準備好的粗鐵鉤鉤住屍體衣服，使其在失去頭顱後能繼續懸掛於半空中。其他變化是，原本戴在死者頭上的天狗面具，被掛在了死者的腰間，死者的腰間上也有鐵鉤。另外，根據葉珩和寧宏兩人的證詞可知，門沒有被打開過，案發現場是密室。而同樣值得注意的是綁在房樑上的繩套的繩結繫得極為紮實，而且房梁表面的灰塵無半點被破壞之痕跡。」

「兇手用到了繩子、線、透明膠帶、剪刀等等道具，這些都可以在柴房裡找到——淨冬向來是懶得鎖柴房的。但是我們也不能排除兇手自帶作案工具的可能性。」

「綜上所述，我們可以得出以下幾個問題：問題1：兇手為什麼要斬首？問題2：兇手為什麼要斬手？問題3：兇手為什麼要在第二次蠟燭熄滅時取下頭顱，這一行為和在這一時間採取這一行為的意義各是什麼？問題4：兇手為什麼要將死者懸掛於半空中？問題5：兇手是怎麼將死者懸掛在半空中的？問題6：兇手是怎麼將在半空中的死者的頭顱取下、怎麼轉移面具的？問題7：兇手是怎麼把繩子緊緊綁在房樑上而不破壞房梁表面灰塵的？問題8：這些種種又為何能短短數十秒間在密室裡發生？問題9：兇手為什麼要把現場設計為密室？問題10：兇手為何要將死者的頭顱和雙手藏匿？

「問題總結：本案是涉及到不可能出現、不可能消失、普通密室、無頭且無手屍以及不可能吊屍或者說空中密室等等的不可能犯罪，可以從如何做到和為何這般做展開。我還有個好名字給它，就叫雙重空中密室。這有兩重含義，一是空間上的，屍體穿過了木牆，又到達了空中。二是時間上的，這種密室出現了兩次。

「最後是案發現場狀況。總體上南北長八米，東西寬六米，還有根縱橫高十米、九米高的房梁，房樑上有個邊長二十釐米的正方形通風口、一扇可以在二米和四米間調節的且在案發時是四米高的門。內設傢俱有一張床、一張桌、四把椅子、一張櫃子、一個架子、一個蒲團、一座一人高的佛像、一朵彼岸花。內有小物件：三根蠟燭——燈芯都在中間某一部分被截斷、一個後來摔壞的手電筒、十四本佛經、六包茶葉、四個杯子。這就是所有的案情細節了。」

「你能回答你提出的哪些問題？」淨秋的問題切中肯綮。

克莉絲蒂娜不假思索地答道：「沒有。任何一個問題都回答不了。這些問題有的直接涉及兇手的詭計，在未看破前，根本無法回答。還有些問題或許會與之後的案子有關，在之後的案子沒發生前，也無法回答，只能勉強推測。」

「之後的案件？」淨椿登時坐不住了。

「是的。」克莉絲蒂娜毫不避諱，犀利地掃視全場，「之後絕對會有人死，這是暴風雪山莊的鐵律。四副面具，甚至是五副面具，死亡之旅還長著呢。」

「『士』召集這麼多人過來，又怎麼會雷聲大，雨點小呢？」葉珩附和般嘲譏道。克莉絲蒂娜回瞥了她一眼，她從葉珩的眼中分明看到了不安與慌亂。這個外表堅毅的女子終歸還是害怕的，只是苦苦強撐著。可是人前的面具再怎麼完美，也無法完全遮住人後的面孔呢。

「或許你可以嘗試一下怎麼回答？」淨冬揣著希冀。

「不用嘗試。」克莉絲蒂娜直接回絕，「可還有什麼資訊可以提供嗎？尤其是寧老先生。」

寧宏嘆了口氣，終是開口了，「要真說起來，我確實覺得驚訝。我不能懷疑禪房裡的人，也不可能懷疑禪房外的人。這恐怕真是鬧鬼了。」他接連著發出一聲聲苦笑，他嘴唇繼續蠕動起來，眼窩深陷，面容扭曲，「我倒是又想起來一件事，我出去的時候，沒看著一個腳印。哈哈！就算這麼大的雪，也不可能在一分鐘內讓一個人的腳印消失的！『士』——他是飛進來的！原來真的是天狗作祟啊！」寧宏捂著額頭淒慘地笑道，和剛才的冷靜與鎮定仿若兩人。周遭都人也都心神不寧地看著他。

「要不要我扶您回去？」寧復的手抵住寧宏的臂膀。

「不用。」寧宏又安寧下來，頗有威嚴地回瞪，「我還要繼續說下去！我沒看到任何腳印，目之所及，完全沒有！」

「你真的確定？你可能只是沒看到。又或者兇手在屋頂完成的這一切。」克莉絲蒂娜逼問，若寧宏的話果真屬實，這案子還是雪地密室，簡直無法著手。

「我確定。不，我不知道。你既然不信，那就當我沒看到吧。但我相信，這不是人能做到的！」寧宏剛剛似乎用力過度，以至於現在顯得十分虛弱，言語亦混亂，「那是天狗，是那個人的鬼魂。」

克莉絲蒂娜重整旗鼓，「說起腳印的事，我想我還是應該詢問諸位一些問題。依葉小姐所言，諸位到禪房的順序是淨椿三人、寧復、言小姐、我。首先，葉小姐，你還記得寧老先生回來到淨椿三人到來隔了多久？」

「大概五分鐘吧。屋裡有時鐘，我應該沒有記錯。」葉珩回道。

「淨椿，若我沒有記錯，你當時是被寧老先生一路上的叫嚷聲吸引過去的。可為什麼隔了這麼久？」

「我還在猶豫，我心裡覺得應該不會有什麼事。天冷，我也不是很想出門。」淨椿面色為難，言語有些遲疑，「可我後來實在擔心就去了，這大概是在起疑心的三分鐘後。而且我還先去找了淨秋、淨冬。這又耽擱了點時間。」

「寧復先生是在你們之後多久到的？」

「也就半分多鐘吧。」

「你不解釋一下嗎？怎麼就突然想要去了呢？」

寧復不緊不慢地說道：「父親回屋時，我不在房裡，在茅廁。我回去後看到父親房門沒上掛鎖，但他離開時明明上了，這才發覺不對勁，便決定去禪房那裡瞅瞅。」

克莉絲蒂娜蹙眉道：「我方才問是否有人出門，可沒人應聲。」

寧復無所謂地道：「你問這個問題本就是白問。真兇怎麼會自投羅網？而我就算出過門那又怎樣？」
「不怎樣。但已然說明你不夠誠實了。」接著，克莉絲蒂娜又問：「那你應該看到淨椿三人的腳印了吧？」
「見到了。」
「然後言小姐是什麼時候到的？」
「我就在寧復先生後面。我當時本想出門去澡堂的。」突被點名的言思月臉紅地囁嚅道，「我看到寧復很著急地去了禪院那邊，也怕出了事。」
寧復也點點頭，「我看到她了的。」
「也對。最後就是我了吧。是淨椿叫我過去的。我走的時候，已經看不到前面二位的腳印了。我到禪房的時間是十九點二十分。這樣一來——」克莉絲蒂娜在一本筆記本上落筆，過得片刻，一張簡略的時刻表便製作完成了。

19：04　寧宏到禪房。
19：06　葉珩到禪房。
19：09　第一次蠟燭熄滅，半分鐘後第二根蠟燭燃起。
19：12　第二次蠟燭熄滅。
19：13　第三根蠟燭燃起，寧宏出禪房。
19：14　寧宏回到禪房。
19：17　淨椿出門。

19：19　淨椿三人來到禪房。

19：20　寧復、言思月來到禪房。

19：25　克莉絲蒂娜來到禪房。

克莉絲蒂娜眼見這討論會無以為繼，便道：「我沒問題了，大家可還有什麼疑問嗎？」

「我倒是有個小問題。我很好奇的是，禪師的頭顱和手掌真的找不到嗎？」寧復探著身子。

「是的，我們三人裡裡外外都尋過了。」淨椿滿臉懊喪。

「內殿呢？」

「雖然鎖沒壞。我還是親自找了。」

「那，是各自找各自的，還是有人安排的？」寧復的意思很明顯，如果是各找各的，且兇手在三人之中，他找過的地方，其他兩個人自然不會再找。

淨椿生起些火氣，「是我安排的。你若有所顧慮，大可自己去找。」

寧復卻輕飄飄地說：「我想不用了，一顆頭、兩隻手而已，沒了也就沒了吧。想來也不打緊。」

「你……」淨椿當場就要怒斥這桀驁跋扈之輩，卻被一旁的淨秋死死按住了。他只得冷哼一聲，推了桌子一下，稍稍發泄自己的怒火。

5

說到內殿的時候，葉珩心神一凝，輕咬下唇。她猛然想起了之前一直被有意無意忽略的一件事。這件事，也正是她認為的神明給她的第二次死亡暗示。

那時，葉珩與明心業已交流一番，淨秋在屋外通知了明心寧宏到來。明心便吩咐淨秋領著葉珩、言思月寓目諸建築，瞭解寺廟情況。淨秋便帶她們來至先前所經過的中院的佛殿之前。這該是一般寺廟天王殿的位置。

彼時日光混濁、微風拂面，淨秋欠身而立，他的臉在夕陽下像是敷了層金粉，活像尊佛陀。但不知怎麼，他本平靜安然的面容卻讓葉珩有些不忍去看。那是一副愁容。平靜卻愁鬱。應是天生如此，這是一尊苦頭陀。他適時開口：「我們管這裡叫小天王殿。」

葉珩細細觀量，嘴上跟著輕聲呢喃，微微一嘆。此殿堂如淨秋的面容一樣，可粗看，不可細量，亦如泥塑的菩薩、木雕的佛陀。先前遠觀，可見此殿高瓦飛簷，氣象莊重，正中開闢著一扇雙開高門。此番近看，便發現這殿堂為木質，長著青苔，發出泥臭味。各處塗著的紅漆凋離近半，門窗上裂口縱橫，罅隙四處可見。

淨秋又道：「除彌勒菩薩規格正常，其他的四大天王和韋陀菩薩都是一巴掌大小的木雕佛像。」

「佛教也尊四大天王？」葉珩問完，就聽到一撲哧笑聲。

「我們佛教的四大天王是東方持國天王提多羅吒，西方增長天王毗流馱迦，南方廣目天王毗流博叉，北方多聞天王毗沙門。所謂魔禮海之流全然是捏造的。」淨秋對《封神》一書頗有些鄙夷。

「原來是這樣。那這彌勒菩薩是不是就是彌勒佛啊？」這次，葉珩問完，側首向言思月看去——她正紅著臉，憋著笑。葉珩不免忐忑。

果然，淨秋面帶慍色，「目前只有彌勒菩薩，未成佛，怎能稱佛？」

葉珩自討沒趣，便不再發話了。

殿裡極為昏暗，四周窗戶都被木板重新釘上，根本沒有光線可以進入。但隨著殿門的敞開，逐漸亮堂起來。一股濃鬱辣鼻的香味也散漫開來。在殿堂正中靠後牆的地方，葉珩看到了一尊色澤暗淡的鎏金彌勒菩薩像，袒胸露腹，大肚便便，立在水泥坐壇上，足有一人高。

淨秋似感慨道：「這彌勒菩薩像是明朝遺物了。」

葉珩吐了吐舌，顯然有些意外。

「這些則是師祖親手雕的。」淨秋將一尊稍歪斜的木雕佛像扶正，再拜之。這尊佛像，左手伸臂持刀，右手屈臂向前，葉珩看得莫名眼熟，卻叫不出名字。好在淨秋之後說這就是持國天王。而持國天王一旁，又有三尊形象各異的天王。葉珩不感興趣，眼神飄忽，便注意到彌勒菩薩像的兩側各有一扇門，皆閉合著，她開口問道：「這後面是什麼？」

淨秋有些不自然地回答：「本寺為節省，只有這一座殿。而這一座殿，結合了其他廟宇的天王殿和雄寶殿。」

「這後面就是雄寶殿？」

「是的。」說完，淨秋又謙卑地加了句，帶慚愧色，「小雄寶殿。很不合規矩的那種。也可稱之為內殿。」

葉珩剛邁開步子，卻被淨秋叫住，「葉小姐。內殿不允許外人入內。」

「那裡有什麼見不得人的事嗎？」葉珩頗有些意外。

「裡面就一尊釋迦摩尼的坐佛。」淨秋憋紅了臉。

「哦？」

「還有一些木雕佛像，也是師祖圓寂前的作品。」

「還有什麼？」葉珩追問。

「坐佛後面還有扇門，可以直接去到客房的院落。不過好幾年沒開著了。」

「那有什麼不好進的？」葉珩咄咄逼人，毫不退讓。淨秋看向言思月，可她只靜靜立在一旁，絲毫沒有勸阻的意思。

氣氛突然有些緊張。

無所顧忌的葉珩在淨秋苦澀的目光中緩緩走到右側門前。那是扇漆黑的木門。色調不一，或明或暗。葉珩輕嗅，似乎聞到了血腥味。

「怎麼有血的氣味？」

淨秋微張嘴巴，支吾道，「確實……確實灑了狗血。黏黏糊糊，不乾不淨，葉小姐還是不要進去了吧？」

「哼，你們明明是佛殿，還灑狗血？內殿裡到底有什麼見不得人的？」

淨秋疾首蹙頞著。這副面容，葉珩之後還將見到數次。

「你瞧，禁地卻不鎖著，被人進去了，也是你們的失職啊。」說著，葉珩便伸手推門。

內殿比外殿還要黑，還要陰森。氣流促而成風，撲面而來帶著刺鼻的腐氣，似能言語，恰在哭訴。葉珩雖然好奇，卻邁不動步子。雖然不解，但直覺告訴她：裡面死過很多人，裡面有很多屍體。

一隻黑手猛然出現在葉珩眼前，她的心驟停。黑手把門重新關上，並上了鎖。

「葉施主，裡面的東西不能見客。」聲氣甕甕。

葉珩側過頭，眼前是一個皮膚黧黑、身材寬大的和尚，滿臉橫肉，胡鬚深密，看上去凶神惡煞。他的嘴唇很厚，眉毛很粗，雖然面上微笑，卻像刻意擠捏而成。

「小僧淨椿。是寺裡的大師兄。」他親切地自我介紹，接著以強硬的口吻道著歉意，「內殿是本寺禁地，還是請二位去別的地方看吧。」

葉珩尚摸不清面前人的性格，不過見他態度堅決，也只好作罷，但心頭卻難免掛上一絲陰霾。可她也只能忿忿離去。如今想來，自己早該意識到，不管內殿裡到底有何物，寺中的人有多麼古道熱腸，淨業寺都不該是什麼善地。現在這個時刻，無疑是葉珩質問淨椿內殿的事情，並報復淨椿的絕佳時機。但她還在掂量。

而看到葉珩在聽到內殿時的渾身一顫以及之後她閃閃發光的目光，淨椿自然明白，先前的粗魯舉動非但不曾使得面前富有探險精神的年輕人放棄對神祕的探究，反而激起了她的鬥志。可淨椿既然恪守不打誑語的準則，又怎麼敢說呢？他猶記得，當時他待得三人離去，又將左邊的門也上了鎖。他陰沉沉地看著面前漆黑的門板，似乎就能直接穿過它，望見內殿裡的那幾十具屍骸。他忘不了它們帶給他的夢魘。

內殿的事，雖然神祕，但這份神祕只會讓進入的人失望，失望於寺廟的祕密竟如此無聊。但知道隱藏的真相的他卻已然無法忍受任何人進入內殿，已然驚懼於任何更深層的祕密被發現的可能性。驀地，他的眼前又浮現出那震撼人心的一幕——一尊本神聖的木雕佛像莫名流血了，從此內殿封閉，至今已七年了。他想要阻止葉珩盤問，但他能做的，只有用毫無變化的眼神，盯著她，希望她不要執拗於知曉一個與命案完全無關的淨業寺的醜聞。而葉珩似乎也從那疲憊之態中意識到了中年人的苦澀，不置一言。

克莉絲蒂娜對暗中的心靈交流自然毫無察覺。她靜心等了一會兒，見在座的人或合目、或沉首、或支頭，皆興味索然，便道：「看來大家也沒有要說的了。接下來，我想對各位的住宿提點意見。」

「你不會是想讓我們住在一起吧？」葉珩乜斜著眼，語氣微妙。

「非也。住在一起未必就好，兇手有備而來，下毒就不好了。我的意思是——」克莉絲蒂娜神情變得極為嚴肅，「無論發生什麼，大家千萬不要開門。大被蒙過頭，便一切安好。」

「自當如此。」葉珩甩下這句話，和言思月率先離場。她們撐起傘，一併邁入暴雪，消失於黑幕。寧復見狀，一言不發，撐開一柄黑傘，攙著老父寧宏，緩緩前行。淨椿三人則挑了另一條路，他們成長在寺內，對這道路甚為熟悉，便想從齋堂南邊的小門直接到連廊上。儘管還是要經過拱門，但少些風雪載途，總少遭些罪。不過一進齋堂的裡間——小門開在裡間，淨冬就鬼鬼祟祟地將門合上。淨秋目光閃爍，步伐一緩。淨椿倒是一如方才，悶頭往前走著。但下一秒，淨秋卻冷不丁搭上他的臂膀。

「有什麼事嗎？」淨椿回過頭。

淨秋心中躊躇，欲言又止，回望淨冬一眼，淨冬徐徐以目光鼓勵之，這才下定決心，苦著臉道，

「禪師仙逝，住持昏迷。師兄，有些事，我想徵求您的意見。」

淨椿靜等下文。

「我本想和克莉絲蒂娜小姐直說的。」

「到底什麼事？」

淨秋撲通跪倒，「我想請師兄一起阻止克莉絲蒂娜小姐的調查。再這樣無視天狗大人的旨意，他會不高興的！」

「你！怎的如此死板泥古？」淨椿氣得脖子漲紅，「我早該想到的。天狗呵。若它真的存在，讓它來殺我呀！」

淨秋忙攔著他的口，「師兄別說這樣的話。」

「我不許你再提這樣的話。」淨椿直接喝止，「淨冬你也是！」

淨冬怯然畏縮。

淨椿憤然奮袂，獨自出了齋堂。他對淨秋和淨冬的愚昧深感痛心。

「但這分明是天狗大人啊。」淨秋猶自趴在地上，委屈地嘀咕。

淨冬將他攙扶起。

二人相視一眼，各自虔誠地誦了句佛語，做了番祈禱。

「你們這又是何必呢？」身後的話語讓二人都是一陣毛骨悚然。他們轉過頭，克莉絲蒂娜一身藍色的裙袍，手握一柄藍傘，正款款而來。

「克莉絲蒂娜小姐。」淨冬嘴巴微張，微感窘迫。淨秋愁容依舊，凝神屏息，默然不語。

「很抱歉，方才偷聽了你們的對話。不過你們真的太大聲了。」克莉絲蒂娜低下頭，她口吻裡帶著親近之意，「你們呀，還是和五年前一樣，都喜歡把那些大人掛在嘴邊。五年前還以為你們是喜歡嚇唬我。如今看來，這還真是刻在骨子裡了。」

「所以你能不能……」

克莉絲蒂娜斂容正色，「我是不會放棄調查的。」

「可是……」淨秋向前邁了一步。

「放心。沒事的。一切都會好起來的。」克莉絲蒂娜合上眼，復又睜開，「淨秋、淨冬，死的，畢竟你們敬愛的師父啊，你們真願意這殺人兇手逍遙法外？」

淨秋搖搖頭，「我只是怕這是天狗大人。」

「是啊，如果你們口中的天狗大人真是兇手，你們會怎麼做？」

淨秋沉默良久，「命裡有時終須有。這就是禪師的命數。」

「五年前的事，大多已經模糊。所以我很好奇，為何天狗這些妖精會受到崇拜呢？不是說紅蓮鎮壓了這四隻作亂的妖精嗎？那這些妖精哪裡配稱一聲大人？」

淨秋眸光一閃，語氣嚴厲起來，「秋茗，你只知其一，不知其二。」

聽到「秋茗」二字，克莉絲蒂娜明顯面容一僵，心裡大不高興。秋茗，是摯友給她起的中文名，但在那人逝去後，她就將其視作禁忌。這絕對是不能在克莉絲蒂娜面前提到的兩個字，它代表了太多痛苦的回憶。故此這次上山，她事先聲明，堅決不願再被叫做秋茗了。

淨冬知道淨秋有這番言辭，便是生了火氣。他猶記得淨秋常言：人皆有所執，而凡有所執者，皆是信仰之奴僕。淨秋自己明白這個道理，卻依舊難於倖免。他發怒，不是他出於本心，而是被一些無需縹緲的存在操縱著。他不得不怒。

但淨秋還是理智地將怒火壓制著，「今日早些時候，寧宏誦了首詩，『嵐煙縹緲湏洞處，孤影鬼魅驅人奴。不知山上何人墓？流觴洗魂仇化土。』但這是妖精鎮裡粗鄙之人的妄語，而非這寺廟裡自古流傳的詩句。克莉絲蒂娜小姐，不知你是否記得，五年前，我是如何念誦的嗎？」

「『不知山上何人墓？史不留名換太平。』」克莉絲蒂娜輕聲吟哦，錚錚悅耳。

淨秋點點頭，「我所知的傳說裡，妖非妖，人非人。天狗大人他們曾為眾生而戰，只是被黑暗侵蝕。紅蓮大人鎮壓他們，只為不願他們繼續為禍蒼生。而不知山的墓主人，更曾於萬族有大恩，只是被歷史、歲月、信仰、輪迴四位禁忌永封。」

「哦？這傳說貌似有了體系？」克莉絲蒂娜知之甚少，權當故事聽著，「也不知不知山的墓主人是誰？」

「『史不留名』，這四字已然道盡一切，此所謂，天下何人曾識君？」

「淨秋，你這是魔怔了啊。」

「傳說，又為何不能真實存在過？」

克莉絲蒂娜微嘆口氣，在她眼裡，淨秋陷得太深，已分不清虛幻與現實了，比五年前更加嚴重，也更讓她無法理解了。

淨冬覺得氣氛緊張，拉扯淨秋衣袖，「師兄，我們還是回去吧？」

淨秋露出苦笑，他知道自己又失態了，「抱歉，克莉絲蒂娜小姐。我只是想把這件事告訴你，不希望大人們一直被誤解。」

「沒事，我能體會你的心情。」克莉絲蒂娜溫言道。

聽到這話，淨秋明顯鬆了口氣。

「你們讓淨椿一人照顧明心住持？」

淨秋連忙解釋道：「並非如此。現在住持昏迷，暫時修養在明覺師父房裡。照顧住持這事自然不可能只由一人負責，我們師兄弟三人商量過後決定輪流照看，一小時一換。淨椿師兄考慮到淨冬懶懶的性子，便安排給他二十一點到二十二點這一輪次，而二十二點到二十三點是我的輪次，二十三點到二十四點則是淨椿師兄的輪次，以此輪流下去。到了白天，這間隔自然會擴大。」

「原來如此。」克莉絲蒂娜滿意一笑，「那便不打攪了。」她道聲再見，便回客院，進了屋。克莉絲蒂娜關上了房門，拴上門閂，心裡並不平靜。第一次的討論會就這麼無疾而終，對於這點，克莉絲蒂娜亦是無奈。她何嘗不想快速解決這個案子？只是目前得到的線索尚無法讓她得出一個可能的結論。禪房裡裡外外她看了好多遍，依舊一無所獲。也唯有等到雪停後，通知警方來，運用更先進的調查手段，才能真正破解吧。

不過，之前與淨秋的一番對話，倒是讓她有了些新的想法。譬如，淨秋會不會意外得知明字輩僧人曾經的往事，覺得他們有辱於佛門與那些妖精大人，所以分別寄信邀他們上山，又刻意毀去紅蓮的面具。可是，毀掉紅蓮面具，不正褻瀆他口中的大人嗎？淨秋這樣的人，會這麼做嗎？從這一點看，淨秋反倒最不可能。而且淨秋的逆鱗雖在此，卻極有自製力，不像是會因此就動手殺人的。

忽然，一道靈光閃過，克莉絲蒂娜只覺福至心靈，淨椿二字蹦上心頭。「士」代表反抗、背叛。

若她不曾記錯，淨椿就是一個不地道的佛教徒，私藏禁書，有不尊佛法之心，那不正可稱「士」嗎？而他說自己聽見寧宏叫喚起了疑心，卻足足等了三分鐘才再去找了淨秋、淨冬。這點也不得不讓人在意。

克莉絲蒂娜心想，淨秋有其動機，其是兇手這條路，或許可行，但絕對不順暢，有些點確實無法解釋。而淨椿或許與「士」能扯上關係，但他如果真的早就知道二十七年前的事，且想為明塵報仇，為何不早些年報警呢？而非要自己動手？克莉絲蒂娜沒法順利回答自己，她揉揉眼眶，現在天色已晚，還是先睡覺吧。她喜早睡，尤其今日跋山涉水，更消耗了不少的精力，精神更是困頓。

她褪去衣裳，露出細膩潔白的肌膚。如靈活地魚兒躍進被褥裡，渾身赤裸的克莉絲蒂娜仰躺著，曼妙的身軀勾勒出誘人的輪廓。她輕柔撫過自己的順滑的腰腹、胸脯。她急促地呼吸，聯想明日該是怎樣的光景，心裡頗是惴惴，一番輾轉反側，不知何時方得入眠。長年寓居中國的她五年前曾與其他夥伴來過淨業寺，度過了一段愉快輕鬆的歲月，與淨字輩的僧人們甚為熟識。如今，她再次登門拜謁，殊不知趕上了，這註定雲詭波譎的一截時光。

6

晚十點，雪依舊下著，勢頭業已見頹。

常年住在山上的淨冬知道這雪撐不了多久了，他打著哈欠從明覺禪師的禪房裡出來。他看著滿天飛雪，想到了羅剎的傳說。淨冬推搡著淨秋的肩背，疲乏的淨秋勉強打起精神進入禪房，在桌邊定定神，給自己倒了杯提神醒腦的茶水。這雪恐怕再下個幾十分鐘，也便該停了，他也這樣暗自思忖。

晚十點五十分，就像不少人預見的，雪停了。

正從小憩中醒轉的淨椿見狀，有些欣喜地兀自嘟囔了幾句。又想到今夜寧宏關於天狗的瘋言瘋語，他暗自搖頭，他雖是個佛教徒，卻始終是相信科學的。所謂妖精，只在人心。哪有妖精會用刀劍殺人？到得整點十一時，他去接了淨秋的班。淨秋在屋內呆坐了一會兒，今日之事，讓他頗受折磨。他似是下了什麼決定，立起身，踩在泛著熒光的雪地上，留下一個個腳印。

約莫十一點十分，藏經室裡的油燈被點燃。淨秋將藏經室南門打開，想換換空氣。他往西一瞥，那裡的池水已結了一層薄冰，石子路上的雪甚為平整。涼風習習，令他睡意全無。他取了本佛經，攤開在桌面上。

時間逐漸流逝，劍指十二月二十七日。

此時的淨業寺立在雪原之上，恰同一隻冬眠的野獸，在看似沉穩的寂靜中不起波瀾地呼吸、起伏著。寺內，一隻獸角髯髯的妖精在狂風中白髮飄舞，迷亂的水汽從口鼻中揮散而出。它正在瘋狂作祟著，似是要把它被紅蓮鎮壓千年的慍恚一併釋放而出。

而距此地千米之外，有兩道人影正在緩慢靠近淨業寺。此時的兩人尚不知道淨業寺裡等待他們的何等錯綜複雜的狀況。

今夜，註定不眠。

第二章　羅

1

寧宏不知為何自己還是決定出門，在發生了慘絕人寰的命案的情況下，這明明是極危險的事。但就是有一種神祕的力量在驅策著他，讓他不得不出來。這股力量名叫好奇。他從來就是個好奇心綦重的人。

自打有記憶起，他便在寺裡了，當年他還是小明山，據說是個淘氣十足的搗蛋鬼。他早已忘了這點，以至於他總覺得自己與過去被時間撥離成兩個人。黑牆綠瓦，粗茶淡飯，這是當年留給他的最深刻的印象。淨業寺一直沒什麼人氣，大家大多各自修禪，偶爾互相探討。這是個避世之地，但他還不曾入世，又怎能安心避世？用師父的話說：沒有得，何來舍？

那個時候，每隔一段時間，就會有陌生的人來寺廟，有鬚髮皆白的耄耋老者，也有眉目如畫的花季少女，有的人衣著古樸，有的人穿戴時尚，還有的人打扮怪異臉上黑黢黢綠油油。他每次都會去看那些外來人，指指點點的，同時向他們詢問山下的妙事。每到興緻之處，如酣如醉，心中頗為意動。

山的那邊是什麼？這是明山的童年。

明山見到的第一個來客，自然記不清了。但他第一個記住的人是一個耍雜技的。他踩著高蹺從小明山面前走過。年輕的明山誤以為自己遇到了巨人，方記住了他。當然，在十歲那年他南下去雜耍班子學習時，他便知道自己鬧了笑話。

雜耍班子的班頭是圓慈師父的好友，明山自是圓慈介紹過去的。圓慈說，明山要先離寺十年去「得」。

十年的跟班生活讓明山的腳印留在了大江南北，他習得了一身的絕活。關於寺廟的記憶唯有香火和圓慈。班頭讓明山留下，明山卻毅然回了山門。他要給師父一個交代。他要知道自己能否「舍」。山的那邊我已見過，這是明山的青年。

重回寺廟，可以說是物是人非。曾經的師父們只剩下了圓慈一個，而其他的，他竟連名字都記不起。也罷，都是些頑固守舊的人。

他不知道自己是否真的舍了。一開始，他是自傲、自信的，完全不去想山下的事，那些事對於他來說已是平常。反倒是明心他們一直嚷著要他分享自己的見聞。他們入寺多年，孩提時期的俗世經歷都有些模糊了。但日復一日的粗茶淡飯讓他備受折磨，他時不時就會懷念那段歲月了。可明山還是決定留在寺中，並將這種折磨視為修行。

這段時間，一直由九歲入寺，比他小十五歲的淨椿照顧他。明山知道這是個心思細膩的早慧孩子，僅此而已。比他大二十六歲的明塵倒是與他投緣，視其為忘年之交。淨夏比淨椿晚兩年入寺，但他比淨椿長三了歲，是個城府極深的人。明覺最喜歡他，常帶他下山雲遊。

而明山更喜歡的是淨秋。明山二十七歲那年，淨秋入寺了。那年，淨秋剛剛出生。那個時候，明山就決定在淨秋三歲的時候就送到雜耍班子去。他或許是要做個實驗吧。他要看看這個孩子回來後，內心會不會像他一樣受到折磨。至於淨冬，那是二十七年前那件事之後入寺的了，聽說是個心思單純、身子憊懶的人，沒有人特別喜歡他，也沒有人不待見他。他也跟著學過幾年雜技，與淨秋關係極好。

二十七年前的那件事就發生在明覺和淨夏外出雲遊後不久，明山三十歲生日也剛過沒多久。天塌了一般。

他藉機順利逃下了山。

吾更愛山的那邊，這是明山的壯年。

那一段歲月，他竟感覺如同魚得了水。殺人的恐懼也沒有跟隨著他。他開始創業、下海，用錢生錢，在生意場上縱橫捭闔，佔據了自己的一片江山。雖然尚且比不得一些巨型財團，但寧宏相信，憑藉自己的實力，他遲早成為一方霸主。這二十七年，淨業寺，他沒回去過一次，念頭都不曾動過。他本以為他這一生都不會再踏足了的。可是，那封信，成了他心頭的一根刺。

「士」，你到底是誰！你究竟是明塵的鬼魂來索命，還是天狗、羅刹等妖魔在作祟？寧宏忽感覺到自己的腦袋裡生出了發出詭笑的魅影。天狗在哂笑、譏諷，赤紅妖冶的面龐在眼前不斷閃現。羅刹在盯著他，張開獠牙，持著巨斧，就要斬落。但寧宏冷笑，妖魔，他有何懼？這都不過幻想而已！眼前的幻象在消弭，他自信自己的手段不會比誰弱。他相信在拿出那塊玉後，明心就算是兇手，也絕不會對他動手。而他在討論會上示敵以弱，也能夠麻痹兇手，讓兇手露出馬腳。

而事實上，「士」是誰這個問題，他在不久後也得到答案了。只是他不明白，就像不明白自己怎麼就這麼死了。他所做的掩護竟絲毫未起到作用。

明明一切都顯得那麼平靜，但就在這平靜下藏著殺機。那個人，呵呵，真沒想到會是那個人。這個人臉上的面具太完美，竟將他完全騙過，以至於在毫無防備之下遭遇殺身之禍。當寧宏堙沒於那個人深沉的惡意之中時，他深知，一個可怕的惡魔將在這個夜晚大肆殺戮，直至它心中達到極致的怒火平息——這長夜難明。

一把利刃刺穿了如意識如溺嬰般混沌的他的胸膛，深深地嵌入他的骨肉，綻放了一朵朵鮮艷的紅蕊的花苞，也帶走了他的生機，他的理想，他的抱負。

而等待他的最終命運即是斬首。在他的身旁，站著一尊雙目猩紅、白髮散亂、青面獠牙的妖精——羅剎。它手上的彎刀正淌著血，血隨著刃角滴落進平靜的雪地上，將血腥味擴散開來。羅剎發出「桀桀」的低笑聲，可沒傳多遠就匿跡於狂風之中。

他早先那句「屍體四周沒有腳印或只有死者的腳印，那絕對就是羅剎所為了」也大致印證了此情此景，也正將是他死後留給眾人的一道謎題。

此時，雪已停。

四下闃寂，寒風瑟瑟。

羅剎者，斬首之物也。

2

淨業寺，晚十一點三十分。

已是深夜，有的人在歇息、沉睡，有的人卻並未入眠。

淨椿即是其一。在屬於明覺禪師的屋子裡，他坐在桌邊，桌上攤開著一本書頁泛黃的經書，上面有諸多批註。明心住持則靜躺在他對面的床鋪上。見茶水見底，他為自己續了第四杯茶水。而當十時五十分雪停的時候，淨椿便注意到了這喜人的變化。雖然雪甫停並無法讓他們順利下山——這至少要等第二天白天消融一些，但至少是個好開端了。

淨椿瞧了眼書邊的鬧鐘。再過半小時，又該是淨冬的班了。淨椿暗道，那小子，恐怕起床就得耗上好一會兒。不過，事實證明，淨椿的擔憂顯然是多餘了。就在幾分鐘後，明心住持蘇醒了。他雙眼渾濁，嘴唇乾澀，長時間不入光線，昏暗的燭光都讓他感到刺痛。

「咳咳。」

「住持，您終於醒啦！」聽到明心的謦欬聲，一旁守候的淨椿匆匆來到他的身側，將其上半身扶起。

「淨椿！傻孩子，辛苦你了。」明心聲音雖然虛弱，但精神尚佳。

「住持，不辛苦的。」淨椿止不住地搖頭，「是淨秋、淨冬和我輪流照看您的。」

「你們都有心了。」

「住持，您喝水。」淨椿將一杯清水遞過去，明心不喜茶。

明心微微一啜，面色稍霽，恰若雲開霧散。

「住持，我去取些齋飯來。」

「不急，路上小心些。」

「知道了。」

滿心歡喜的淨椿甫一出門就發現有些不對勁了，本來尚帶著笑意的嘴角緩緩凝滯。在他的面前，有一行腳印從淨秋門前的連廊處發軔，延伸進客院甚至更遠。

心下奇怪的他循著腳印走著，去齋堂正好順路。當他來到客院，又見著另一行腳印，這次是從寧宏門前出來的。淨秋的腳印在左，寧宏的腳印在右。這兩行腳印似乎是並排走著，卻又顯得極為怪異。淨秋的右腳印和寧宏的左腳印幾乎對稱。而最終，二人的腳印在靠近天王殿齋堂一線分離。寧宏去了北院，淨秋先去了天王殿，後又去了藏經室。

淨椿略微思索，以拳擊掌，暗叫不好。不知道為什麼，淨椿看著這眼前的腳印，竟立馬警覺地意識到——寧宏多半出事了，地點在北院。這是一個可怕的想法，但更可怕的是淨秋就在藏經室。他慌忙地從懷裡掏出一件與深山古剎格格不入的一件事物——一款翻蓋型手機。這寺廟裡有手機的只有淨椿和淨夏。淨夏常陪明覺下山，自然要用。淨椿也經常要去姚鎮採集物資，也不可少。淨業寺沒有電可以補充，所以淨椿極為寶貴這手機的電量，一直關著機。但此刻，他卻毫不猶豫地開機了。他開啟拍照的功能，將此處的腳印以各個角度、各個層面都拍了個遍。

「師兄，你在做什麼？」不知何時從藏經室出來的淨秋滿是錯愕地看著淨椿，並向他走近，隨即他又疑惑地看著寧宏的腳印，「誰半夜三更去北院那荒涼的地方了？」

「師弟，你可倒了大黴啦。」淨椿哀傷地看著一手還拿著厚實的經書的淨秋，「在這多事之秋，又何必來此處讀經書呢？」

淨秋立定，無辜地撓撓頭，「今晨住持教的有些深奧，且發生了那種事，實在睡不著覺，便先去天王殿為住持祈福，再來此翻閱解惑。」

「好了。你就待在此處不要動。我去去就來。」說完，淨椿循著腳印往北院走去。只留下淨秋如中了定身咒般，一臉茫然地獨自站在雪地中間。

淨椿並沒有深入北院，只在院牆的門洞處停留，他可不想惹上嫌疑。但單單站在這裡，不遠處的一切，他便已瞭然於心。一具屍體靜靜躺在了最南邊院落的正中心，身上穿著的，若他沒有記錯，該是寧宏的衣服。兩側的水池本應同以往一樣因降溫而結出一層薄冰，但呈現在淨椿眼前的大半個池子都是支離破碎的冰塊。

淨椿又定神看向寧宏的屍身，這殘破的肉體靜躺在雪地上，頭朝南，腳朝北。不，他沒有了頭，淨椿立馬否決自己。他的頭立在胸膛上，與其身體分離了。羅剎的面具覆蓋在上面，白色的毛髮蓬鬆雜亂，迎風飄舞，讓人看不到面具後的真面目。兩顆猩紅的眼珠子死死盯著淨椿，逼得他沒了呼吸。那一張血盆大口，似是要將面前的人活活吞下。感受著一股股寒氣直往天靈蓋湧去，淨椿顫抖著雙腿，拚命使自己不發出任何示弱的尖叫聲。

恐懼退潮的那一瞬間，淨椿復又千思萬緒，百感交集。就目前看來，淨秋嫌疑無疑是最大的。但淨椿絕不會去懷疑淨秋，也相信淨秋不會做出這種事。他畢竟是看著淨秋長大的，他熟稔於這個任勞任怨、苦心修禪的師弟，深知他的癖好與個性，並以一種特殊的情感對待他。猶記得，淨秋剛到寺廟，還只是一個剛出生的粉嫩嬰兒。他的母親不知何故將他拋下，是他把淨秋從寺門外抱回寺裡，也因此固執地認為自己是他真正的引路人。

當時在溫暖而熏香撲鼻的佛堂裡，淨秋安穩地在繈褓裡睡著，稚嫩的腳丫就在淨椿手掌心裡捂著。他感到一份沉甸甸的責任。他聆聽圓慈與明心的教誨，他們說，「椿字取自『椿庭』，又通『春』，既是長兄，又是父親。長兄如父。」兄長兼父親，這是他自己的定位。而「師兄」是淨秋最先會說的兩個字，年僅十三歲的他為此淚流滿面——這不會是對淨夏喊的，淨夏孤僻獨立，從不照顧淨秋。

淨秋從小便乖巧，常年誦經參禪，而不受塵世之汙濁。如今寧宏死了，屍體就在淨秋數米開外，只隔著一堵牆，但不會是淨秋殺的。淨椿愣在原地，執拗地想著。他那麼善良，怎麼會殺人呢？他分明是個熱愛一切生靈的虔誠的佛教徒啊。為死蟻而哭，見幹蜓而泣。他默默地想著。

一聲熟悉的「師兄」入耳，空靈而溫和。是淨秋，他在詢問出了什麼事端，只是他的面容卻不若聲音那般令人舒爽，又是那標誌性的愁苦之相。到底是什麼時候起，他不再顯得輕鬆呢？淨椿本是最有資格回答這一問題的，但偏偏他找不到答案，他眼中的淨秋生來就是個命苦的人。淨椿雙手虛按，命令而實則懇求淨秋站在原地，千萬不要妄動，千萬千萬不要動。淨秋向來如尊敬住持一般尊敬他，自然會將他的命令視為金科玉律。

也正如淨椿所料，淨秋見他如此鄭重，自然不會不嚴格遵守。那之後，淨秋便見著淨椿消失在了牆洞處，過了一會兒，又從齋堂朝西的大門出來。淨椿有些焦急地問他剛剛是否有人出來。

「沒有。」淨秋如實回答。

緊接著，淨秋又見他從齋堂回去，過了會兒，從藏經室出來了。近看之下，淨秋注意到師兄的鞋子和半條褲子都濕光了，褲腿上還有冰屑閃著光。他心中猛地一痛，「師兄，你這樣會凍壞的。我們回屋烤火吧。」

淨椿卻置若罔聞，「你還是待在這，我去去就來。」他這次去了客院，攏共不過盞茶的時間，便與克莉絲蒂娜一起過來。這個挪威人依舊拿著自己的陽傘。克莉絲蒂娜說千萬不能開門，卻自己犯了規，淨秋腹誹。規矩絕對是他首先注意到的。

淨椿、克莉絲蒂娜二人是從齋堂和天王殿之間穿過來的，想來是不想破壞藏經室和天王殿之間的腳印。而就算如此，二人亦在齋堂和天王殿附近查看，所以前進速度不快，也讓那片區域密密麻麻地滿是腳印。他們一路走一路看一路拍，直到來到淨秋所在的地方。

齋堂到天王殿與藏經室到天王殿的最短直線距離都是四米。在這段距離以及附近多處地方，克莉絲蒂娜和淨椿都進行了細密的查探。這個過程中，淨秋一直一臉迷惑地看著他們。甚至於，他還看見克莉絲蒂娜爬到了淨椿的背上，矮小寬大的淨椿背著這個身材高挑的女人極滑稽地跑了好幾步路。最後，他們似乎得出了什麼一致的結論。

「竟然沒有任何腳印被覆蓋或重複踩踏過。」由於體格臃腫的寧宏的體重一定是最重的，鞋碼也是和寧復、淨椿一樣在眾人之中是最大的，要想重複踩踏寧宏的腳印而不留任何痕跡，克莉絲蒂娜覺得這顯然是異想天開。至於淨秋，直接問本人就好了。

「淨秋，左邊的腳印可是你的？」克莉絲蒂娜問道。

「自然是我的。」淨秋狐疑地看著她。

「是啊。」她開始自言自語，又似是在為兩人分析，「這行腳印的深度和你從藏經室來的腳印深度一樣。你也知道，我的目測能力很強，很精準。淨秋你一百二十斤，我九十斤，我的腳印比你的淺。淨椿一百七十斤，比你深。至於旁邊的腳印，看來真的是寧宏這個胖老頭的，深度比淨椿深，比淨椿加我的體重留下的腳印淺。這樣一來……」克莉絲蒂娜看向淨秋，波瀾不起的藍色眼眸裡泛起絲絲縷縷的懷疑，但這懷疑又剎那瓦解，「淨椿，你隨我去北院瞧瞧吧。」

「所以，究竟怎麼了？寧老施主遇害了？」淨秋趕忙叫住她。

「你總算開了點竅。」克莉絲蒂娜將髮梢撥到耳後。

「就在北院？」淨秋瞠目，右臂顫抖地往北指去。

「是的，所以你嫌疑很大，淨秋。」克莉絲蒂娜頗有禮數地微笑，但甚僵硬。

「怎麼會？我沒殺他。這一定是羅……」聽到這句話的淨秋本欲退幾步，但卻凍得連後退都退不了。而「羅剎大人」四字也在他睃見淨椿就要變臉的瞬間硬生生咽了回去。

「我相信師弟不會做這種事的。」淨椿默默走到淨秋身前。

克莉絲蒂娜憐惜地看著二人，寒風吹拂得她臉頰通紅，她嘆氣說：「淨椿，我知道你是師弟的保護傘。但在這事上，你的保證沒有絲毫用處。況且目前，你這第一發現者，嫌疑也不輕。」語罷，克莉絲蒂娜頭也不回地往北院踱步而去。

淨椿目光柔和地看著淨秋，只見他只穿著單薄的衣裳，於料峭的寒風中瑟瑟發抖，面容業已僵硬，嘴唇發紫，心中不忍，便命他回屋取暖。

淨秋逡巡片刻，遲疑稍許，方才離去。淨椿也隨之邁動步子，此時克利斯蒂安已進入北院一段時間了。皺著眉，咬著嘴的淨椿自然不會知道，克莉絲蒂娜其實完完全全不希望兇手是淨秋——哪怕只有一絲希望，她也會努力證明他的清白。若一定要說在淨業寺裡，誰是她最好的朋友，比起粗鄙的淨椿、孤傲的淨夏、小孩子心性的淨冬，她必定更樂意回答說淨秋。五年前，她在淨業寺遇到的第一個人便是淨秋，當時的他年輕而富有朝氣，面上愁色僅初顯苗頭，恰到好處，給人沉穩的印象，全然不像如今這般沉重得讓人壓抑。

她也欽佩這個佛教徒，他刻守戒律，幾十年如一日地活著。儘管她討厭佛教，對基督的信仰也並不深厚，但卻敬佩那些有信仰並能為信仰獻出一生的人。或多或少因為這一點，她雖與淨椿更加靠近，卻更樂意與淨秋交流。可以說，未曾深交，卻神交已久。

但，她害怕。她曾有很多親戚、朋友，她很信任也很敬愛他們。就算在他們進入嫌疑人圈子內時，她也加以辯護——這種辯護最初是魯莽而刻意的，但到後來則完全建立在邏輯上。令她絕望的是，他們無一例外欺騙了自己，不僅沒有人承認自己的罪行，還設局誤導克莉絲蒂娜以嫁禍他人。而她也曾差點就冤枉那些無關者。長此以往，她格外仇視殺戮，厭惡死亡，對自殺與嫁禍者更是深惡痛絕。生命從不是兒戲，死亡也從不是解脫。

往北院走時，克莉絲蒂娜心中一直鬱郁難平。淨秋，我不希望你也騙我。佛教徒，有信仰的人，守戒律的人，不殺生，不打誑語，應該是心地善良的人才對。只要你不負我，我就會儘力證明你的清白。最終，她看到了屍體，但瞬間又轉移目光。克莉絲蒂娜眼眸閃動，在那一瞬間，她瞥到了變化——寧宏的頭竟顱不翼而飛。她瞳孔一縮，有越來越不好的預感，淨秋絕對有動機做這件事。淨秋，她心裡喃喃，還請讓我相信人性，為此，我會為你辯護。而淨椿甫靠近，便見著克莉絲蒂娜背對著屍體，面色煞白，又聽得她聲音僵硬說：「寧先生的腦袋不見了。」
「是啊，被殘忍得砍下來放到胸口了。」
克莉絲蒂娜轉過頭來看著他，緩緩說道：「胸口的腦袋也沒了，只留下了羅剎面具。」
「不可能！我剛剛明明看見的。」淨椿瞪大雙眼。可淨椿所見的與克莉絲蒂娜所描述的別無二致。羅剎的面具靜靜躺在寧宏胸膛上，稍向左偏。「怎麼會這樣？」淨椿驚栗，「可當時這兒裡裡外外真的都沒有人。也許當時兇手在水中？我先前沒怎麼看水裡，腿腳實在受不了這溫度。而且水裡很黑，看不清。」
克莉絲蒂娜蹲下身，伸手撥了撥冷澈的水花，池中的倒影稀哩嘩啦地破碎。而指尖傳來的寒意真有種冰貫吾心，寒徹吾骨的觀感，這讓她極為精神。「不會的，這種程度的寒冷，不是常人所能忍受的。而且那樣會濕透，從而留下痕跡。尤其是頭髮會濕，這在現在的天氣下很難幹，是很冒險行為。所以，這可以說是雙重雪地密室，你來之前一次，你走之後又是一次。」
淨椿啞口無言，瞭望遠方，只感蕭瑟。四圍的牆壁上乍現的烏光，似血液在流淌。群山間枯木如雖死猶僵的屍體般，散發出妖冶的氣息。他似乎看到了，那屍體邊分明真真切切地站了只妖精，臉上長滿白色絨毛，像冬瓜上面的白毛灰一樣，凶目圓睜。如果天狗是以瘋癲來譏嘲俗世，那羅剎便是以暴力而宣洩對凡塵的不滿。而當淨椿合上眼，再睜眼，羅剎又見不到了。他心裡一寒，若是可以，他片刻都不想再在這陳屍之地待下去。這裡殘留著的羅剎的邪惡氣息，他嗅到了。殘忍而暴躁，橫行而無道。唯有殺戮與斬首，可以滿足它醜陋卻又自命不凡的慾望。
「請幫我看看屍體，謝謝。」克莉絲蒂娜依舊蹲著身，在黑夜中，水池裡的水一片混沌的黑色，只有將其掏起，才見片刻清明。她多麼希望，她能如看清一汪清水般看清真相，而真相也如這一汪清水能滋潤她乾涸的心靈。但清水，無時無刻不從從手指間漏走。

淨椿一邊拍照記錄，一邊觀察。屍體周圍的很多雪都消融了，肉體就像是被盛在一個橢圓形小碗裡。兇手似乎先挖了個面積稍大的坑，才把屍體放進去的。大片大片的血液從頭顱裡流出，在石子路上形成一塊塊血泊，有一部分甚至流到了水池中。

接著，他念了句罪過，扒下死者一衣服，手上傳來屍體冰冷而潮濕的觸感。忽摸索到一對略堅硬的事物，淨椿只覺自己的手被握住，指節僵硬，竟也把那對事物握住了。他不受控制地抽出一看，卻是一對肥大浮腫的斷手。他嚇得癱倒，雙手揮動間，那對斷手被拋在空中，一隻落到其腦袋一側，一些肉沫粘到他的臉上。心驚肉跳的淨椿戰慄著，艱難地吞下冰涼的口水，又急忙臉色慘白地往一側水池取水洗臉。只是當他發覺另一隻斷手泡在池子裡，一些血絲浮在表層，不禁作嘔。一旁的克莉絲蒂娜早早別過頭，等得沒了聲息，才復看向這邊。

淨椿大口呼吸，恢復心境後，又忍著懼意，哭喪著臉，將屍體通體看了個遍，吞吞吐吐地道：「有一個傷口。在胸口——羅剎面具正下面，很深。」

「恐怕又是一擊致命。」

「但，這次沒有……沒有『士』的標記。」

克莉絲蒂娜微不可見地愣了一下，「為什麼他在你發現屍體之後才取走頭顱？卻把斷手留在了現場？」她又捧了一勺水的克莉絲蒂娜看著不斷滲漏的池水，裡面浮著一汪群星，璀璨而聖潔，幽幽然生出幾分超然於世的韻味。她沉吟片刻，復又道：「既然頭沒了，那麼有件事是確定的。」

「什麼？」

「沒什麼。我們去找兇器，兇器一定還在這附近。而且，一定還在齋堂一個無法躲人的地方。你剛剛找的都是能藏身的大櫃子吧？」

淨椿的答覆是肯定的。二人便趕到齋房搜查，離開前，淨椿還拍下了淨業寺門口附近的照片。而搜查之結果正應證了克莉絲蒂娜的話，他們二人在一個角落的小櫃子裡找到了一把帶著乾涸血跡的彎刀。

「這不是寺裡的刀，至少寺裡沒有買過，我也不曾見過。」

「你確定？」克莉絲蒂娜用手指磨了磨刀刃的鋒芒，這彎刀極為鋒銳，一般的刀具難以攖鋒。

「這點你可以放心。我把控寺內財政，若是有人用寺裡的錢買東西，絕對瞞不過我。」淨椿語氣裡夾雜著一股自豪感。

「如果是你買的呢？」克莉絲蒂娜碧藍的眼眸掠向他。她倒不是真的懷疑，只是在搜集資訊。

「呃。」淨椿聞言一愣，支吾著，「那確實，確實是有可能。但不是我啊。真的。」

「我怎麼知道你不是？」

「呃，克莉絲蒂娜小姐，我們並非第一次見面，也算相熟，你這樣懷疑我，真的好嗎？」淨椿感到很委屈。

「是不好。」克莉絲蒂娜直接承認，她現在稍稍寬心，「但這也是沒辦法的事。不過，你也確實可以自豪一下，鑒於你的證詞，我如果要懷疑寺裡的僧人，恐怕得先邁過你這一關。」

淨椿柴郡貓似的一笑，露出一口細密潔白的牙齒。

看著淨椿的笑顏，克莉絲蒂娜沒有再打擊他，但她心裡知道這寺裡的僧人說不定真有能從其他地方獲得資金的管道，比如明覺。二十七年前和二十七年後，他都下山了，這會不會太巧了？

二人決定去比對一下傷口，便又來到屍體邊。克莉絲蒂娜這發現屍體表層一些地方結出了一層薄冰，「先前這屍體是濕的？」

淨椿回憶了一會兒，「正是這樣。」

克莉絲蒂娜略有所思，沒有將這個話題接下去。淨椿對著傷口琢磨了好一陣，直至將刀口插入傷疤，才篤定道：「傷口是一樣的。這把刀是兇器。」

「現在就去把大家叫起來吧，是時候讓他們知道這件事了。明心住持也是。我去寺外看看。」之前的天狗案鬧得整個寺廟裡人心惶惶的，尤其是一直嚷嚷天狗大人的淨秋與淨冬，她一定要迅速破解這樁案子以安穩人心。

聽得克莉絲蒂娜說起明心，淨椿暗叫不好——住持在屋裡定然餓壞了。但事已至此，他也只能委屈明心住持親自來這裡，順便吃點齋飯了。

不過，就在他們打算離開的時候，卻聽到了沉悶的敲門聲。淨椿與克莉絲蒂娜對視一眼，在這個時間，竟會有寺外的人來？

3

敲門的人，自然是連眉毛都結出一粒粒冰菓的我，而不是已經凍暈過去需要我背過來的Y。其實我心裡也沒底，四處狂風大作，這敲門聲能起啥作用？但至少得先試試。

還好，蒼天保佑，不過一會兒，就有人開門了。

「你們是誰？」為我們開啟生命之門的黑胖子問我。

「我叫杜安，我背上的這位叫Y，我們是從山下來的，走了很久才到這裡。我們現在很冷很累，Y都昏迷了，所以能不能讓我們借宿一宿？」

「剛剛可是下了幾個小時的大雪啊。」

「是啊，下雪的時候，我們很幸運地躲進了一個山洞，雪停後才繼續上山，可以說是死裡逃生了，你看我這同伴不都暈了嗎？」我欲哭無淚，Y在我的背上不省人事，「能否先讓我們進去？」

「可以。可以。只是，寺裡發生了一些不太好的事情。」黑胖子很猶豫。

我直接給他跪下了，「好心的師傅，你能不能發發慈悲，在外面真的會死的。就算一間茅廁都可以。」

「呃。」

「淨椿，讓他們進來好了。以他們目前的狀態，若在待在外面，毫無生還的可能了。他們不是『士』的目標，在寺裡應該是安全的。」這是一個冷澈的女聲，從聲音就可以想像出其主人的驚世風采。

我懂了，這寺裡藏嬌啊，怪不得不讓我們進去。但我可不敢直接拆穿他們，撕掉他們薄弱的臉皮，萬一不讓我們進，就涼涼了，我垂頭喪氣地想。

所幸那黑胖子沒再為難我。

「我是這淨業寺裡的和尚，法號淨椿。」他讓開堵住整個寺門的身軀。

「嗯嗯。」我示意我知道了，但不過一個邁步，我就一個腿軟，跌倒了，嚇得渾身僵硬。

「這，這，這。」我嘴巴完全無法合不攏，震驚於面前的慘狀。那是一具冷冰冰且赤裸裸的無頭的屍體，血液遍地漂浮，甚至這霧氣都泛著血光。黑寺，絕對是黑寺，我玩完了。前有狼，後有虎，完全沒希望了。我仰躺著，等待著死神的降臨。

「施主，您能起來嗎？」淨椿低下頭，一臉慈悲相地看著我。

「要殺要剮，悉聽尊便。」我似乎是用完了最後的一絲力氣，一動不動。

「施主，這人不是我們殺的。我們寺裡發生了命案，我們也在調查中啊。」

「真的？」

「千真萬確。」

「不早說。」說實話，我看他不像是個壞人。而且，我是不得不信他。在這種山窮水盡的時候，只要有人雪中送炭，那好感度絕對爆表。

他將我扶起，和善地問道：「您還好吧？」

「不太好。」我木愣愣地回答。

「跟我從邊上走，不要破壞現場。」說完，他瞅了因嚴寒而昏迷的Y一眼，「我幫你背。你先進屋吧，克裡斯……咦，克莉絲蒂娜小姐已經走了？」

「克莉絲蒂娜小姐是誰？」這名字很洋氣啊。

「就是讓我放你們進來的人。」淨椿解釋道。

「那待會兒得謝謝她呢。」

寒風如刀，割在我的身體各處。我用大衣努力裹住自己，一邊跟著他往裡走，一邊說道：「剛剛的無頭屍可真嚇人。」

「其實，你剛剛看到的已經是第二具屍體了。」他的聲音裡透露出無盡的哀傷與困擾，眼神也很迷惘。

「那可——真是糟糕透了。」我只能說這是逃了狼窩，又入虎口啊。但沒辦法，在外面的冰天雪地，Y根本撐不過去的。

淨椿將我們安置在最西北角的房間。本來，我們可以住兩個房間，但我為了方便照顧，只要了一間。

「我們待會兒要對這新出現的命案進行討論，你要不要來？」他見我遲疑，繼續說道，「我建議你來，這樣能對現在的事態更清楚，不至於稀哩糊塗。而這位Y施主，在房裡無礙的，兇手已經確定在寺內，而到時候所有人都會去。而且我看Y施主一切安好，用不了多久就能醒。」

其實我的心裡本就頗為意動，我所顧忌的是無非是Y還需要照顧。不過，在成為Y的助手後，他告訴我，如果遇到案子，他不在身邊，我就要用錄像或錄音設備幫他記錄案件的進程。Y對這份工作看得極重，恐怕我不去參加討論，Y才對我更失望吧。

於是，我便同意了。

之後，淨椿領著我來到一個個人的房門前，一次次地述說一位元叫寧宏的老者被殘忍殺害的消息。而我就跟著拍攝。

這些人中，淨秋反應最淡定。他將自己埋在被衾裡，從語氣判斷他應該早就知曉了這案子：「師兄，我能否再待一會兒，我會馬上趕來的。」

淨冬反應最沒良心。他癱倒在床，揉著眼睛，裹著被子，聲音無力：「嗯？死了？還是讓我再睡一會兒吧，就一會兒。嗯？雪地密室？無頭？這是羅剎作祟，羅剎作祟！真的！哎喲。師兄，別打。我錯了，這不是羅剎作祟，別打了！」那幽怨的小眼神恐怕在多年後依然可以使我發笑。

明心反應最激烈。他驚恐地怒吼，甚至噴出了一口黑血：「明山怎麼可能會死？告訴我，這究竟是怎麼回事？」

寧復反應最陰沉。他整張臉都像結了一層冰，嚇得我不敢看他，他說得簡潔而有力，「哦。我知道了。」

葉珩反應看起來最輕鬆。她頗為嘲諷地說道：「寧宏那老傢夥就是不聽勸啊，讓他別開門，他還開門。真是愚蠢。」不過，要是有人能像我一樣注意到她不自然的笑容，還是能覺察出她內心的不安與彷徨。

言思月則是什麼反應都沒有，或許有些驚訝，又或許有些隱憂？反正我是看不明白。但在關上門的那一瞬間，我瞥見了——言思月把頭深深埋在葉珩胸口，止不住地流淚、啜泣。方才，她是根本沒反應過來。

總之呢，我跟著淨椿，一路叫人，也一路識人以及被認識，就這樣來到了齋堂。

此時，已然零點半。十二月二十七日早已在眾人不知不覺間來臨。在這混沌迷濛的午夜，感受到氣氛詭異的所有人都沒有絲毫的睡意了。雖說沉眠是萬靈的歸宿，但不眠才是今夜的主題。

這一次的討論，集結了除了Y以外，寺內所有尚且活著的人。

這也是我第一次見到克莉絲蒂娜，彌補了方才只聞其聲而不見其面的遺憾。這是一個如同機器般冰冷的女人，無論是眼眉還是嘴鼻都有種純粹的邏輯的美感。聽淨椿說，她很小的時候便到了中國，受到中國文化影響很深，但其殘留的一股異域風情依舊震懾到了我，這讓她無比耀眼。而她對於我的目光亦甚為淡然。她靜靜地坐著，沉思著，一動不動，宛若維納斯的雕塑。在道謝後，我拍攝案情討論會的請求也徵得了她的同意，恐怕她也需要錄像作為可能用到的證據吧？

「杜先生，你如果想記錄案情，不用一直拍我的臉。」克莉絲蒂娜終是提了句，但看都沒看我一眼。而她的話則讓老臉一紅的我趕忙轉移了攝像機的鏡頭。

從我的拍攝的畫面中可以看到，桌子四周按順時針坐著我、淨秋、淨椿、淨冬、明心、克莉絲蒂娜、葉珩、言思月、寧復，一共九人。每人身前都準備好了一杯冒著熱氣的溫茶水，不過沒什麼人喝就是了。而我的旁邊就是淨秋和寧復這二人。

淨字輩的三位師傅都低著頭，雙手合十，口中嘰哩咕嚕，不知念叨什麼，或許是在為死者超度，也可能是在為生者祈禱。身材矮小、身形羸弱的明心雖然狀態很不好，但還是堅持來了。在老人家晚年竟發生這種事，兇手實在是太缺德了。寧復翹著二郎腿，神色冰冷嚴峻。我想和他搭兩句話，安慰幾句，他不僅一言不發還用惡狠狠的眼神警告我別煩他。我也挑釁地用錄像機告訴他我不是好惹的。

我們二人很不對付。

就在我無所適從之際，淨椿終於開口了，「各位，我想你們都知道，昨天，也就是26號晚七點鐘，明路禪師被吊死，屍體被懸掛於常人不可能到達的高處。」

嗯？不可能到達的高處，怎麼這麼熟悉？林家的案子裡也有一個，還是密室呢！

「而且，現場是密室。」

竟真是密室，再加上方才的雪地密室，都是相似的案情。到這裡，我似乎有必要解釋一下林家的案子，一起滅門的慘案。畢竟如果真按Y推理的那樣，說不定林家滅門慘案和淨業寺的連環命案會有千絲萬縷的聯繫。我最初接觸到那件事正是在與Y初識那天，我剛倒完茶水的時候。

4

「咚咚。」沉悶的敲門聲躁動耳膜。

「你有朋友來？」我放下剛到唇邊的茶杯。

「不是X，就是一個名叫孟什麼的員警。」

孟什麼？好奇怪的名字。還有，X不是在上班嗎？不過她貌似確實經常翹班。

我過去把門打開。門口站著一個穿著厚厚皮夾克的青年人，眉毛濃直，鼻樑高聳，嘴唇厚實而線條明朗，只覺他威嚴之中不失和藹，張揚之中不失收斂，國字臉方方正正，莊重的面容下，雙目及眉間被硬生生逼出一股英氣。那眉濃眼銳的青年人看到我，顯然有些意外，整張臉威嚴盡失，變得無比親切而歉然，「抱歉，我不知道以前住在這裡的人搬走了。」那人說著，轉身就要離開。

「等等，你找Y？」我忙喚住他。

「他在裡面？」他語氣中儼然多了幾分嚴肅。

「當然。你是孟什麼？」

「哎，是的。怕是Y又記不住人名了。」他略有些尷尬地伸出手，「我叫孟姑獲，一位人民警察。你該不會是Y新交的朋友吧？真沒想到他還能交到第三個朋友。」

我熱切地與他握手，並做了自我介紹，接著輕聲問他：「你說的三個朋友不會是X，你，我吧？」

「X？」他先是惑然，復又恍然，「是的。難道那位大媽又中二了？」

大媽？我嘴角一抽。

「你們兩個還要在那裡呆多久？來屋裡快活！」Y大聲嚷嚷。

「這傢夥。」孟姑獲咬咬牙，推開我。他一躥進屋，就理所當然地奪了我的位置。

「喔喔，那個孟警官，什麼風把您給刮過來了？」Y臉上漾著笑，坐姿端正不少，但依然不屈不撓地翹起了二郎腿。

孟姑獲公事公辦地說道：「最近有一件影響極其惡劣的案子。案情大致都已釐清，不日就會見報。但在某些問題上，我們尚有些糾結。所以，我們局長想請你做我們警方的助手，協助調查。」

「顧問。」Y糾正。

「嗯。顧問。名稱而已，何必這麼在意？也不是一次兩次了。」孟姑獲不再裝腔作勢，這會兒倒真是熟友間的擠兌了。而我也突然感覺Y的確不是什麼平凡人物。

「關於這點……」孟姑獲將目光投向我。

「他是我剛招的助手，讓他也一併聽聽吧。」

「我什麼時候成你助手了？」我像是被踩了尾巴的貓一樣，立馬不滿地叫嚷。

「自打你同意住進來之後。」Y用惡狠狠的目光示意我閉嘴。

「那就聽著吧。」孟姑獲說，「反正也快見報了。」

Y拍拍手，「我去拿副拼圖，不然會比較無聊。」接著，Y在我無語的目光中拿出了適齡七歲以下兒童的拼圖。

「那我開始了？」孟姑獲從懷裡掏出一本黑色筆記本。

「開始吧。」

孟姑獲所說的案件便是日後轟動一時的林家滅門慘案。案發地點在杏汕縣西部山區某座海拔一千米的山上，那裡被開闢出一片平地，建造了七棟被擺成『十』字的建築，稱為十字莊。七棟建築則分別被叫做一號樓、二號樓、三號樓、四號樓、五號樓、六號樓、七號樓。這十字莊是縣裡某大學的集體財產。林家人借用緬懷親人的理由租用了半年而已，這位親人便是十字莊的建造者。但用孟姑獲的話說，「林家或許就是用這樣的方式變相地建了私宅。」

通往十字莊的唯一陸路途徑通便是一條建在懸崖間的弔橋。山上並沒有信號。山莊的伙食由一個食品公司七天供應一次。林家十字莊西部是一片樹林，東部是一片淡水湖泊，這也是山上的供水來源。這算是很惡劣的條件，我曾疑惑於林家人為何要生活在這樣的不毛之地，但孟姑獲沒有立馬解釋。

在21號，警方接到食品公司的報警。他們發現上周14號運到的山腰倉庫的食物沒有被運走，之後他們來到弔橋處，發現弔橋從另一端被剪斷了。而當時山莊裡住著林家七口人以及一個外來人。

「暴風雪山莊的節奏。」Y的拼圖已完成一半。

「事實上，確實發生了這樣的事情。」孟姑獲嘆了口氣，眉目間露出憊意。他邊說邊露出追憶的神色，「我們接連在幾棟樓內發現了屍體——其實已經很難稱之為屍體了。他們都被兇手自製的巨型榨汁機攪碎了，變成了肉沫。還被灌進了水泥裡。」

聽到這，我感到一陣惡寒。怎麼這麼噁心。

「這些是死者。」他展示了一張紙。

林發晨——林家家主。
林淼——林發晨長子。
林鑫——林發晨次子。
林晶——林發晨之女。
林焱——林發晨侄子。
林目——林發晨二姪女。
林小——林發晨小姪女。

「除林焱被焚燒成灰和林晶被大卸八塊，都是這樣的慘狀。所以，除了林焱，其他人的ＤＮＡ都匹配到了。」

「不是應該還有人會活下來嗎？那個外來人。」

「沒錯，那個外來人叫吳博安，是個畫家。」

「那兇手不應該是他嗎？」

「喂，我剛才說林焱ＤＮＡ沒取到。他可不一定真死了。」孟姑獲脫口而出。

「哦哦，也是。那有沒有可能有其他外來人？」Ｙ毫不在意。

「唯一的可能是醫生護士。林家本來預約了婦產科醫生護士，讓他們在12號到山莊上，但在案發六天前的9號，被林焱通知不需要他們了。林焱說找了別的醫生護士，但據查證，林焱根本沒有找新的醫生護士。」

「幾個疑問。山上沒有信號，林焱怎麼通知他們的？」

「林家有養信鴿，當然這些信鴿已經死光了。在9號，管家收到了信。」

「案發六天前是九號，這是怎麼得知的？」

「我們在林晶的房間裡找到了一本日記本，裡面記載了林家人的遭遇。上面提及第一個死者林鑫被發現於16日清晨，還提到林晶自己懷孕的事。所以要叫婦產科的醫生護士。」

「又有更多問題了，預產期是幾號？」Ｙ搖晃著腦袋，揉捏著自己脖頸處。

「是的。在這個月1號的日記裡說了，離預產期還有47天。」

「那為何要在山莊裡生孩子？醫院裡不是更方便嗎？還有孩子的父親為什麼不去十字莊？」

孟姑獲嘴角帶著輕挑的笑意，言語曖昧不清：「林晶孩子的父親的身分可是個敏感的問題，等生下來，說不定對外宣稱是收養的野孩子呢。若非生了命案，林晶這檔子事可沒人會知道，他們的管家都被瞞著呢。」

未婚先孕？還不知道父親是誰？我有些驚訝，林家也算豪門了，竟會出現這樣的醜聞。

「此事暫且不提。反正林家在半年前就將林晶送到了十字莊。一方面是為了封鎖消息，掩蓋這件事。另一方面興許是因為山上風景好，有利於養胎吧。」

「既然要隱瞞管家，怎麼還讓他去取消婦產科醫生的約？」Y嘟囔道。

「如果林焱是兇手，他發這個紙條的目的不是很明顯嗎？」孟姑獲笑著反問。

「是很明顯。那請問這案子還有什麼好讓我出場的？取消預約的紙條是林焱寫的，結果沒有醫生護士上山，肯定沒請啊。這不擺明瞭蓄意謀殺，不想閑雜人等參與進來嗎？」Y碎碎念，目光幽怨。

「你先別急，這不還有個外人嘛。兇手竟然放過了他，這不是很奇怪嗎？」孟姑獲手指頭輕輕敲打桌面，「不過，在此之前，我還是得先介紹一下十字莊的整體佈局，事實上我一開始就得說的。這些建築總給人一種和命案脫不了關係的感覺。」

「請。」

5

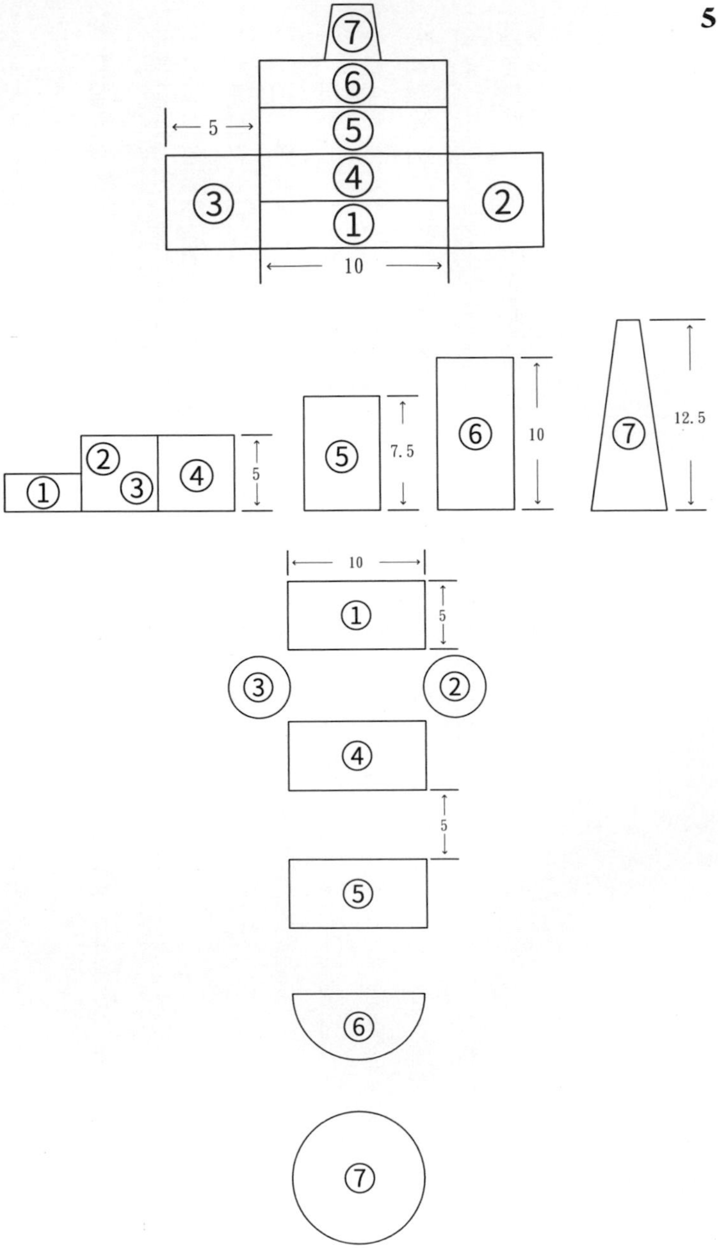

他拿出幾張照片，又給出了三視圖，「看得明白的我就不說了。」他等了一會兒，「建造者就是林家家主林發晨的大姪女，叫林香。半年前，六月七號去世了。所以六、七號樓都沒建造完，而這兩棟樓也是比較奇怪的。六號樓的話，我先告訴你它曾經是怎麼樣的。它以前是一棟沒有屋頂的木質樓房，上下底面都是半圓形，直徑10米，兩側牆壁都有壁畫。除此之外，它有三扇門，分別在正南、西北、東北方向。七號樓的牆壁是完整的，有屋頂，有一根細細的房梁，雖沒有通風口，但在屋頂正中間有一個邊長20釐米正方形的天窗。房梁與天窗相距只有1米。它上窄下寬，底部是個直徑10米，而頂部直徑略過1米。六、七號樓在外面都有樓梯，可以直接上屋頂。」

「講完了？」Y瞪著一副死魚眼，他開始拼第二副拼圖。

「不不不，我還得說居住的情況呢。一號樓一間房，二號、三號、四號樓各兩間房，五號樓三間房。一號樓住的是林鑫。二號樓一樓是遊戲室，二樓住的是林焱；三號樓一樓是廚房，二樓住的是林淼。四號樓一樓是林小的居所，四號樓二樓是林發晨的居所。五號樓一樓住的是林目，二樓是林晶，三樓以前是書房，偶爾用來待客。林家人之間有個串門睡的習慣，不過個人用品還是各放各的，所以還是很好分辨的。」孟姑獲臉色漲紅，氣喘吁吁的。

「現在說完了嗎？」Y有點睏乏，說話有氣無力。

「你還記得七號樓吧？」

Y回想了一下，概括說道：「圓台，上窄下寬。房梁與屋頂只有1米。屋頂距離地面12.5米。屋頂上的天窗是個20釐米的正方形。」

「是的，屍體就被吊在距離地面11.5米的房樑上。」

「還有什麼具體的信息嗎？」
「唔，屍體就是林晶。」
「和孩子一起被吊死？」
「不不，兇手殘忍地將胎兒從母體裡取出了。而根據法醫的判斷，取出的過程中，林晶並沒有死亡！」
「嘶，真是爽死人的體驗。」Y突然精神抖擻起來。
「呃，什麼？」一直靜靜聽著的我臉色微變。一旁的孟姑獲倒是見怪不怪了。
「我在以兇手的心態看這件事，這有助於我分析案情。」Y一副很認真的樣子。
「哦哦。」
孟姑獲繼續說道：「被從母體裡挖出來的嬰兒也找到了，在七號樓北側五米的地下，燒成灰填罐子裡埋了。」
「燒成灰了，你怎麼知道是那個孩子的？」我問道。
「燒成灰可是有原因的呢。」孟姑獲再次故作神祕地笑道，「原因嘛，你們會知道的。」
「那你們怎麼知道在七號樓北側五米的地下？」
孟姑獲指著十字莊的俯視圖，「你們看這像什麼？」
「不會是男性的生殖器吧？」我猜道。
「應該是性行為，要知道，六號樓的半圓已經是生殖器的末端了。要這樣看的話，七號樓是精子？然後精子變成了嬰兒。不是這個意思嗎？」孟姑獲說道。

「這麼說來，兇手思考得挺周全的，殺個人還這麼大費周章的，倒是在搞什麼儀式一樣。說不定是什麼邪教組織乾的呢！」我聽著孟姑獲，希望引起他的注意。

孟姑獲顯然對這什麼邪教說不感興趣，「還有一點很重要，林晶晶的雙臂、雙腿都被切除了，又被分別分成六分，在身體的正下方擺出了『殺』字。你懂『殺』怎麼寫嗎？」孟姑獲多餘地問了句。

「不懂。」

「呃，就是兩根後腿交叉擺，再在它的下面兩根手臂橫豎擺，最後是兩根大腿斜擺在豎的手臂的兩側。」

「解釋得很形象。兇手還真是調皮。」

我的眼皮忍不住跳了跳，坐在我面前的這貨不會也跟著調皮起來吧？

Y適時清了清嗓子，「兇手這麼做的目的恐怕不只是為了減輕重量吧。」

這句話思維挺跳躍的啊，我努努嘴。

「確實。在呈直線排列的五個樓房裡都有字，分別是『我』『們』『是』『自』『殺』。真是囂張。」

「這簡直是對員警最好的羞辱。」

孟姑獲聞言，冷視了他一眼。

「它們應該不都是用手臂和腿組合的吧？不然太無趣了。」

「是的。『我』是用骨灰灑出來的。」

「死的是林焱。」

「是的。『們』是用頭髮編纂的。」

「林發晨。」

「『是』是指甲。」

「林鑫。」

「你這是怎麼看出來的？林焱和林發晨我知道，因為一個名字裡有火代表焚燒，另一個名字裡有『發』。那林鑫呢？」我急急插嘴問道，我都快懷疑Y是兇手了。

「因為盔甲大部分是金屬製造的。」

「這麼牽強？」

「好了，『自』應該是血造的，死在那棟樓房裡的是林淼。」

孟姑獲聞言一愣。Y保持著自信的笑容，沐浴在陽光的餘澤中，灰塵如跳蚤一樣在他衣服上頭髮上跳舞。

「抱歉，這一次可能你錯了。」孟姑獲緩緩吐出幾個字。

「有意思。」

「這個情況有點複雜，你說血造的不能完全算對，也不能完全算錯。不過可否先告訴我你是怎麼確定這棟樓房裡死的是林淼，而不是林目或林小呢？」

「因為均衡和強迫症。像這樣一個嚴格的兇手如果出現二號樓三號樓性別不同、不對稱應該是莫大的折磨吧。」

我點了點頭，心中腹誹是他自己覺得折磨才對。他哪是什麼偵探，擺明瞭是個兇手啊。

「也是。」孟姑獲摸了摸下巴，「你好像對於屍體被懸掛在12米高的地方不怎麼好奇？」

「拿把梯子不就好了？」Y理所當然地說道。

「但那麼高的梯子恐怕進不了屋啊，而我們在山上搜索，雖然獲得了很多犯案工具，卻唯獨沒有梯子。其實怎麼把屍體掛在那裡也是個問題啊。」

「哦。」Y無動於衷。

「還有一點，七號樓是個密室，門是被鎖上的。」

「嗯？那個門是怎麼鎖的？」Y恢復了點興緻。

「七號樓的門是雙開門，往內的那一面分別有兩個突出的U型鐵環，而有一把掛鎖緊緊地掛在裡面的兩個U型鐵環上。」

我看見Y輕微地皺了皺眉，孟姑獲則得勝了般咧嘴一笑。

「唔，好像是有點難度了。你還要補充什麼嗎？」

「如果單單是密室內的不可能吊屍——這是我的命名，我只能再說一點，房樑上的灰塵並沒有任何遭到破壞的痕跡，甚至於被繩子壓住的部分被破壞的程度都極低。順便說一下，這十字莊慘案裡，不可能犯罪不止這一個。」

「那就說下一個吧。」Y躍躍欲試地搭起積木來。

「下一個不可能犯罪更應該被喚作不可能的藏屍或者不可能的建築。六號樓在被我們發現時是用水泥完全封閉的。我們砸開一個大洞之後，裡面竟然噴射出淡紅色的水。事後證明裡面有極少量的血液，這都是七個死者的。在排光血水以後，警方發現了七塊水泥塊。你猜怎麼著？」

「擺成了一個『自』字。其實我沒有說錯。按照兇手的理解，血附著在水泥塊上，『自』代表了血所構成的字。只不過，在別人看來，是水泥塊組成了『自』字。」

看著Y一副爭強好勝的模樣，孟姑獲和我都微不可見地撇撇嘴。

「這個不可能的建築有什麼講究嗎？」

「按照建築工人的說法，這個建築本來是沒有屋頂的。也就是說兇手在兩三天的時間裡建造出了一個屋頂。側邊連接得還是比較緊密的。順便說一下，屋頂是木質的。而這還沒有完。記得壁畫嗎？」

「記得。」

「畫的是十日談。牆壁的壁畫和天花板、地板的壁畫基本無縫銜接。但是，兩部分的壁畫不是一個人畫的。新出現的壁畫完全是另一個人的風格。在那七個人裡面，會畫畫的只有林目。但根據畫風，應該不是她畫的。更何況，想要在這樣的一棟建築中作畫是根本不可能的事情。怎麼樣？有想法嗎？」

「人力之所能做到的，必然有其合理的解釋。尤其是看起來最不可思議的，或許解釋起來更簡單。」Y笑了笑，顯得極為自信。

「或許吧。」孟姑獲表情有些不自然，他繼續述說道：「然後是第三個不可能。這樁不可能犯罪是林晶在日記中記載的。16號上午這一天，他們發現林鑫被人用刀刺死在一號樓南邊，離門5米多遠的地方。現場是一片雪地，而且四周只有林鑫自己的腳印。」

「雪地無足跡。」Y輕輕念叨著這五個字。

「是的。」

「真是奇怪。」

「什麼？」

「我以為兇手會一次性殺光所有人。不過，這也沒關係，你繼續吧。」

「第四個不可能犯罪也是日記裡記載的。16號晚，林發晨被人發現死在了自己的房內，而房門、窗戶都被膠帶從裡面封得死死的。」

「膠帶密室。」

「林發晨死於窒息，他是被人活活掐死的，所以警方推測兇手更可能是成年男子。當然由於是日記記載的，真實性不敢百分百保證。但林晶可是死者，她生前沒有必要騙我們。而且上面的筆跡絕對是林晶的。」

「日記裡沒有記載什麼反常的地方嗎？」

「恐怕是沒有的。我待會會給你看一些。現在我們回歸之前的話題，這些死者死後到底還經歷了什麼？根據屍檢報告顯示林晶遇害於17號下午到18號的下午這段時間。時間過去太久，誤差大了點，莫見怪。」孟姑獲停下來喝了口水，「林焱是被燒成灰了——先這麼認為吧。林淼的屍身分別澆築進七個水泥塊，這你都是知道的。而林發晨和林鑫的水泥塊被裝在床底。床的四隻腳都被砍掉了，被擱在了水泥塊上。林目和林小的水泥塊分別在二號樓和三號樓的屋頂，其實說她們被用來加厚屋頂更準確。」

「那兇手要怎麼離開？」

「滑翔翼。十字莊本來有這東西，但不見了。不過，除了林發晨，其他人都會駕駛滑翔翼，所以這對縮小嫌疑犯範圍的作用不大。」

「最後是動機。」

「林焱的動機目前不明。」孟姑獲乾巴巴地道。這句話顯然在表明其態度了。

Y揪了根頭髮，看著指間的髮絲，「你現在可以先說說那個外來人的事了。」

「啊，對，這是重點呢。」孟姑獲晃著食指，「吳博安哪。這可是個大麻煩。我們發現他時，他安靜地睡在五號樓三樓。用他的話說，昏睡後醒來，莫名其妙地，林家全體失蹤了。他見過骨灰擺成的『我』字，不過他沒動，也不認為那是骨灰。七號樓被反鎖，他看不到那裡的屍體。林晶的日記藏得也比較隱蔽。至於其他的屍骨，幾乎都在水泥板裡，他也不可能發現。

「而根據林香的一個朋友透露，吳博安是林香的男友，他和林香的交往一直持續到林香死亡。林香的死亡雖說是自殺，但吳博安是一直不相信的。他覺得是林家人殺了林香。而且，他不止一次透露過要報復林家。上個月末，他孤身離開北京，不知道去做了什麼。他的家人還為此找過員警。現在看來，他是去報復林家人了呀，只是被人搶了先。」

「林香到底怎麼死的？」Y的口氣很嚴肅，頗有強迫的意味。

6

很明顯地，孟姑獲愣了一下，接著左看看右看看，又將身子前傾。我好不容易才聽到他說，「我向你保證，她是自殺的」

「原因？」

「無法忍受家族內部的生活。林家內部亂倫現象極為嚴重。」

「嘖嘖。戈弗裡與馬丁與海莉的故事。」Y嘴角微微揚起，顯得很歡快，他對於這種事倒是喜聞樂見。但這時氣氛還是在我和孟姑獲的努力下變得有些沉悶。孟姑獲多半是因為道出人倫慘禍，而我則是惱怒於Y竟然在劇透某本我正看到一半的小說。

「那倒是明白了。」

「明白什麼？」

「林晶的孩子就是林焱的咯。所以也被燒成灰了。如果林焱是兇手，還真是虎毒食子啊。」

「這……」

孟姑獲倒是無驚無怪，「我們也是這麼想的。」

Y努努嘴，「說回吳博安吧，他現在動機有了。然後呢？」

「然後？」孟姑獲古怪一笑，「六號樓多出來的屋頂壁畫，經證實，是他的手筆。」

「哦？他怎麼說？」

「他是一問三不知的。因為失憶了。」

我總有種拿錯劇本的感覺。

「失憶？」Y顯然也沒料到有這一手，「被兇手一棍子打在腦後？」

「不。按他自己推測，他是摔下懸崖失憶的，後來被林目救了，就在十字莊住一晚。結果第二天就發生了那樣的事。之後他被迷暈，直到被我們救出來。山莊裡確實有迷藥。而失憶這一點，林晶的日記裡也提到了，當然如果他早有預謀要裝失憶混入山莊洗脫嫌疑也是可能的。」

「所以，你們操心的就是這個？如果認為林焱是兇手，他就是金蟬脫殼，任吳博安自生自滅。如果認為吳博安是兇手，那麼所謂的林焱金蟬脫殼只是假像，你們若信了林焱是兇手，就是被他擺了一道。」Y又揪了根頭髮。

「就是這樣！」

Y一拍腦門，「不對啊，如果吳博安是兇手，怎麼解釋那張解除醫生護士約定的紙條？」

「事實上，管家並不是很瞭解林焱的筆記，所以魚目混珠是很可能的。問題應該在於吳博安如何得知此事上，但只要有心，這也並非難事。退一萬步說，存在這麼一種可能性：林焱和吳博安都想行兇，只是吳博安搶了先罷了。」

「這是不是太巧合了？」我嘀咕。

「那吳博安正好在這個時機前去，剛去就發生命案是不是也太巧合了？反正，我個人認為林焱沒有留著吳博安的道理，吳博安的到來本就是個變數。」孟姑獲率先表明立場。

我插嘴反駁道：「我倒覺得林焱成功地誣陷了一把吳博安，讓自己有了喘息之機。」

「你的助手很囂張誒。明明第一天上班。」

「是啊，畢竟是我的助手嘛。」Y白了他一眼，「其實你們說得都挺有道理的對不對？好了，不提這個。你應該有吳博安的口供錄音吧？」

「錄了。沒錄我哪敢來見你？你口味這麼刁。這次我特地讓他說得內容豐富些，還專門找其他警員幫忙配音，保證給你宛若看電影的體驗。」說到這，孟姑獲思慮了一會兒，「不過，也不知他是大腦受到了些損傷，還是故意偽裝，他的記憶有的很清楚，有的卻極為模糊。但我讓他儘可能把自己記得的都說出來了。怎麼樣？要不要現在聽？」

「再等會兒。我們還是先來解決一下所謂的不可能建築吧。」

「你有想法了？」

「你們應該早就解決了那個什麼傻缺的不可能建築吧？」

「你看出來了？」

「只是覺得空想就可以知道兇手的做法。相比這個，我更好奇於你們為什麼知道了答案卻還來找我。」

「如果你知道日記的內容，大概就明白了。日記裡說，林香建造的是『殺人的建築』。」

「所以你想知道我能不能得出一個建築性詭計？」

「沒錯。」

「你這是在浪費我的腦力。」

「那個……我還不知道方法啊。」我插話。

「建築裡那麼多水還不夠你聯想？」Y鄙視了我一眼。

孟姑獲倒是耐心地為我解釋，「建築內有大量水，很顯然是利用了浮力。六號樓本來是沒有屋頂的，但如果一開始就有一塊木質屋頂在地板上，那麼就可以通過放水的方式，將屋頂浮起來——屋頂中間可以取下一塊木板，作為放水的通道。兇手把屍體做成水泥塊，用槓桿原理從三個門口把它們放到木質屋頂底下，然後用水把屋頂浮起來。當屋頂到達合適位置，兇手就停止放水，用水泥從外面把它固定住，再從中間空隙下去，從內側用水泥封住，擺『自』字。再接著出來，把木板放回去，封好。你也是這樣想的吧，Y？」

「正常人都會這麼想吧。」

「那那個屋頂到底是哪來的？」我再次發問。

「其實六號樓本就有個屋頂，只是滯留在了地面，被當成了台階，吳博安的畫也是早就有的。當時林香已經死了，其他人便沒去管它。兇手可能是在完成林香的建築設計吧。」孟姑獲撓撓頭，「可是，看起來用到建築詭計的真的不是這裡啊。」

「你這是鐵了心要找到建築性詭計啊。」Y瞇著眼。

「林香造了這個建築，理應會被利用來殺人啊。」

「你小說看多了。」Y哼哼道。

「那你有想法嗎？老同學。」

「如果你真的想要一個建築性詭計，那也不是沒有。」

「在哪？」

「雪地無足跡。」

「怎麼用到的？」

「你們可以再想想。我明確說，如果它真是建築性詭計，那麼，就是利用建築的遠距離殺人。」

我對著三視圖一通亂看，還真看出了些什麼。一個誇張的想法浮現在腦海。我指著那張側視圖，

「不會是利用高度差吧？如果把屋頂連成一線，屍體正好處於這條線與地平線的交匯處。所以我們只要將屋頂設計出一種斜著的構造。就能夠從七號樓放置冰刃一直滑到地面，擊殺林焱。」

「簡直異想天開。要如何在屋頂做出這種構造且不被人發現？要如何讓被害者乖乖地到屋前五米的地方？又要如何保證在你滑到地面的時候被害者正好在屋前五米處？當然最大的問題還是你就這麼滑行下來怎麼保證一定能射中死者？要知道在這個過程中任何的失誤都有可能失敗。而這個方法的失敗是必然的。」

說實話，我是有些泄氣的，但也心服口服，這個方法確實是不現實。

「你還是直說吧，少賣關子了。」孟姑獲眨巴眼。

「手法並不複雜，只需要一根結實的牛皮筋。操作方法嘛。首先，將一條牛皮筋在二、三號樓屋簷底部捆出一個緊緻的橢圓形。之後，兇手帶著冰矛來到四號樓樓頂，用鉤子將靠近一號樓的牛皮筋拉過來，越過靠近四號樓的牛皮筋。最後，取出內含刀具的冰矛，就如同射箭一般固定於牛皮筋中間，等待死者到達指定位置就立馬射出。行兇時間可能是晚上，所以第二天早上就看不到冰矛了。那裡應該沒有能檢驗屍體死亡時間的人吧？」

「也許有的。林目是名護士，林小也在學醫。」

「哦？那就是沒有。」Y像是沒聽到一樣直接沒管了。

「那為什麼林鑫會走到一號樓前五米的地方？」

「這就不是我該關心的問題了。」

我怎麼記得Y剛剛是用這點來反駁我的，這確定不是八嘎推理嗎？

「話說四號樓的二樓不是林發晨的房間嗎？林焱他們怎麼不留腳印地到四號樓再回去？」

「如果你再發揮一下想像力，自己搭個木板在樓頂穿行也並非不可嘛！」Y搔頭道。

這也行？我聽得目瞪口呆。

「好吧，至少這也算是個建築性詭計了。」孟姑獲卻是如釋重負，「那密室內的不可能吊屍呢？」

「目前無解。」

「不是吧，把屍體吊在上面……」

「啊，你說那個啊。那是很簡單的。方法也有很多，你們也應該想到了的吧。」

「你們還是說說吧。」我瞪著迷離的小眼睛。

Y注視了我良久，「當然，我就說其中或許是最容易想到的方法吧。要實現不可能吊屍，其中之一的可能性是使兇手能長時間滯留在半空中。而這，做個繩梯就可以了。但繩梯不可以掛在房梁，因為房梁的灰塵沒有被破壞。那就只能掛在屋頂了。我們可以在屋頂放『豐』字形木頭。之後，在房梁兩側分別掛下兩道繩梯。兇手可以帶塊木板，順著繩梯爬上去，把木板水準架在繩梯上，在房樑上繫上吊屍用的繩套。最後將事先用繩子綁住的屍體拉到他搭建的平臺上，又吊在繩套上。」

「可兇手要如何逃離？」

「這正是我覺得無比詭異的地方。按理來說，兇手是無法逃離的。但他卻逃離了。」Y輕聲嘀咕，「其實將屍體掛在那裡還存在其他方法，利用那些方法，兇手無需進入七號樓。但是兇手想要在屋外將掛鎖鎖上，也絕非易事。」

「那膠帶密室呢？」

「單純的日記我可不當真。」Y發牢騷。

「為什麼？雪地無足跡你不也思考了嗎？」孟姑獲叫嚷說。

「哦，那個啊，根據三視圖開腦洞不費神。膠帶密室資訊不足，太費神。」Y毫不羞臊。

「好吧。那你對於兇手的身分有什麼想法？林焱還是吳博安？」

Y沉默片刻，又敲了自己的腦袋一會兒，「難說。關於這點，你們警方優勢更大啊。」

孟姑獲聳聳肩，「接著是這些。」他掏出一堆照片，和一隻錄音筆，「照片不僅僅有日記的，還有建築的。日記只拍了13號、15號、16號和17號的，之前的日記都差不多，林晶不是在房間裡養胎，就是在外面看風景。」

「你等會兒。」

「怎麼了？」

「你先回答我一個問題。」Y裝模作樣地指著那幾張日記的照片，問出了一個不痛不癢的問題，「這14號的日記哪去了？強迫症很難受啊。」

「林晶畢竟是個孕婦，她在莊子裡的生活很封閉，每天都過得差不多。每天記錄重複的事情，不是很無聊嗎？」

「那她到底記了多少日記吧？」

「也就二十六天的日記，當然日期不是連貫的。經常性跳幾天、跳十幾天。她一般會記錄一些很有趣的事情。比如說，上一篇是這個月1號的，那裡寫著林淼發酒瘋了，用她的話講『這個悶騷的男人竟然會有這麼滑稽、幽默的一面，倒是讓我二十幾年的人生觀都被刷新了』。再上一篇是上個月14號，林焱被林小不小心鎖在了七號樓，差點凍死。再之前就是上個月9號和10號了，8號是他們這次到十字莊的第一天，林晶象徵性地表達了歡喜之情。10號是一次全家聚會，鬼知道聚會內容是什麼……」

孟姑獲滔滔不絕地將之前所有的日記內容都說了一遍，我聽得自然是津津有味的，一些曖昧的詞時常讓我想入非非。不過Y嘛，他問完問題以後就漠不關心地拼起拼圖來。

「我們是不是跑題了？」孟姑獲突然回過神來。

我認真地點點頭。

「那祝我們這次合作愉快。」孟姑獲伸出手。

「我們的合作愉快過嗎？」Y翻眼瞅著他。

「結果總是美滿的，不是嗎？」

「算是吧。」Y與他擊了下掌。

「那我先走了。」

「可別忘了那樣東西。」

「下次就帶來。」

門嘭地閉上。

「你好像和他很熟。」

「不熟啊！」Y古怪地看了我一眼。

「他說他是你的朋友。」

「只是認識，小學、初中、高中都是同學而已，這算朋友嗎？有些人就喜歡在我沒把他當朋友的時候把我當朋友。簡單地說，就是套近乎。」

他應該沒在說我吧，我腹誹道。

「他一有困難就來找你？」

「怎麼可能？這次是對案子太糾結才來的。」

「你常常給他們當顧問？」

「有時候，看心情。」

「你似乎是蠻厲害的。當顧問有錢拿嗎？」

「庸俗。我純粹為瞭解謎。錢乃身外之物。」Y一本正經地說道。

「是嗎？」我這倒不是在問Y了，說真的，我看Y也不像是有工作的人。如果他也沒有穩定的經濟來源，不知道什麼時候我就有沒房子住了。

「你不來看看嗎？」

「什麼？」

「日記。」

「你不是文盲嗎？」

「所以要你讀給我聽啊。」

「那你以前是怎麼讀這種文字材料的啊？」

「孟讀的，不過，今天他很機靈地逃了。」

我只能暗嘆世道之不公了。

「不過，我們可以先聽錄音。」

還好，還好。

第三章　不

1

跳動的燭火與渾厚的嗓音共同打斷了我的回憶。時間線歸復。我感受到了明顯的割裂感。

醞釀許久的淨椿終於開口——他要說什麼？哦，是要說方才的命案。「而在剛才——」淨椿舔了舔乾澀的嘴唇，在這麼一瞬間像是被死神掐住了喉嚨般失了聲，「正如你們所聽聞以及所望見的，寧宏先生逝世了，他被『士』殘忍地殺害了。」

「阿彌陀佛。」明心念道。

不過，這卻不是我的關注點。我看見葉珩微不可見地笑了一下，其意味難明，似是一種因感同身受、憐惜自身而無意識發出的。

「怎麼死的？」寧復點燃了一根煙，看得出他心情很煩躁，不斷地調整坐姿。煙氣讓我這不吸煙的人鼻子一抽。

淨椿呼了口氣。隨後，他說了很多發現屍體警告的細節，並有力地總結，「很明顯，這個囂張的『士』就在我們之中。」聽到這最後一句話，所有人都慌張地四處張望，觀察各自的神色，當然，不包括我。葉珩很露骨地審視著除我和言思月之外的所有人。我似乎是成了公認的好人，就是這麼有好人緣。

「為什麼兇手不能是寺外的？」言思月好奇地問道。

「事實上，我和克莉絲蒂娜看過屍體附近，沒有曾場下腳印而用雪掩蓋的痕跡。寺門口，也是一樣。這都被拍下來了，你若懷疑，可以看看。」淨椿將手機遞過去。

卻是葉珩接過了手機，她翻閱了一會兒說道：「確實不可能是寺外的。」

「那還是老樣子，不在場證明。在雪地密室發生期間，即十點五十雪停到十一點四十有不在場證明的說話，能為別人提供不在場證明的說話。唔，我能保證明心住持在休息。」

「葉小姐和我一直在睡覺。」言思月舉起小手。

「睡著了如何知道她並未出去過？」淨椿的反問讓言思月頓時啞然。胸大無腦言思月，我暗暗點評。

「只有這樣嗎？那就是說，除住持外的所有人都有可能犯案啊。」淨椿嘟囔道，「那大家有什麼想法嗎？」

「我有個問題，你怎麼確定腳印是寧宏的？」我心裡已然有個大膽的想法，也便顧不得唐突地隨口而出了。

「痕跡符合其鞋底的花紋。如果不是他的腳印，還能是誰的？」淨椿反問道。

「可能是兇手踩上去的。」

「照你所言，兇手穿上寧施主的鞋，背著屍體，來到北院行兇。那他要如何逃離？」

「他可以在雪停前行兇，在雪停後穿上鞋倒退離開。」

「那兇手得準備兩雙一樣的鞋，否則屍體腳上的鞋就對不上腳印了。」

「而能做到此事的只有知道死者今天穿什麼的人。有符合的人選嗎？」

「我，寧復，死者的兒子。我想除了我，沒人能事先準備了。」那個名叫寧復的冷酷男子冷冰冰地看著我，「你是想說我是兇手？那請你告訴我，我如何在離開後還能拿走頭顱、搬動面具？」

「呃，抱歉。這點我確實沒法解釋。」我一陣語塞，但我又有了個大膽的想法，「有沒有可能是空中拋屍？」

「怎麼說？」

「比如說那條路的延伸線上有個高地A，兩個方向的垂線上分別有兩棵樹B、C，再準備一張椅子D。那麼，用三根繩子分別連接AD、BD、CD，綁樹的地方要高些，繩子長度自然也要視情況而定。兇手作案時，在A地帶著屍體坐在椅上如同飛翔的鶴一般盪下來，將屍體放到路中央，並完成斬首，隨後拉繩子回去。回收繩子。怎麼樣？」

「恐怕不得行啊。」葉珩毫不留情面地說道：「按你的說法，這A地恐怕是天王殿屋頂，總不至於是連接兩位禪師屋頂的天橋吧，那太遠了。但這屋頂，你想上就上？回收繩子你想收就收？綁樹上的繩子你要回收必須得到寺外才行。況且，得有這兩棵樹才行。而且，你沒解釋腳印的事。」

「腳印可能是……啊，讓死者到案發地，然後自己盪下來。」

「唉，腳印只是問題之一。先不說依舊扯淡，其他問題你還是沒法解決。那裡有樹嗎？諸位。」

「沒有。」淨椿回答得乾脆俐落。

「好了，下一位。」葉珩簡短有力地總結。

「我又有了一個大膽的想法。」我雖然屢戰屢敗，但絕不氣餒，「這死者的腳印會不會是畫上去的呢？先踩上去，然後銷毀印記，重新撥畫出符合死者鞋底紋路的印記。」

此言一出，所有人都齊刷刷地望向我。氣氛瞬間有些詭異。

淨冬壓低聲音道：「杜施主，我們還是聽聽不說話好了。」

是的，我想我還是聽他們討論好了。不愧是淨冬師傅，果然審時度勢，洞察人心。

「呃，我想杜施主之前的某些話，還是有其可取之處的。我不知道兇手的詭計，便不能直接篤定那行腳印就是寧施主踩下的，但我可以肯定，那腳印的痕跡確確實實是那種鞋子踩下的。而且，由於腳印深淺幾乎一致，絕對是同一個人踩下的。我父母都是獵戶，看腳印這事，我很在行。而若要我這愚鈍之人說，那自然只能是寧施主的腳印。」淨椿這番話算是幫我挽回了點顏面。

「你這說得依然不嚴謹。」這回，寧復淡然地質疑，「深淺幾乎一致，只能說明踩下腳印的物體重量相近，而不能簡單地歸因於同一人踩下。它可以被不同的人踩下，只要體重輕的人加上一些重物即可。淨秋師傅，你說呢？」

淨秋的臉一下子垮了下來，「寧復施主，我明白你的意思。令尊的腳印離天王殿門口極近，若他在天王殿被殺，兇手只需穿上他的鞋子，再加上些重物，重量或許就相仿了。但是怎麼把屍體運過去呢？」

事實上，我這時才明白，我捨近求遠了。現場的雪地密室根本不嚴格。如果說雪地密室比房間密室開放，那麼這次的雪地密室比一般的雪地密室還要開放。碎裂的冰池已然表明，兇手可以自由穿梭於齋堂、石子路、藏經室。甚至於，兇手都直接暴露了。不就是淨秋嘛，我心裡直嘀咕。

「沒錯。」淨椿幫腔道：「要想從天王殿把令尊的屍體搬到雪地上，無論經過哪裡，必定留下極深的腳印。」

「是的。但前提是家父是在天王殿遇害的。」寧復不以為意地說著。

「你的意思是？」

「我剛才只是論證同一深淺只能說明留下腳印的物體重量相近，亦即可以由較輕的人背些物品留下。但我並不是說父親的腳印不是他親自留下的。家父既然不是在天王殿遇害，那就是在北院遇害。這條思路全然暢通無阻，從天王殿再到藏經室再到北院，這一路一樣暢通無阻。你們的照片就是最好的作證了。所以，是你做的吧？淨秋！」

淨秋兩手抓住桌沿，頭上滲出了汗珠。而其他所有人都在盯著淨秋那張陰晴不定的臉。我甚至能從他無比白淨的臉上看出他臉色的慘白。

「那是不可能的。毫不客氣地說，淨秋是兇手的概率幾乎為零。」克莉絲蒂娜輕輕的言語如洪鐘般響起。

「怎麼會？」寧復不甘示弱地盯著克莉絲蒂娜。

「如果淨秋是兇手疑點是實在太多：1、他是怎麼讓寧宏出來的；2、他當時在北院哪裡以至於寧宏看到地上沒有腳印還若無其事地走到了北院石子路的中心；3、他為何不早點取走死者頭顱；4、他是怎麼取走死者頭顱的；5、他取走的頭顱去哪了；6他哪來的錢買彎刀等等。」

「疑點不能讓人排除嫌疑。」

「冒昧的問一句，你父親多重？」
「一百八十斤左右。」寧復想了想道。
「好的，謝謝。」
「這怎麼了？」
「沒什麼，瞭解一下資訊罷了。」
「我還是那句話，疑點不能讓人排除嫌疑。」寧復惱火地說道。
「先生，量變是可以產生質變的。當疑點太多的時候，淨秋成功行兇的可能性就幾乎是零了。我們不能把所有事都歸因於巧合。就拿某些疑點來說，譬如第3點，淨秋為什麼要等淨椿來了才取走令尊的頭？」
「這不是明擺著的嗎？淨秋這樣就能洗清嫌疑。」
「可笑，你根本沒理解我的問題。如果淨秋要擺脫嫌疑，他何必留在現場，他若要取頭，早早拿走不就行了？哪有陷自己於危地的道理？你要是堅持那套說辭，那你告訴我，他當時就站在雪地中央，怎麼使頭顱離開屍體，又讓其消失。這是疑點4、5。」
「用方法扔到寺外不就好了？」
「在你們來之前，寺外方圓百米我都檢查過。並沒有。」
「兇手的手法你想不到，不代表就沒有可能。」
「好吧，那再來看看第1點，他怎麼讓令尊出來？」
「他們或許以前認識。」

「那你說令尊來時，淨秋站在哪？水裡？藏經室？雪地？」

「這……」

「哪裡都不合適。在水裡，令尊會起疑。在藏經室，他得從水池走，令尊還是會起疑。雪地上？這更不行，如果他看見地面上沒有腳印，而水池還很怪異地冰裂了，絕對不會過去的。或者行兇地點在別處？某段路上？那令尊一倒，雪地上就會有印記了，而且背過去會留下深深的腳印。而令尊的腳印到藏經室最近也有三米的距離，沒辦法不留腳印地到藏經室。只有一處地方，才有理論上的可能，那就是過院門的那一瞬間。淨秋可以站在水池裡，趁其不備一擊擊殺他，又趕忙不讓他倒下，拖入水中，放到陳屍點。脫下死者的鞋子，自己穿上，倒退，又從水裡回去給他穿好。不過，這只是理論上。

「首先，隔著院牆，兇手難以恰到好處地抓住這個時機，而且這個時機很短暫，失去了就意味著失敗。其次，站在半米深的水池裡，同樣是一米七的淨秋就矮了令尊很多，要一擊制敵，還是在胸口，恐怕不行。更別說撐住死者的屍體了，只要傾斜一定角度，那裡的腳印就會與其他區域的腳印迥然不同。」

寧復看起來有些焦躁不安。

「我還有一個最重要的疑點——這是疑點3的延伸。如果淨秋是兇手，為何他大膽到留下了這樣的腳印？明眼人都知道他滯留在現場只會加重自己的懷疑，早早離開並毀去腳印才是最好的選擇。打反心態也不是這麼打的。我雖然覺得他是兇手幾率為零，但一想到他一直在案發地附近，還是會心生疑竇。儘管他是邏輯上的好人，但他永遠都不會從懷疑名單上消失。這對兇手來說，可不是好兆頭。」

「你這些都不過是心證，沒有任何物證。」寧復反駁。

「是的，但我想現在認為淨秋是兇手的人只有你一個了。因為淨秋兇手論不僅違反了一個兇手的思維，也違反了一個正常人的思維。」克莉絲蒂娜蓋棺定論道。

聽到克莉絲蒂娜的推論，我不禁暗自撫掌。

「寧先生，如果你還是懷疑，請先自圓其說。」

「那淨椿可不可以犯案？」

「寧大哥，我覺得你還是先想清楚吧。」葉珩插話道，「淨椿是兇手的前提恐怕是淨秋是淨椿的共犯。畢竟淨秋是在與淨椿十一點換班後留下的腳印，而那時他沒看到令尊的腳印，所以若淨椿是兇手，一可能是他偽造一行令尊的腳印，再回去，再踩出自己的腳印，但回去的腳印，克莉絲蒂娜小姐確認過沒有。二可能是令尊留下腳印，再到北院去殺害他。但如淨秋第一次見到的，淨椿的腳印還不足以讓他到北院，甚至於藏經室，他都沒法到。所以淨秋既然是邏輯上的好人，那淨椿也不會是兇手了。但如果要說，這二人都是兇手，未免不能服人。」

「你們還是沒考慮到詭計。總有詭計可以化不可能為可能。」

「那麼，請先想出詭計，再來指出兇手，否則空口無憑，只是赤裸裸的汙衊。」克莉絲蒂娜冷言冷語，「詭計什麼的，再怎麼神奇，也都有跡可循。而在此之前，我們只能講邏輯。」

「我也想講邏輯，但我嘴巴沒你們厲害。可我知道，看似不可能，不代表真的不可能。如果是因為一些成見就一味地與我抬杠，最後遭受損失的還是你們。」

「我們只是在陳述事實，可沒有在刻意打壓你。」克莉絲蒂娜別過頭去。

「是啊，是啊。你們不去好好想想淨秋或是淨椿怎麼解決遇到的一些問題，成功殺死父親。反倒是將嫌疑最大的兩個人直接排除了。恕我無法理解這種捨近求遠、毫無意義的做法。」寧復大吼一聲，雙目瞪大，可以看見裡面血絲密佈。

「你這麼惱羞成怒不會是因為你是兇手，而我們這樣討論可能會暴露你吧？」就在淨椿想制止這場鬧劇時，葉珩卻聲音低沉地發表了其誅心之論。

聽到這句話的寧復一下子就氣急敗壞到了極點，他手舞足蹈地叫嚷：「哈！既然連你都這樣說了——我走！我走！當我還真要參加這勞什子的狗屁討論會了？明明就是在針對我一個人，我又何必坐在這像是只被耍的猴子？本來還想請我們的偵探小姐說說，這兇手既不是淨秋，也不是淨椿，腳印也都一切正常，那兇手是怎麼踏雪無痕地離開的？總不能真是羅剎作祟吧？但現在——」出離憤怒的寧復躥起身，走到門邊，「再見了，諸位，真心實意地祝你們好運！」

「砰——」他摔門。

寧復走後，會議陷入了短暫的暫停，顯然不少人都被寧復的爆發搞得有些發懵。克莉絲蒂娜也以略帶責備的眼神往葉珩的方向瞥了一眼，但事已至此，也只能等寧復消氣了。她開口道：「我想諸位對於淨秋能不能犯案已然清楚。現在，淨秋，你可以說說，你在藏經室裡可發現什麼異常了嗎？」

淨秋畏首畏尾著，「我確實有些事想說，剛才大家爭得厲害，而且我嫌疑很大，害得我都不敢說話。」

克莉絲蒂娜噗哧一笑，「沒事，說吧。我洗耳恭聽。」

淨秋正色道：「嗯。其實吧，我在去藏經室前，見過寧施主。」
「哪個？」克莉絲蒂娜笑意立馬收斂。
「啊。」淨秋放低聲音，苦著眉頭，有些為難地說：「就是寧老施主啊。」
「什麼時候的事？準確些。」克莉絲蒂娜語氣嚴肅。
「大概十一點零九分吧。畢竟我到藏經室是十一點十分。」
「他當時狀態如何？」
「我過去時，他正打開門。見到我後，他好像很吃驚，然後就回屋裡去了。唔，總感覺他當時有些奇怪，但又說不上是在哪裡。」淨秋撓了撓自己光禿禿的腦袋。
「就這樣？」
「是的，我當時還很納悶呢。」言至於此，淨秋面露哀戚之色，「所謂世事無常，便是如此吧。」
「還有嗎？」
「還有一件事，不知道算不算。我在去藏經室之後，我打開過南邊的門，當時水池裡的冰層還完好無損，石子路上的雪地也沒有絲毫變異。」淨秋追憶道。
克莉絲蒂娜陷入沉思，眼珠骨碌碌地轉著，淨秋的佐證讓她這樁雪地密室案的某些思路不再適用。她死死按著傘柄，摩挲著，感覺自己唯一可行的方法在不斷地形成，她離真相已經很近很近了。無頭屍、羅剎面具、血斧、彎刀、結冰、腳印……突然，她眼眸中閃過一絲明悟，推演良久後的她終是鎮定地說道：「我想我已經大概知道兇手的大膽手法了。」

此言一出，如颮颮雷音，眾人莫不驚疑。就連一直埋頭誦經的明心都浮現驚容。

「什麼手法？」也不知是誰問了句。

「關於手法，我想應該是不會錯的。因為再無別的可能了。」在場的所有人中，唯有克莉絲蒂娜的眼睛裡一片澄澈，流露出真相在手的瞭然。

2

待齋堂裡紛紛議論、私語竊竊復歸平靜安寧，克莉絲蒂娜方娓娓道來，「根據我們方才推理，兇手不會是淨椿、淨秋二人這點是可以確定的。在此基礎上，我們可以確定案發時間在雪停以後。那麼，案發地點呢？其實我剛才在對淨秋兇手論的反駁裡提到，他在哪行兇都不現實，而這對於其他人也是相似的。在北院院門往南的任何地方襲擊寧宏都是不現實的，這是因為只有一行符合死者的腳印。如果這行腳印是兇手偽造的，就涉及到了屍體的搬運問題。而一旦屍體被搬運過，必然留下極深的腳印。現場既然沒有這樣的腳印，便證明瞭案發現場在北院。在北院，死者的屍體可以通過池子搬運，但正如同淨秋無法順利在途中行兇，其他人也是如此，故此案發地就只能是陳屍點了。屍體從未被搬運過。那哪些人可以使死者在雪地上沒有腳印的情況下，安心地與其接觸呢？只能其親子寧復以及嬌弱的女性了。」

說到此處，克莉絲蒂娜輕輕搖首，頗有些無奈地說道：「但這只是我的一廂情願。其實正如寧復所言，死者的人際關係我們並不知知曉，就連寧復恐怕也難以盡知，所以我們還是迫不得已地把淨冬納入嫌疑人之中吧。但倘若真要說淨冬是兇手，怎麼讓寧宏放心近身確實是詬病之處。我之所以不把淨秋與淨冬等同視之，主要是因為我無法想像一個待在原地未曾動過的人如何使頭顱憑空消失，而卻想到了淨冬亦或是他人能使頭顱憑空消失的方法。

「在具體說方法之前，我想請大家發現一些本不該發生卻發生了的事。1、死者頭顱消失了；2、兇手的兇器還在現場附近；3、藏經室與陳屍點間池子的冰也破碎了；4、屍體是濕的。我的推理幾乎都建立在這些疑點上。首先是頭顱消失之謎，這其實是容易回答的。頭顱如何消失？因為被兇手拿走了。如果能認定這一點，我們可以理所當然地可以認定另一點：兇手當時就在現場。」

「這不可能。我裡裡外外都看過了。」淨椿立馬反駁。

「你絕對不可能哪裡都搜過，正如同你沒有去不能藏人的小櫃子那裡搜查。」克莉絲蒂娜手指輕點著桌面。

「那裡不能藏人，我自然不會搜。」

「但如果那人有縮骨功呢？」

「你是想說兇手有縮骨功？」葉珩尖著聲音。

克莉絲蒂娜連連搖頭，哭笑不得，「不不不，你誤解了我的意思，我只是在舉例證明，我們所認為的不可能或許不是不可能，正如看似不能藏人的地方不一定不能藏人。」

「你的例子很失敗。」葉珩埋汰道。

克莉絲蒂娜不以為意地說道：「但是我至少證明瞭淨椿沒有去也不會去搜查他認為不可能藏人的地方。幾乎所有人處於你的境況時都會這麼想，所以兇手冒了個險。」

「藏在水裡？」淨秋猜測道。

「這一點我曾分析過。水池裡的水溫非常人所能忍受，而藏在水中亦其實完全沒有必要。除了水裡，還有一處地方極少被人注意到，極少會有人搜查。再結合屍體本是濕的這一特殊之處，我認為兇手當時只能是藏在了屍體裡。更準確地說，兇手將血幾乎被放乾的屍體放到了池水裡。黑夜裡，池水很暗，而且搜查的人也不會細看，所以很安全。就算第二天我們發現了池水中有血，也會認為是從石子路上流過去的。而兇手自己則藏在了死者的衣服裡，不露出手與頭。在遠處看，便形成了一具沒有手的無頭無手屍。」

「竟還可以這樣。那兇手要怎麼離開呢？雪地上可沒有他離開的腳印啊。」葉珩追問。

「雪地上，他離開的腳印，一直存在，只是我們忽略了。」克莉絲蒂娜有些鬱悶。

淨椿搖頭，「我不可能看漏的。」

「腳印的問題我們待會兒再說，我們剛剛所說的是從頭顱無故消失這一點所知道的。但兇手取走頭顱的理由，同樣值得我們探究，不然兇手的一些行為會顯得極為大膽以至於難以認可。我們可以先重現當時的情景，推測一下在淨椿走後，兇手會做什麼。事實上，他取走頭顱已然擺明瞭他的態度：他要陷害淨秋。」

「但你剛才說兇手取走頭顱只能說明兇手當時就在現場。」

「兇手這是偷雞不成蝕把米啊。」克莉絲蒂娜微微一笑，「兇手取走頭顱的這個做法確實說明瞭這點，但兇手對其手法太過自信。他本意是要我們產生這樣的想法：淨秋在案發地附近，只有他可以偷走頭顱。」

「可師兄沒有動，不可能犯案。」淨冬叫嚷。

「這確實是兇手所始料未及的，而他未預料到的事其實更多。我想兇手本來另有計劃，他先在下雪時來到齋堂——淨秋既然沒見著他，自然是在齋堂——等待與他約好的寧宏前來，他不在案發地恐怕是因為外面太冷了。而當兇手意外地發現淨秋來到藏經室後，他決定在殺人後決定上演辦屍的把戲，等待淨秋的發現。等淨秋檢查過附近無人，他取走頭，而淨秋又通知一些人來到這裡，他便又從眾人身後出現。這樣一來，淨秋的嫌疑便是最大的。」

淨椿反駁道：「不對。拿走頭顱根本嫁禍不了。淨秋師弟殺了人，根本沒有拿頭的道理。這隻能減輕師弟的嫌疑。」

「不然。儘管我們會疑惑於為何淨秋會故意撒謊說一開始頭還在，認為正常的兇手不會這麼做。但事實上，這未嘗不能是淨秋故意讓我們這麼想的，畢竟周圍只有他的腳印，他這麼做看似引火燒身，實則卻能撇開懷疑——正如你方才所言。而真兇也正是抓住了這點，淨秋可不像束手就擒的人。更何況，說不定兇手是不得不拿走頭顱。」

淨椿有些不服氣，但也知正反邏輯從來難以辯個對錯。且他轉念一想，這分明是好事，便變得認同了。

克莉絲蒂娜續道：「結果，第二個意外出現了，淨椿來了，兇手一開始無法知道這一點，但後來還是能從淨椿發現屍體後慌亂的聲音中得知屍體的發現者是淨椿。這意味著，發現者應該會為了檢查齋堂和藏經室通過水池兩遍。兇手能從水池的聲音判斷發現者是否檢查完齋堂和藏經室，而在判斷出淨椿已經完成檢查且離開後，他取走頭顱——兇手不知道淨秋的現狀，他認為淨秋應該在藏經室中，嫁禍仍然可以成立。卻不成想，陰差陽錯之下，淨秋、淨椿都無法犯案，取走頭顱成了敗筆。這就是兇手所犯下的第一個巨大錯誤。」

「第一個？」葉珩喃喃。

「是的。第二個錯誤就是兇器了。這也是嫁禍必不可少的一部分。如果在案發現場沒有發現兇器，無論是淨秋、淨椿都無法殺人，嫁禍根本無法成立。但是兇手恐怕不太瞭解寺廟的分工，又或者的確瞭解卻為了嫁禍只能留下兇器，所以犯了一個致命的錯誤。他將一把不屬於寺廟的彎刀留下了。就這一點而言，在排除淨椿之後，我們就可以幾乎承認寺裡的僧人的清白了。淨椿管財政，不會讓寺裡的人有機會的。也就是說，本來就沒什麼得手可能性的淨冬可以排除。」

淨椿聞言一愣，他猶記得先前克莉絲蒂娜與他說這寺裡的僧人或許是有從其他地方獲得資金的管道的，但貌似她現在放棄了這種想法。其實他也不信，唯一可能的管道是明覺師父和淨夏可能存在的體己錢，但如果他們二人或其中之一是幫凶，「士」挑選的日子就不太好了，幫凶在身邊會更輕鬆些。而且，他也很難相信明覺師父和淨夏師弟會是那樣的人。

「那兇手到底是怎麼離開的？」

「在兇手原本的預想裡，他可以踩著淨秋回去的腳印離開。在對於我和淨椿熟識腳印這一事實尚不知曉時，他認為他的策略能夠成功不是怪事。但是淨椿的到來打亂了他的計劃，卻也幫了他的忙。說來也巧，我和淨椿為了確定沒人離開，在齋堂附近留下了數不清的腳印，卻不曾想，這些腳印可能會成為兇手掩飾其離開的足跡的道具。兇手趁我們三人在藏經室附近拍照探討時又或者淨秋離開、我和淨椿查看屍體時，光明正大地在雪地上留下腳印離開了。院牆的門洞離客院的連廊不過一米之遙，算不得遠，一個大跨步就行，不會留下腳印。也就是說，能夠完成這個驚險詭計的只有三人：寧復、葉小姐以及言小姐。到此為止，我對手法的解釋便結束了。至於兇手的身分，我還無法確認。」

說到這裡，克莉絲蒂娜看向了葉珩和言思月二人，她們的窘迫姿態瞬時落入了她藍色眼眸中。而不遠處淨秋、淨冬正竊竊私語，其愈漸明朗、喜上眉梢的神色亦讓她忍俊不禁。他們一定安心了吧，既然沒有羅剎大人，也便沒有天狗大人。

言思月見葉珩一直不開口，只好鼓起勇氣開口說：「那兇手就是寧復啊。」只是她侷促的氣息卻顯示出其不堪一擊的底氣。

「事實上，言小姐，我更懷疑你們中的某一人。」克莉絲蒂娜說話毫不客氣。

「啊，怎麼會？」言思月猛地攥緊了拳頭，剎那間花容失色。

「寧復太高了，辦成無頭屍體雖非不可能，但很勉強，而淨椿也確實可能由於視角原因或心中恐懼疏忽了這點不協調的地方。但就一個兇手而言，要他冒這樣一個大險，還是很難的。」克莉絲蒂娜這話當然半真半假，寧復絕不因身高而嫌疑變輕，其言辭激烈只為給面前兩人壓力罷了。

「不可能，絕對不可能！」言思月臉色變得鐵青，氣喘喘的，猛烈搖頭。葉珩坐在一旁，依舊默然。只是她面容僵硬，氣塞息窒，宛若遊絲，那扭曲的表情就像是活見了鬼。

「我沒確定就是你們，因為目前確實沒有證據能排除寧復。不過我的推理並沒有紕漏，這點你可認同？」

「我不知道。」言思月呆坐著。

「那也就是找不出漏洞。在這種限制極大的條件下，能夠解釋所有疑點，並且能夠符合兇手的行為動機與心理的，只可能是真相。言小姐，我現在想告訴你的是，如果想證明自己或是你們兩個人的清白，那就想辦法證明寧復是兇手或者提供你們不可能犯案的有力證據，最簡單的辦法就是分開住，我會安排不相干的人看著你們。這樣一來，如果還是有命案發生，而你們在看護之下，寧復就無可辯駁得是兇手了。不用擔心他會因為他會有所顧忌、不犯案而使得你們無法洗脫嫌疑。他現在並不知道我已經將兇手鎖定在三人內，所以說，他若是兇手，依舊會行兇。而且，假使寧復對你們下手，你們正好受到保護。何樂而不為呢？」談笑間，克莉絲蒂娜頗為自信地給出了一個方案。如果她們同意，無論是不是兇手，都對大家有益。而如果不同意，她們是兇手的概率就更大了。

「葉姐姐。」言思月再次期盼地看向葉珩，聲若蚊蚋。

這時的葉珩已從失神中迴轉，只是神情依舊悽惶。她直勾勾地盯著克莉絲蒂娜那素淨的面頰、優雅的笑貌，艱難地道：「真是沒想到，真的是沒想到。要我說，我不是兇手，小月也不是兇手，寧復也不是兇手，你克莉絲蒂娜才是！真是好手段，真的是好手段！」

「葉小姐，你這話說得可未免太不明智了。」克莉絲蒂娜沒有迴避葉珩那極具敵意的目光。

「小月，你相信我嗎？我們走，不要待在這裡。」

「我信的。我絕對不信你會是兇手的！」言思月一把握住了葉珩冰涼的小手，就像是在緊握一句海枯石爛的誓言。

「我也信小月呢。」葉珩極欣慰地展顏一笑，她拉起言思月，全然沒有去理睬那些異樣的目光，徑直往客房走去。

克莉絲蒂娜靜靜地看著她們離去，不發一言。

「我們現在怎麼辦？」淨椿問道。

「睡覺吧。等待黎明。」克莉絲蒂娜輕輕說道，「重點是保護好住持。」然後，克莉絲蒂娜又將目光轉向正欲離開的明心，「住持，我有件事希望能和您單獨談談。」

明心聞言一怔，旋即點點頭，淨字輩的三位小師傅見狀，都知趣地離開了齋堂，在門口等候著。門扉閉合後，明心有些困窘地率先開口說：「我想我知道施主要問什麼，對於那件事，我本不該隱瞞，只是實在難以啟齒。」

克莉絲蒂娜神態自若，「二十七年前的事我並不重視，我只要知道有人來向你們尋仇就好了。我是來向您明確一件事的，你可曾有和其他人說起過那件事嗎？」

「絕對沒有。明路也肯定沒有。我很確定。」明心正色道。

克莉絲蒂娜窮問道：「有沒有可能二十七年前的事被其他人知道了。當時寺廟裡應該還有其他人。」

「是的，還有十二歲的淨椿，三歲的淨秋，花甲之年的圓慈師父。但他們不可能知道的。」明心亦在暗自思索，這「士」沒由來地詭異。當然如果「士」是明海之女便說得通了。思慮至此，明心眸中閃過一絲精光。

「為什麼？」

「因為腳印。那件事發生時，雪已經停了。而禪院到中院並無腳印。至於明山、明海，他們在事前就有意下山，所以就算事後倉皇下山也不該受到懷疑。對於大師兄的事，我們都只說他失足墜落山崖了。」

「好吧。叨擾了。」

「那我先行離去了。」

克莉絲蒂娜點頭，只是她可想不到本來低眉順眼、看起來極為老實的明心一轉過頭，面上就忍不住浮現出一道輕蔑的微笑。

3

葉珩二人出了齋房後，其一往直前之氣勢便瞬間雲散。言思月心事重重，葉珩臉色亦不好看。她們之間沒有對話，儼然初遇。但舉止之間，又有種心領神會的默契。她們沒有刻意去破壞這種氛圍，以至於這種狀態一直在回屋後的前十幾分鐘也一直持續著。屋子裡冰冰冷冷的，火爐炙烤著，卻始終不起成效。

「克莉絲蒂娜小姐說的不會是真的。」言思月終是咬著嘴唇說了句。她為自己傾倒茶水，茶水是冰冷的，但冷水才解渴靜神。

「我知道。我很清楚。」葉珩並腿坐在床沿。

「你本來根本不會上山來。」言思月自顧自說著，「本來應該是我父親來，他看完『士』的來信就一病不起。你不可能預見的。父親病倒，只好我替他來，我害怕了才跟你說。你不可能確定我會跟你說的。只有我知道，你根本不會是『士』。」

「我知道。」

「那你會懷疑我嗎？」言思月身子僵著。

葉珩深吸一口氣，「你絕不會是兇手，寧復也絕不會。兇手就是克莉絲蒂娜那個賤人。」

「為什麼？」

葉珩張開嘴，但終是沒說出哪怕一個字。千萬縷委屈、悲戚逼得她捂住臉，絕望地嗚咽，淚水順著指縫滴淌。

「葉姐姐，你怎麼了？」言思月挪到葉珩身畔，摟住她震顫的纖腰。

葉珩聽到這聲呼喚，竟有些恍惚。

「葉姐姐？」言思月垂淚。今夜流得淚未免太多，若要曾經葉珩的說，這或可釀一壺美酒佳釀了。

「我不知道。我不知道。」葉珩痛苦地央求道，「求求你，別問我了，不是你，也不是寧復，更不是克莉絲蒂娜，是羅刹！是天狗！還會有不知！有濕婆！」卒然，她呼吸一滯，她睜開眼後看到的猛然是一張帶著詭笑的藍臉，那是濕婆，它正目光儒雅且慈悲地望著她，手上持著一朵嬌艷的曼殊沙華，正輕輕緩緩、面色溫柔地把它別在她的發間。又見它伸出一指，豎直地貼在唇前，似乎是要她保守什麼祕密。窒息感緊緊壓迫著她。但隨著葉珩一晃腦袋、一眨眼，濕婆那鬼魅的身影又悄然消逝。

她狠下心摸了摸發間，取下那花蕊，那卻是一朵白色的曼陀羅華。她心中一顫，她不要去什麼地獄，亦不要去什麼天堂，哪怕它再美妙、再聖潔，她要在人間。這人間浮夢多美好，這人間的佳釀多醉人，她還不曾盡皆領略，縱使醉生夢死，亦何妨她在人間。飄飄然那一瞬間，葉珩忽覺心如刀繳，腦中混沌，那朵曼陀羅華的花瓣漸漸消融於她的指尖，化為虛無。這一切虛幻，何曾真過？這幻想皆去，唯留現實。這萬般皆假，唯我獨真。

「生死有命，我何必庸人自擾？」葉珩忽然一笑，再之後，嘟囔幾句，便澈底寧靜。而一旁的言思月方才見她面容驚異多變，摸著發，盯著手。而今聽其言語，觀其形容，卻尋常許多。兩手緊揪之餘，不由得心弦一懸一放。

「小月，我們睡吧。」葉珩轉身平躺著。一合眼，最後的兩行淚水自左右兩側順著耳畔垂入床鋪中，若曾經的多瑙河水那般晶瑩、珍貴。

「葉姐姐。」言思月喚了聲。她從未見過這樣的葉珩，浮躁、瘋狂卻又恬靜、安謐。

「睡吧。」

「哦。」言思月不再多問，利利索索地爬上床，側躺著。只求這一覺過後，一切平安。

不知過了多久，言思月早已熟睡，葉珩卻再次睜開眼，心如止水。

她深知，寧復和言思月都不會是兇手。她深知。

時間若回溯至羅剎案尚只被淨秋、淨椿發覺，淨椿前來敲響克莉絲蒂娜的門扉那一刻，就會知道，葉珩當時也醒來了。她被隔壁沉悶的敲門聲喚醒。言思月則在其身畔靜靜地躺著，嘴角流涎。她躡手躡腳地下了床鋪，開了一條門縫。

屋外甚是寒冷，只是從一道門縫迫進來的涼意，就讓她戰慄。但她還是探出頭，貓著身子。她見到了克莉絲蒂娜和淨椿的背影，他們在天王殿西側，俯著身，不知做些什麼。他們很快就消失在了視野中。葉珩索性打開了門，站在了連廊處，從這裡仰望著星空。停雪後的夜空深邃、富有魅力。滿天繁星如鑽石般點綴在夜空中，排布著古老的星空陣圖，烘托出一派祥和。葉珩不知自己多久沒享受過這份祥和了，她沐浴於清風之中，似是聆聽到了千里之遙的潮起潮落、萬裡以外的雲聚雲散，要與天地融為一體。

這種感受來得快，去得也快。葉珩吐出一口濁氣，回到屋裡。而就在這個時候，她藉著最後的間隙，瞟見了淨椿回來的身影，他旁邊有個陌生人，身上也背了個陌生人。而在這段時間內，沒有任何人經過過。之後，克莉絲蒂娜一直在齋堂，天王殿東側一直沒再有過腳印。她的見聞直接粉碎了克莉絲蒂娜的推理。但是她說出來，抵什麼用？難道她說出來，要讓所有人只能懷疑她？亦或者去懷疑淨秋？而看起來嫌疑最大的淨秋也不會是兇手，若是雪停前行兇，他大可直接離開，若是雪停後行兇，根本難以想像在如此嚴苛的限定條件下他如何成功殺死寧宏，又如何使得頭顱憑空消失。

克莉絲蒂娜的推理固然精彩，但她確實錯了——這真是羅剎作祟啊。葉珩還能怎麼想？她只能這麼想。她忽覺自己之前對寧復的針對甚是可笑。她本以為寧復這樣針對淨秋絕對是因為寧復心虛，所以想快點把淨秋的嫌疑人身分定下來。現在想想，她當時肯定是頭腦發熱、有些秀逗了。

又不知過了多久，葉珩依然胡思亂想著。在這混亂的時刻，時間早已沒了意義。

門外傳來敲門聲，將她從獃滯的狀態中喚醒，回歸到了現實。門外的人給她帶來一則消息：明心住持被殺害了。

言思月依然熟睡，尚且清醒的葉珩遲疑地打開門。而在那一瞬間，看著屋外站著的人帶著面具，面具上還是那張詭笑的藍臉，那對儒雅且慈悲的目光。

葉珩冷靜地斜過視線，言思月沉睡不醒。

小月，你相信天命嗎？或許，我們的生死早已註定，只待我們去找到正確的時間、正確的地點。天意到了，自會創造一個時機。同一個時間，同一個地點，兩個人，一個人死了，一個人活下去了。

這生死的訣別可能只是我們某些小抉擇的結果，我們的抉擇造就了這個時機，決定了我們的最終歸宿。你明白嗎？生死一線間，有的人能抓住機會活下來。而這機會或許只是一杯茶。哪怕只是一杯茶。你抓住了，所以，你活下來了。那就讓我們的美好記憶作為我最後的陪葬品吧。

但……真的好想繼續活著。活著，真好。

幕間・變局

淩晨二時五十，北院。

寧復站在寧宏的殘軀的一旁，雙手插在口袋裡，在寒風之中卻好像一尊石雕般站得筆挺。

他以勝利者的目光望著冰冷的軀殼，發出輕蔑的一笑。父親可算死了。

他踢了一腳，肥胖的肉體一晃。這條肥碩的蛆蟲終於死了。

這不曾給他愛的機器，害死母親的魔鬼終於死了。

撩起上衣，看著那致命傷疤，陰鷙一笑。

無趣地搖首，往回走到天王殿前。

怔了怔，腳步輕盈地離開。

在客院之中慢慢穿行。

耳邊隱有爭執聲。

聲音甚是嘈雜。

側耳傾聽著。

暗覺好笑。

推開門。
入屋。
寂。

4

兩點三十分，將近寅時。

在淨秋的禪房裡，我正與淨秋、淨冬瞭解先前明路禪師命案的情況。之前我回到屋裡，整理了會兒羅剎案案情，又繪製了淨業寺佈局的草圖，見Y還是沒醒便打算去向淨椿瞭解的。但淨椿還得照看明心，我不便打擾，便尋思著去找淨秋聊聊。不曾想，淨冬也在。他目光閃躲，窩在床上，只露出一個光溜溜的腦袋來，顯然這個剛成年的小師傅有些膽小兒。

淨秋為我斟上一杯熱騰騰的茶水。淨冬下床也坐在了桌邊，不過還是裹著被子。

「你們不打算睡覺了嗎？」我笑問道，很欠打地將錄像機擺在桌上，對準這一邊。

「杜施主不也沒睡？」淨秋反問。

「暫時不睡，待會兒還是會睡的。」

「我們也是一樣。待得該睡的時候自然會睡。」

和尚說話都這麼繞的嗎，會睡覺就說會睡覺唄，我心裡直犯嘀咕。

「淨冬師傅，你很冷嗎？」我的潛台詞自然是你竟然在火爐邊還要裹被子。

「杜施主，難道你很熱嗎？」淨冬奇怪地看著我。

這邏輯沒毛病，我默默為他豎起大拇指。

「我身子骨弱，耐不住寒。」淨冬補充說。

「哦。原來如此。」這才是正常地開展嘛。

「還不知道杜施主，你深夜造訪，所為何事？」淨秋很禮節性地詢問。

「我只是想來瞭解一下那個明路禪師案子的情況。」

對於此事，淨秋、淨冬並不多加排斥，反而七嘴八舌地將案件過程說得很清楚。我雖聽得是雲裡霧裡，但只要錄下來給Y播放就可以了。

「杜施主，你說誰是『士』？」講述完畢後，淨冬問我，形容關切。

「抱歉，我不知道。」想來以我的智商，能把故事聽懂三分之一就是極限了。

淨秋、淨冬神色皆是一暗。

「我雖然不知道，但不一定其他人不能知道。」

「是啊，克莉絲蒂娜小姐好像確定是誰了，但她說沒有。」淨冬甚是鬱悶。

那個冰山美人言之鑿鑿地說她已經破解了那個雪地密室，對於此，深思熟慮過後的我是嗤之以鼻的。儘管我無法解釋如果克莉絲蒂娜錯了，還有誰能完成這個雪地密室，但我就是不相信她。我總感覺，她所見到的，不過是浮在水面上的冰山。而為了表明我的態度，我酸溜溜地說道：「克莉絲蒂娜那種三腳貓偵探肯定恐怕連無頭屍體是誰都會弄錯，還想抓住真兇？」

「克莉絲蒂娜小姐有恐屍症，當然不會知道屍體身分啦。就算弄錯了，也是我們這些檢查屍體的人弄錯。」淨冬嘟囔道。淨秋也贊同地點頭。這兩個榆木腦袋，我真的快受不了了。

「呃，我的意思是克莉絲蒂娜肯定調查不出來真兇是誰。也肯定破不了這連環兇殺案。」

「杜施主，你這樣說就不對了。克莉絲蒂娜小姐為我們查案，我們應該感謝她，怎麼能這樣詛咒她？」

淨秋的話讓我頓感羞愧。

「就是啊，杜施主。如果你覺得克莉絲蒂娜小姐破不了案，那你上啊。」淨冬這次出言不遜，又讓我有些憤懣，我又不是偵探。不過，或許我剛才言辭確實激烈了些。

「是我有些急躁了。不過，主要是克莉絲蒂娜有點裝，我有點看不過去。」

「確實有點，還是阿月可愛些。」這一次，淨冬沒反駁我。看起來，他也不是什麼美女偵探的狂熱粉，還是有自己的判斷力的。不過，他和言思月是怎麼勾搭上的？也沒見他倆怎麼交流過啊。

「淨冬師傅，你是出家人。」我好意提醒。

「出家人怎麼了？不能還俗嗎？」淨冬一臉不服氣。

「當然可以。」我還能指點什麼呢，淨冬總能說得我沒脾氣。

「阿彌陀佛，淨冬，不是師兄說你——」淨秋一本正經地開始教導。

看起來，還是淨秋守戒律，懂規矩啊，我心裡默嘆。

「不能只看人家女孩子可不可愛，更重要的是內心。雖說相由心生，但是淨冬，你所見到的表像很可能只是偽裝。」淨秋老氣橫秋地說道。

得，所謂淨秋，其實是情場老手吧。

「師兄，師弟受教了。」

聞言，淨秋擺出一副孺子可教的姿態。唉，和尚的愛情，我太天真。

「那你現在還喜歡言思月嗎？」我問淨冬。

「為什麼不？」

「你覺得你一天不到的時間，就能認清一個人的內心？」

淨冬急急地道：「未嘗不可能啊，如果有對比的話。」

「對比？和誰？」我正迷糊著，卻瞥見了淨秋無奈的笑容——他似乎知情。

淨冬說的是昨天下午的事。

昨日一早淨字輩三人便各就各位，準備迎接客人——這就得先說一下淨業寺的分工了。淨椿主要負責管理財政，即日常花銷的謀劃和物資的採購與分配。淨秋所負責的，包括掃地抹桌、洗衣曬被等，是一些雜物活。此外，每當禪師雲遊，他也會跟著下山一趟，幫忙搬些東西。而隨明覺下山雲遊的淨夏主要負責接待香客、遊客，為他們介紹本寺情況。而淨冬就比較厲害了，他只在興起時搭把手。而在接客一事上，一向懶散的淨冬就負責在三叉口指路，以防來客走錯路——其實稍微有點腦子就該認識到，這完全是在耍淨冬，因為來的人都是以前寺裡的禪師，哪裡會不知道路？不過，也算無心插柳，倒真來了兩張新面孔。

那是在下午十五時，淨冬看到兩道人影從山下走來。待二人走近，淨冬一詫又一喜，在他原先預想中，來者絕對是或和藹或嚴肅的老頭子，卻沒料到會是一對妙齡女子。其中一個戴著一頂雅緻的絨線帽，遮住耳朵，兩顆絨球在肩頭磕磕碰碰。其容貌精緻，發稍過耳，腮包微鼓，雙目盈盈，珊珊可愛（這便是言思月了）。另一個女子長發及腰，結束直垂，腰桿筆挺，面容嚴肅，淨冬只覺其傲若冷梅，別有一番滋味。綽約間見颯爽，獨具風姿，雖是女兒身，邁起步子來，倒似個男子（不消說，這定是葉珩了）。面前這一雙可餐秀色，讓淨冬看得癡了。

「和尚。你發什麼呆？」先到一步的葉珩冷著臉，瞪他一眼。淨冬驚慌之餘卻像吃了蜜一樣——我如實記錄了他的表述。

「兩位施主……」淨冬還沒說完，就被葉珩把衣領揪成了一團，按在了身後陰涼的石壁上。

「你說我們是豬？你才是豬呢。你們全寺都是豬。好了，閉上你的笨嘴，不要想著狡辯什麼，也不用多說什麼『二位是豬』，『所為何事』的套話。我聽著煩得很。你給我記住咯，我們不是來燒香拜佛，也不是來出家當尼姑的，而是來赴會的。赴會懂不懂？」

身子已然軟趴趴的淨冬連聲告饒應是，心裡卻把這暴躁的姑娘的十八代祖宗罵了個遍。

「還有一件事，」葉珩隨意指著身後正偷笑著的言思月，「她是我的女僕，叫她小月就好。」

「葉姐姐。」言思月唰地捉住同伴衣角，臉頰噗地粉嫩，眉宇輕嗔。

葉珩取笑道：「也是，小月太親昵了點，還是管她叫阿月吧。」

「我叫言思月，小師傅你看著稱呼吧。」言思月有些著惱地攥著拳頭，低聲細語。

「不敢，我就叫你言施主吧。」淨冬臉色和緩許多。

葉珩高聲叫道：「讓你看著叫，你就看著叫了？是不是蹬鼻子上臉！叫她阿月！聽見沒有！」

「知道了。」淨冬不敢多說一個字。

「真是麻煩。」葉珩這才鬆開了淨冬的衣領，接著吩咐：「帶我們去寺裡面吧。」

淨冬剛想說自己只是來岔路口指路的就被阪本奏惡狠狠地瞪了回去。威逼之下，他只好汗涔涔地領二人到寺門口，交接給了淨秋。與淨冬迥異，淨秋不僅站如松柏，精神硬朗，身上衣裳亦甚是單薄。淨冬雖更瘦削，卻裹得如北極熊，倒比淨秋臃腫一圈。

淨冬結結巴巴的，「淨秋師兄，她叫葉珩，她叫，她叫阿月。她們是來赴會的。這裡就交給你啦。」他一說完，還不待三人回過神便落荒而逃，途中裹挾著風塵。

淨冬的故事到這裡就告一段落了。先不管淨冬對事實有多少改動、對人物性格有多少誇大，我始終堅信，在淨冬這個抖M的心裡，言思月的形象雖然比葉珩好得不知道到哪裡去，但他一定還是喜歡葉珩更多些。

「不。」淨冬言辭激烈地否定我的判斷，斤斤計較地瞪著我，「我更喜歡阿月。」

「隨便啦。」我聳聳肩。

「還有，我怎麼就是抖M了？」淨冬不服氣。

「淨秋你說呢？」我把難題留給淨秋。

淨秋眯笑，「我聽說宋代大詞人蘇軾曾說別人是一坨狗屎。」

我臉色頓時不好起來，黑成了炭，轉移話題說：「話說，淨秋師傅，當時你站在寺門前迎接葉珩，你是怎麼對付她的啊？」

他輕笑一聲，「葉小姐和言施主確實不好對付。說實話，我聽到淨冬有些無禮的稱呼也是一愣。但我思索一二，便釐清了大致情況——淨冬絕對得罪她們了，而我也注意到了「葉珩」、「阿月」、不稱「施主」三個點，並調整了自己的措辭。」

我挑挑眉，「『葉小姐』，『言施主』？」

「是的。」淨秋望著燭火，燭光炙烤著淨秋。

時間似回溯，空間也扭曲。恰有一隻手撥回了世界線，擾亂了正常的秩序，去探尋過往的真相。燭火裡的黑影，一分為三，化作三道纖細的人影。那時的陽光尚燦爛，就如這燭火般明敞。遠方有歸雁，困於隆冬。近處有野鴉，峭立寒枝。見到淨冬狼狽相的淨秋衣裳單薄且不知疲憊地等了很久，卻不顯惰態，只為住持故友安然到來感到慶幸。只是面前的人盛氣淩人，倒不好辦了。

淨冬匆匆離去後，精於察言觀色的淨秋心思急轉。他目不斜視，雙手合十，微一伏身，「小僧淨秋，恭迎二位。」

雙手抱胸的葉珩筆挺地立在原地，注意力尚還在狼狽的淨冬身上，「那和尚就領著我們走這麼會兒就完了？」

「淨冬性子懶散，故而只讓他做指路的閒事。他本無需帶二位至此，如今勞筋累骨，已因其冒犯得了懲戒。想來二位菩薩寬宏大量，不會多做計較。」

葉珩咄咄逼人，「對待懶人不應該多安排工作嗎？我倒覺得我幫他了。」

「我們寺中並沒有這種規矩，不興存天理，滅人慾之事，只求順應人的本性。淨冬既然懶散，就順其性子，做些閒事，修懶散的佛法，又何嘗不可？」淨秋覺得還是要為師弟辯護一下的。

葉珩有些語塞，只冷哼一聲，暗啐這佛門之中的人果然強詞奪理之輩輩出。

倒是言思月做沉思狀，有意無意道：「是啊，是啊。修佛即是修心，正應當順應本心。修懶散的佛法，自無不可。不也有歡喜禪嗎？所謂食色，性也。想來心中有欲，破破色戒才是正理，反倒是孤苦伶仃，既傷心又傷身子。你說是不是，淨秋師傅？」

淨秋這才重視起來，他不卑不亢地道：「施主說的，自有幾分道理。這天方地圓，自有規矩。有所可為，有所不可為。佛法千萬種，各人皆不同。但只要守規矩，便都無不可。可修這歡喜禪，但要知這是以欲制欲，而非縱慾。先前所說順應本性，其實是尊其選擇罷了。」

言思月沒再究詰，觀其面上，卻是笑逐顏開。

淨秋心裡微微嘆息，雖說方才他辯駁一番，勉強圓了過去，但卻對一女施主爭強好勝，未免失了禮數與度量。但他沒有多鬱悶，「二位，還請跟著我。」

接著便是各種聲音的齊奏。烏鴉、老猿、風雲變幻。一切景觀瞬息更迭，一時間氣象萬千。淨秋沒有葉珩那般敏感。他只覺地遠天高，人心順昶；遙襟俯暢，逸興遄飛。而驚動他的也正是驚動葉珩的那片黃澄澄的歸根之葉。

講到這，淨秋冷不丁問了一句：「你從這件事裡，看出什麼來了嗎？」

「什麼？」

淨秋理所當然地道：「其實言思月才是明海的女兒。」

我和淨冬互看幾眼，丈二摸不著頭腦。

淨秋一副朽木不可雕也的表情，「第一，我和她們初遇時，我和葉珩就淨冬的事辯了幾句，她很快敗下陣來。而言思月卻很快抓住了我的漏洞，做了反擊，使我落了下風。而明海佛法高深，如此虎父，焉有犬女？這第二嘛，葉珩一提和尚便言語不善，出口成髒，豈不是罵到自己父親頭上？第三，葉珩若真是明海之女，又怎麼會帶一個無關小女孩來這深山野外，言思月的家人怎麼放心？其實想想明海作為一個父親，應該是決計不會讓女兒毫無保障地親身犯險的。若她們之中真有一個是明海之女，那就只能是言思月，藏匿身分，而另找一位信得過的人來協助。」

「你說得倒是……挺有道理的。」我木然地點頭。

淨秋也知道此事畢竟是他人私密，不該過多妄議，便就此打住，沒再多說。

「喂，我們都說過我們的一些事，你什麼都不講，這可不公平。」淨冬一雙眼眸子死命盯著我。淨秋也看了過來。我瞬間成了焦點。

「你們想聽什麼？」

「和你一起來的是叫Y吧？聽說是真名。他是個怎麼樣的人？」淨冬撓撓耳朵。

我摸著下巴，開始沉思。說真的，我是不該講這事的，甚至就不該再講任何事。不然，這簡直就是故事會了。在暴風雪山莊講故事，怎麼感覺怎麼怪異。尤其是，到今天27號，我和Y才認識了五天，而且今天才兩個小時，Y還昏迷著。嚴格來說，我和Y就認識了四天。我真的知道Y是怎麼樣的人嗎？Y到底是怎樣的人，我開始自問。或許26號的我，才是最有資格回答的。Y昏迷了一段時間，忽讓我覺得陌生了些許。

5

從12月23日到26日——林家的事25日見報，但只述說了基本案情——Y幾乎一直在家裡蹲著。這讓依舊失業的我極為不安。一方面，我對於一直使用別人的錢實在難以心安理得。另一方面，我也擔心這財源不知何時就會斷掉。可我又哪敢隨便提起Y的工作和收入——明明受了恩惠，卻去質疑這恩惠還能持續多久。再考慮到Y是個文盲，恐怕找工作比我還難吧，這話就更不敢說出口了。果然還是得要靠自己啊。

就算刨除這層面的憂慮，我與Y的同居生活依舊不容樂觀。Y的某些癖好給我帶來了不小的困擾。房裡有台影碟機，專供他播放影片。這本是件好事，但他只喜歡看無聲電影，也只讓放無聲電影，尤其是卓別林主演的。《城市之光》、《摩登時代》等等片子百看不厭。我在這住了不過三個日頭，就跟著他一起刷了十幾遍。我畢竟是個凡人，我喜歡現代的好萊塢大片，那種豐富的色彩，華麗的動作，激動人心的情節。卓別林有什麼？

「卓別林有藝術。」他是這麼回答的。

得了吧，Y根本不懂藝術。我當然不會明著說，上次我提出他不懂某樣東西，結果被他洗腦得連那樣東西是啥都不知道了。我這一旦提出來，他一定先闡述以前的藝術理論，再用現代的藝術理論補充或推翻，最後他像是開大炮一樣丟出自己認可的藝術，直接暴力摧毀我的藝術觀。雖然我本來就沒什麼藝術觀，但他闡述別人的藝術理論不就是想幫助我建立一個極為完善卻尚且稚嫩的藝術體系嗎？總而言之，我相信他有那種使得我會像不再明白的那樣東西一樣，不再明白藝術，連藝術的概念都不會有了。

在去菜市場買了幾次菜、燒了幾頓飯後，我逐漸發覺Y的隱藏癖好與特性。所謂隱藏，即他未事先言明的。他極度喜歡吃章魚、烏賊等等觸手類生物。但是很可惜的是，他對章魚、烏賊過敏。而為了美食，他往往事先撥打１２０。當然，他以後是沒有這機會了的，聰明的我特地訂購了一台上面是中文繁體字的電話機。除了觸手類生物以外，他還偏好蘑菇、金針菇等菌類。而這偏偏是我極為討厭的食物。

Y還對於各種蟲子極為恐懼。效果最顯著的是蟑螂。尤其是屋裡蟑螂貌似還不少。北方的蟑螂還算小了，這要到我們南方，蟑螂不僅無比碩大，而且還會飛。每次出現蟑螂，Y都讓我上場。這正最讓我困擾的——我怕蟑螂也怕得要死要活的。某個晚上，我和Y在鋪蓋裡瑟瑟發抖，就是因為有隻變異的蟑螂。你說你一隻南方的蟑螂不好好待在老家，千里跋涉到北方有意思嗎？

很難想像，在如此惡劣的情況下，Y是怎麼活到這個歲數的。

「這不正是邀你合租的原因嘛。」腦海裡突然出現X扶著額，頗有些無奈的述說。她26號那天化著精緻的妝容，柳眉修長，紅唇鮮艷，身上還帶著濃鬱的玫瑰味香水味道。衣著上更是下了大功夫，一身雍容華貴的紫色百褶裙，上面各種紋路花卉，襯托得她好似一束芬芳的薰衣草。她為這次突然的登門拜訪的託詞是來瞧瞧我和Y的適應狀況。為此，她專門翹了班。但我其實不是很清楚，她到底是為了來看我們而翹班，還是為了翹班找了這麼個藉口。只聽得她繼續嘲諷說：「本來看你睡公園，那裡也有不少蟲子，應該能勝任照顧Y的工作。結果真是令我意外。嘖嘖嘖，你們這些大男人啊，一個個都怕蟲子。」

「現在我也怕蟲子，是不是可以滾了？」我當時沒好氣地回應。

X側著臉看我，露出狡黠的笑容，「不。其實蟲子的問題根本不算問題，畢竟一兩隻小爬蟲又不會將你們的肉體侵蝕乾淨。更何況，招你合租，本就不是來滅蟲的。」

「是啊。既然包養我，自然要體諒我。」我叫囂著。

「包養？Y沒和你說招你合租的真正原因嗎？」X的一雙丹鳳眼流露出一縷縷殺機。至少當時的我是這麼理解這份潛在的攻擊性的。

我猶豫片刻，還是決定逗逗她：「他說他想讓他爸媽認為他是個gay。」

「Y他倒是什麼都敢說啊。」X蹙著秀眉，嘟起嘴，「竟然這麼調戲你。他怎麼不調戲調戲我呢？喂，你不會相信了吧？」

「我自然不信。」

「我怎麼感覺你之前是真的認命了呢？死變態，你不會真打Y的主意吧？」X倏然惡狠狠地盯著我，面若冰山，將我壁咚在牆，目光上下擺動。她個子高挑，直立起來，不比我矮。

「沒有。絕對沒有。我發誓。我可是個純正的異性戀。」我豎起手掌。

「我只是覺得有必要提一下。」X哼哼道，俏臉露出得意之色，又走得離我遠了點，從冰箱裡取了瓶冰啤酒，一屁股坐在沙發上。她揮了揮手，指了指未開的酒瓶。

我趕忙過去，溫順地把酒瓶打開，為她滿上，輕聲說：「我記得Y之前說你不喜歡男人。」

「請把『別的』加進去，謝謝。別的男人。」X笑裡藏刀，「明白了嗎？」

「明白。」我咽了口粘稠的唾沫。

X喝了口酒，「很好。不過你別把這事和Y說。」

「為什麼？他不知道嗎？」

「哎呀呀，你一說了，他絕對像之前一樣再說一大堆婚姻的話題，什麼婚姻違反人類天性啦，什麼婚姻已經不是和現代社會啦，最後鄭重地告訴我，結婚絕對不是什麼好事情，尤其是異性間的婚姻。我好久之後才恢復過來。」X一副傷透腦筋的樣子，隨即擺出淒苦表情望著我，喝酒後的雙頰已然粉紅了，「所以啊，杜安，你一定要守身如玉啊。」

「這都哪跟哪啊。你放心，一旦發現他有那樣的苗頭，我立馬離職。」我言辭鑿鑿，態度堅決。在這裡生活，似乎真的有點危險啊。不過，聽她的意思，Y應該只是不婚主義，性取向還是很正常的吧。

X那副苦情瞬間變成眯眼微笑，她滿意地點頭，「姑且信你。」

「話說，Y到底為什麼要招我這個身無分無、一無是處的人合租？」我緩緩退後，坐在其對面。

「你見過夢姑了吧？」

「夢姑？」

「孟姑獲的外號。是不是很好笑？」

「孟警官一定覺得不好笑。」我說得很嚴肅。

這點X沒有否認，「我從小叫到大，改不了口了。你既然稱呼他孟警官，那就是見過他了。既然見過，那一定知道Y是夢姑的私人顧問吧？」

「這就是他的工作嗎？」

「工作？」X的眼珠骨碌碌地轉著，忽然撲哧一笑，「也不是啦。他們那隻能算是過家家吧？我更傾向於他是無業遊民，畢竟沒工資啊。」

我不安地點頭。

「我們招你過來的原因，就是Y這個顧問由於一些個人原因需要私人助理。」

「譬如讀信？」

「對，夢姑很早就反映說讀信很累。」X理所當然地點頭，「不過，私人助理只是一方面，你還得負責日常家務。這一項……」X巡視周遭，鼻子輕嗅，「完成還不錯。擁有潔癖的你實在無法忍受這裡的髒亂差吧。」

「所以，你們果然是找了個保姆兼助手吧？」

X莞爾一笑，「你要這麼理解也沒錯，吃住就是你的工資。你如果想積點積蓄，也還可以去外面找份工作的。」

「看來待遇還不錯。」我語氣勉強。

X左手食指點著下巴，「你好像很擔心開支呢？不過你其實不必擔心你們的生活。從孤兒院出來後，Y就以自己的才能積累了不少財富呢，還幫了院裡很多孩子。」

「等會兒。孤兒院？」

「你貌似什麼都不知道誒。」X銜起責備的語氣。

「抱歉，你們都沒說過。」

「也是哩，竟然聽信什麼父母，什麼gay的，你怎麼會知道？那我現在告訴你，我、Y、夢姑都是杏汕縣陽光孤兒院出來的。小學、初中、高中也都是一個班的。雖然不喜歡那個詞，但我們確實稱得上是青梅竹馬。」

「那很不錯呢。」口頭這麼說著，我卻想起了三天前Y的莫名煩躁與牢騷——這事還沒提到。家庭，在他看來，不該那麼不堪吧？他的心中有一片淨土，屬於他嚮往的家庭，所以才不喜歡那種殘酷的家庭氛圍。

「咚咚咚。」正胡思亂想著，敲門聲響了起來。

「有客人來。」我趁機停止了思考。

「肯定是夢姑啦。」

果不其然，當我打開門，就見到孟姑獲立在門口，手裡提著一個黑色的袋子，一臉的頹喪和挫敗，與屋外枯敗的景象相映成趣。

「你還好吧，孟警官？」我側開身子。

「不太好。」孟姑獲一個大跨步便進了屋。見到X後，他顯得極為激動，「X，你也在這啊。好久不見了。」

「是啊，夢姑，你可是個大忙人啊。」X靠在椅背上，雙手環抱胸前，極具誘惑力。

「唉，什麼大忙人，只是碌碌而為罷了。Y呢？」孟華又毫不客氣地佔了我的位置，將黑袋子放到了桌子上。家裡確實該多買只椅子了。

「在臥室睡午覺呢。昨天熬夜了。」我解釋道。

「熬夜？」

「呃，過敏，連夜送診。」

「你讓他吃海鮮了？你怎麼能讓他吃海鮮？」X那架勢像是要生吞了我。

「呃……」先前我並沒有告知她Y依舊在睡覺的原因，恐怕是誤以為Y像往常一樣賴床了吧。

「X，杜安他畢竟剛來沒幾天。」孟姑獲在一旁勸慰。

「是啊，不然他就被我燉了。」X目光如刀。

我汗涔涔地撓著頭，最近脫髮有點嚴重了呢。

「話說，這裡面的就是那樣東西？」X盯著那個黑色袋子。

「是的。」孟姑獲從裡面取出一個銀白的方狀事物，並將其遞給我。

我這才認出來，這是個錄像機，「這是做什麼？」

「你隨時帶著。」孟姑獲解釋道，「以後Y碰上案子，你可以拍攝，記錄案情。」

「你這話說的好像跟著Y經常會碰到案件一樣。」

「雖然這聽起來很詭異，但你要是跟著Y，說不定真能遇上不少案子哩。他真算是有死神體質的人啊。」

「你不會是認真的吧？」我詫異地打量著他，他的表情甚是古怪，「死神？走到哪，死到哪？命案天天有，今年特別多？拜託，我們又不是在偵探小說或漫畫裡，何必這麼大陣勢……」

「夢姑並不是這個意思。」X哭笑不得，「Y如果真有你說的那種效果，夢姑恐怕不會讓他繼續待在中國了。夢姑是指命案往往會找上門，也就是說，夢姑自己有時會來請教。而這時如果Y不在家或沒有心情聽，你就可以錄像機記錄下案情，免得夢姑他們白跑一趟了。有些案情必須要到現場去才能明白，Y肯定不肯動身，也要你去拍攝。其實你現在也可以拍攝，Y醒來還指不定什麼時候呢。」見我毫無反應，X輕輕踢了我一腳，「還不快錄上？」

我趕忙把錄像機打開。

「夢姑，你說吧，今天你來，應該準備充分了吧？」X扭著脖子。

「嗯，其實也沒怎麼準備，我只是來說一下，林家滅門慘案的兇手已經認罪了。」孟姑獲咕噥。

「認罪？」X俏臉一驚，「昨天報紙還說兇嫌無法確定呢！」

「但兇手認罪了，我們也沒辦法啊。」

「那兇手就是吳博安咯？」我語氣有些低落，畢竟我之前認為林焱是兇手——林焱是兇手可不會傻到認罪。

「不，林焱認罪了。如果是吳博安認罪，我有必要那麼哭喪個臉嗎？」孟姑獲不滿地噘嘴。

「他？認罪？你們抓到他了？」

孟姑獲面露苦色，「沒抓到，他這是在羞辱我們員警啊。你們看看這個就知道了。昨天下午，姚鎮的警局發現了這封告罪書，就在姚鎮一條泥路邊，被石頭壓著。放下書信的人是找不到了。不過筆跡確實是林焱的。」

孟姑獲拿出一張照片，上面是一張兩次摺疊過的信紙。

6

「您不能去啊！住持！不能啊！」，屋外突然傳來的粗獷的大吼聲將我瞬間驚醒。

我們三人都詫異地互相看著，接著便撒腿直往外跑去，只見淨椿跪在明心面前，苦苦央求著什麼。

「發生什麼了？」

「住持想要為明路師父和寧施主超度。」淨椿頭疼地說道。
淨秋、淨冬二人聽了，頓時一愣，也跑過去跪在了明心面前。
「住持，現在很危險，還是回去吧。」淨秋勸道。
「不，我怎麼能就這樣放任他們的亡魂不管？」明心面色憔悴，但說話極為堅定。
「住持，您的身體怎麼撐得住啊。」淨冬拽住明心的衣角，哭天搶地。
明心依舊不為所動。他沒有看著地上跪著的三個弟子，他只望著深邃的廟宇。
他們就這麼對峙了十來分鐘，乃至早已沉睡的克莉絲蒂娜都被找了過來助陣，我見勢不妙，悻悻地回了屋。而那場鬧劇，最終還是以明心得願以償為結局。而贏得三位弟子應允的明心就這麼迎著寒風，拖著病軀來到天王殿外，他脊樑挺直，提著煤油燈，虔誠地誦著佛語。克莉絲蒂娜和淨椿在他後面緊緊跟著——明心沒讓淨秋、淨冬這兩個淚人跟著。而於克莉絲蒂娜而言，「士」的下一個目標很可能就是明心住持，她自然是要親自跟隨的。
當明心再度邁開步子，淨椿終還是不忍心地勸道：「住持，真的不能明天再為明路師父和寧施主超度吧？」
「一刻不超度，一刻不心安。」明心步子沒有任何停頓。他走路裹挾著陣陣勁風，進入天王殿後便欲轉身關門。只是在門縫即將合上之時，明心驀然頓住。憑著月光，可以見到他一雙清明的眼眸，「半個時辰內，不要打擾我。」
當最後一個音符消散在遠處，殿門緊閉，淨椿已然見不到了明心了，心中猝然有悵然若失之感。這種感覺和二十七年前明塵師父與他最後一次照面一樣。當時明塵師父要去天王殿，關門時也只露出那樣一雙清明的眼眸。

「你要走嗎？」克莉絲蒂娜輕聲詢問，看起來有些輕鬆。這次被她害死的人應該不會增多了。

「不走，我要待在殿門口。」淨椿很堅定地搖搖頭，說完，直接一屁股坐在冰涼的台階上。這場詭異的暴雪自南向北飄來，不曾將雪積在此處。

「唉，也罷，那我也只好捨命陪君子了。」克莉絲蒂娜坐在了淨椿身畔，刺骨的冰冷從本就冰涼的臀部不斷襲來。

這二人之間不再言語，獨自感受暴風雪山莊的孤寂，靜靜等待半個時辰後的雞鳴聲。此時是正好三點整，時入夤夜，這是人心最脆弱的時候。沉眠中的言思月，落下了她今夜不知第幾次眼淚。

此刻的佛殿，大門反鎖，其餘門窗亦皆封閉，而殿門口還呆著兩個人，算得上是一間完美的視線密室。

「南無阿彌多婆夜哆他伽多夜哆地夜他……」殿內，明心坐在蒲團上，專心致志地念著往生咒。

「明山師弟，你在天有靈，佑我能逃離『士』的屠殺吧。」明心細聲細語，面色漲紅，老淚縱橫，「明路師弟，你可不要怪師兄害你啊。我已知錯了。我們不該殺害你的。」

殺害明路禪師的人即是明心及其幫凶。明心收到「士」的來信，深知其心，決定先下手為強。而這份死亡名單上，有兩個人的名字，一是明路，二是言思月。寧宏始終不在這名單上。明心與寧宏情誼最深，他一直在猶豫。而當寧宏拿出那塊玉佩後，美好的回憶讓明心下不了殺手。現在寧宏已死，他的判斷自然沒錯。他的明山定然遭了「士」的毒手，而「士」一定在葉珩、言思月二人中——但他更懷疑言思月。

他的計劃只剩下最後幾步了，一定不能被「士」殺了。一定，要活下去。他的求生心向來如此強烈，誰人不怕死？除了眼前一片黑暗的絕望之人，誰希望下一秒，自己就成了一具沒有思想、沒有靈魂的肉體？誰希望自己再也看不見自己所熱愛的人和物？他害怕死亡，所以殺戮。儘管自己的手上不曾沾上血，但他的心已經污染上惡魔的血液。如果剖開他的胸膛，去看他的心臟，那到底是什麼顏色的呢？

「冬月初五，就在這淨業寺聚首嗎？敘舊情？也不知還遺著幾分情誼？」在收到信之前，縱使發生了二十七年前的事，他依舊自認為自己當得上一個善良的人。他日行多善，收養淨秋、淨冬，潛心修習佛法，這或是在藉此蒙蔽自己、麻木自己，但誰能說那些善事是假的，誰能說他不疼愛弟子，誰能說這些年他沒有用心修禪呢？但信一來，他就壓抑不住自己內心深處的惡意了。

猶記得當時淨秋將信遞交給他，他看見落款，好不容易才穩住心神。而在淨秋走後，他又逐字逐句、幾次三番地閱覽信上的筆墨。他多麼希望，是自己老眼昏花。但一廂情願總是得不到回應。而自那以後，他便只照過一次鏡子。當時的鏡子裡沒有半點高僧貌顏，那慌亂與驚恐，分明是個凡夫俗子。他本想將經書重新拾起，排憂解惑，但他的心眼都昧了，這滿卷的經文竟都成了荒唐字。也正是這時，他深深地認識到，當需要提起屠刀的那一刻，他會毫不猶豫。

陡然間，明心抬頭盯著那菩薩像，明天的太陽，我會看到的。

可惜的是，他真的再也看不到了。

他死了。

割喉。

斬首。
亡。

7

時間緩慢地流淌，等待的時間看似漫長，其實只過了一刻鐘。殿外雖寒冷，淨椿和克莉絲蒂娜卻不曾離去。裡面的燭光滲過門窗的紗布，散入淨椿的眸中，他一直盯著天王殿的大門。可那燭光真的對他意味著什麼嗎？

「今後你有何打算？」克莉絲蒂娜以手做碗，捧了一掌的雪團，霎時間凍得她手掌紅彤彤的。

淨椿有些意外，「難道不是留在寺中嗎？」

「你不像。」克莉絲蒂娜直視著他。

「我已經呆了三十九年了。」淨椿一字一句地道。

「正因為待得久了，才會厭煩。」

「我還不夠久。畢竟是養育我這麼久的地方。」淨椿嚅囁著。

「三十九年還不夠？半輩子了。」克莉絲蒂娜突然有些感傷起來。

淨椿略加思索，「你要離開了？回挪威？」

「你看出來了？」克莉絲蒂娜眼眸裡浮出幾縷意外與好奇。

淨椿靦腆一笑，「我雖然愚鈍，卻畢竟活了三十九年。與人打交道這麼久，我也得出了一個人生道理。」

「什麼道理？」

「一個人往往以自己的選擇來預測他人的選擇。你剛剛說我會走，三十九年太久，其實這是你的想法。你認為三十九年太久，雖然你沒三十九歲。但我仔細想想，還是能看出你已經厭煩了此處的生活，想回挪威了。」

克莉絲蒂娜沉默。

「中國不好嗎？」

「不是。只是想回去看看。順便做個實驗。」

「實驗？」

「嗯。我想知道，我是不是真的被詛咒了。」

淨椿惶惑而訝異地看著她，克莉絲蒂娜神色甚是低落，她艱難開口，「不說這個了。總之，我是認真的。不過，我現在更擔心你們，淨業寺發生這麼大的事，恐怕是撐不下去了。」

「雖然明路師父走了，但還有住持、明覺師父以及我們四個師兄弟。不會有問題的。」

「要是有用得到我的地方，我會盡綿薄之力。」

「謝謝。」淨椿揉搓著粗糙的手掌，不知心中作何想。

就在這時，一聲撕心裂肺的慘叫從天王殿中傳來。

「啊！淨椿！」明心嘶啞的聲音在天王殿內迴蕩。緊接著是燭台窸窣倒地的聲音，殿堂的右邊一半都暗淡了。

淨椿聞言，五臟六腑似燃燒了般。他踉蹌奔至殿門前，伸手猛一推。殿門卻頑固得沒有絲毫開啟的意思。

「救命！救——」再沒有任何聲響。

「撞門！」克莉絲蒂娜喊道。

淨椿退後幾步，助跑，龐大的身軀直直撞上殿門。殿門轟然開啟。礙人的門閂斷成兩半。

左邊殘留幾架燭台，其渾濁燭光映照下，淨椿見到了一具穿著青色長袍的無頭無手屍。這是一副再沒有思想、沒有靈魂的肉體。肉體跪坐著，面向門口，雙臂合著，若雙手還在，該是合十之態。整個姿勢看起來就像一名虔誠的佛徒在禱告。而離了根的首級載在兩臂與胸膛間，面上掛著不知的面具，扭曲、醜陋、怪誕、宛若混沌，似是要將面前的二人吞噬。三個疤口只見模糊的血肉，暗紅的血液從中流出，染黑了袖口和領口，滴將下來，落地生蓮。

「這不可能！」淨椿雙目圓睜。

這該是一座最堅固的堡壘。難道真有不知大人？穿牆於無形？

不知者，虛妄之物也。

見到此狀的克莉絲蒂娜目光往兩扇黑門上看去，兩扇門的鎖都被卸載了。她甚是果斷，猛閉雙眼，壓下驚意，順手拿了根蠟燭，循著記憶靠近左門，欲進入裡殿。若非不知，而是人為，那兇手在哪，還需言明嗎？

「等等！克莉絲蒂娜！裡面……」

克莉絲蒂娜把手搭在門把上，一向冷靜的她，心撲通撲通直跳，「怎麼？發生了這樣的事，還有必要嚴防死守嗎？」她當然知道此處是淨業寺禁區，之前每次搜尋頭顱，都是淨椿負責此處。

「好吧。」淨椿臉孔煞白。

克莉絲蒂娜嘴巴微抿，推門而入，看著前面的景象，腳步猛地一頓。她的眼前是一排排木雕佛像，形態各異，鱗次櫛比，密密麻麻得幾乎沒有落腳的地方。不止是地上，六面牆壁上，都生根著木雕佛像，或笑、或愁、或眠、或怒。但他們的心都開著眼，似從四面八方、各個角度盯著突然闖入的克莉絲蒂娜，她心裡直發毛。而繪畫著紅色符文的黃色發黴的條幅掩映其間，從上懸掛而下。

「這裡……」克莉絲蒂娜滿面驚恐地看向淨椿，他正秉持著一座燭台，從另一邊的門進來。

淨椿剛想說什麼撫慰的話，卻瞪大了眼睛。他注意到了，若只有這些布滿各個方位的佛像，克莉絲蒂娜還至於如此失態。更重要的是，這些佛像全身都沾著血，散發著惡臭與血腥味，活像一具具站立著的死屍。他呼吸斯須間凝重而滯澀。哪裡來的血？淨椿記得他最後一次來這，是天狗案之後。那時他從右門將鎖打開——右門進，左門出，是一般的順序——進入內殿，內殿一往如常。而羅剎案後，他看鎖都完好，便沒有進來察看。如今想來，那鎖，尤其是左邊的鎖，說不定早已被換掉了。

克莉絲蒂娜更早地擺脫驚愕，她發現一旁的牆壁上竟繪著不知的壁畫。而左側的牆上，則是羅剎的血盆大口。想來，這四面牆壁都各畫著一隻妖精。看著那滴著血的大嘴，克莉絲蒂娜竟覺得這內殿是一個生靈的口腔，地上的佛像是它的味蕾，有如鬼爪探將下來的條幅是它的涎水，內殿靠裡的釋迦摩尼像則是張嘴後露出的小舌。

雖然這裡顯得詭異，但一想到兇手極可能就在此處，克莉絲蒂娜和淨椿還是硬著頭皮前行。他們移動得很慢，全神貫注，目光不放過任何一個角落。當來到殿堂中後部的佛像前時，克莉絲蒂娜又是一愣。她一直以為這會是一尊釋迦摩尼像，但面前的金身卻不是人臉，而是一張狗的臉，更準確地說，是大妖紅蓮的臉。不倫不類，這四個字嘭嘭躍上他的心頭。

淨椿喟嘆，「師祖魔怔哪。所以，我們不怎麼進來，也不讓人進來。」

克莉絲蒂娜現在不想管這些，便又提高警惕包抄著向佛像後踱去。令其困惑且驚悚的是，那裡同樣空蕩蕩的。後門是一扇不高不矮的門，從裡面用插銷封得死死的，插銷上鐵鏽都甚為完整，全然沒有被破壞過的痕跡。

「這……」淨椿無法理解，他想撥動插銷，結果發現插銷根本無法動彈。他回首展望，此處雖黑暗，但他分明記得這殿裡不論哪扇窗都被死死釘住。以燭光照拂視之，現實亦是如此。

「密室斬首？」克莉絲蒂娜頗是意外，殿內密封，而她和淨椿一直在門口監視著，兇手怎麼成功殺死明心？又怎樣從密室中順利逃離？總不會真有不知這種能穿牆透壁的詭異生物吧？

「糟了。」她沒有再繼續愣下去，明心業已死亡，那麼，還「士」下一個目標，無疑就是葉珩或者言思月了。她們現在極度危險，必須立刻保護起來。

「桀桀——桀桀。」就在克莉絲蒂娜想要離開的那一剎那，魔性而沙啞的笑聲在這陰森的殿堂內陡然間爆發。

「這是怎麼回事？」淨椿睜大雙眼，萬分警惕。他四處張望，尋找這怪笑的源頭。只見諸佛像皆面容含笑。笑聲迴響，四面八方傳來，好似這諸佛齊笑。佛不再是仁慈的佛，佛提起了屠刀，茹毛飲血，這才染了一身的血。

「桀桀——桀桀。」詭異的笑聲持續著，包含著惡意，讓人脊背無端發冷。

「是釋迦摩尼像在笑！」淨椿懼道。
克莉絲蒂娜將蠟燭往鳩佔鵲巢的大妖紅蓮像靠去，昏黃的燭光照亮了其放肆的笑容。
「桀桀——桀桀。」
大妖紅蓮笑了。
當守護者墮落之時——

第四章　濕

1

這笑聲果真是大妖紅蓮像發出來的，克莉絲蒂娜心下亦是駭然。但她一凝神靜思，卻又倏然吼道，「不對！這佛像是中空的！這裡一定有機關！」

「桀桀——桀桀。」嘲諷的笑聲再度響起。

二人尋了三分多鐘，終於找到了機關所在。在此期間，笑聲不曾停過，一直循環，但二人都不似最初那般驚惶了。在佛像底下有個可以按下的區域，只需一按，佛像背面的坐壇就會塌陷一塊，可以讓人進去。克莉絲蒂娜進去後，發現從此可到達佛像內部。佛像內部有一個個隔板，呈階梯狀，最上方的隔板處散發著亮光。她順著隔板向上爬了一段距離，伸手一摸，一個冰冷的物體落入她的手中。發出怪笑的事物竟是一部手機！而那怪笑竟是鬧鐘鈴聲！鬧鐘被設置在3：20，而現在已是3：24了。藉著手機的光亮，克莉絲蒂娜注意到在其胸前的隔板上放著一副面具。她將其拿起。只見那藍色的面具雙目微閉，面上儒雅且慈悲的微笑沒有半點敵意，但卻讓人無故渾身冰涼。

「桀桀——桀桀。」

見到這濕婆面具，克莉絲蒂娜如遭雷擊，等不及關閉鈴聲，也顧不得淨椿詢問，直往殿外跑去。但在邁入外殿那一剎那，她不得不駐足。原本面朝門，呈盤坐之姿的屍體，現在竟脖子朝著彌勒菩薩像，背朝天，跪伏著，似在向菩薩懺悔。血液奔湧，滾熱如漿岩，徐徐蔓延，開疆拓土，已佔領大半外殿。寒風微拂，帶來一片腥味，令人作嘔。驚訝令其失了噁心與恐懼之感，但在其餘威之後，二者卻如翻江倒海般來到。

腥辣感從胃中噴湧向喉間，克莉絲蒂娜強忍著。愣了三兩秒，縱然頭暈目眩，但心中執念依舊強撐著她從血海未曾侵略的邊隙離開。只是幾近昏厥的她並沒有注意到此時此刻明心的頭顱已然消失了。而在邁出殿門的那一刻，她再一刻都不能保持自己那故作冰封的鎮定神色了。你可以看到，在那雙如瓦爾登湖般碧藍平靜的瞳孔中正詭異地閃爍著一簇火苗。火苗勢頭愈來愈大，直至佔領整片澄澹汪洸，瀇滉泬泫。她的面前，齋堂處，一片火海。火光衝天，映得濕婆的藍臉黃澄澄的，甚為絢爛。

「桀桀——桀桀。」

再無法壓制本能的她一手搭在門框上，吐了個舒爽。她吐過多少回了？她記不清，有時候午夜夢回，那些淒慘的靈魂、那些殘破的肉體也總能讓她吐個痛快。而這次，是無頭屍，她竟能撐到第三具屍體，不得不說，是巨大的進步。

凌晨三時二十五分，遮天的烏雲、迷霾早已散去，仰首可見星河流轉，萬象雲集。但這樣都市少見的美景如今卻再沒有人賞識。

心有鬱結縱橫的克莉絲蒂娜確定自己的記憶沒有出現斷層，那也就是說，面前的火災就起始於她和淨椿進入天王殿之後的短短五分鐘。「士」竟就在她眼皮子底下將明心殺害，又行縱火之事。這是赤裸裸的挑釁。只是這火舌吞噬的又究竟是誰？

她面如死灰，凝神看去，齋堂的朝東的大門半開著，其中熱鬧非凡。熊熊熾火在妖嬈地舞蹈，搖曳身姿，施於椽梁，步伐或大或小，忽明忽晦，各自呼朋引伴，蠶食四處。勢頭愈來愈大，成了一張鬼臉，雙目圓睜，張著大口。

濕婆者，濁舞之物也。

視線好不容易從火口中穿過，克莉絲蒂娜看到了一具嬌小軀體，躺在齋堂中間，正在被烈焰灼燒。依稀可辨，那是個女子。其雙手被砍除，擱在身子兩側。其頭顱亦被斬下，擺在了胸膛上。火焰、黑煙共同阻礙了克莉絲蒂娜的目光，她看不清楚那人的容顏。而就算沒有這些阻礙，這顆頭顱也早已炙烤得焦黑，已然面目全非，她又如何辨認得出？葉珩抑或是言思月？她已不敢再想下去了。

克莉絲蒂娜低垂眼瞼，藍色的瞳孔盯著手上濕婆藍色的面龐，濕婆微眯的雙眼亦在盯著克莉絲蒂娜，它再次發出了陰森的笑聲。

「桀桀——桀桀。」

那一刻，克莉絲蒂娜似是感受不到自己的存在，她如一滴水混進了汪洋，再找不回自己。這就是靈魂出竅的感覺嗎？直到淨椿來到其身旁，搖晃她，她的靈魂才回歸了肉體。只是她，克莉絲蒂娜，給人的感覺更冷了。

「滅了吧。」克莉絲蒂娜頭也不回，只死死攥著濕婆面具，從牙縫間死死逼出這三個字，似是用盡了全身的力氣。火光在她臉上繚繞，不懈地撩撥著她、討好著她。她喜冷，不喜熱，但此時此刻體表的灼熱卻讓她極為舒坦。她握住一把火苗，任由其在纖嫩的蔥指、玉掌上留下獨屬於它的印記。雖說是「士」殺的，但又何嘗不是她這不祥之人再次害死了兩個不幸之人呢？況且她這一次，是她錯怪了葉珩二人，她就更難辭其咎了。

「桀桀——桀桀。」

笑聲重複得讓她煩躁了，克莉絲蒂娜方將鈴聲關掉，算是了卻一樁不大不小的煩惱事。

死的人是葉珩——她們的房門沒上掛鎖，克莉絲蒂娜進去之後就看到言思月靜靜地沉睡著。葉珩，克莉絲蒂娜抿抿嘴，沒再在心裡說什麼。這個深陷自責的女人猶豫了良久，還是將言思月晃醒了。單喚醒她，就費了克莉絲蒂娜不小的功夫。醒轉的言思月只感頭痛欲裂，精神睏乏。

「言小姐，你還好吧？」克莉絲蒂娜注意到了她怪異的狀態。安眠藥這三個字在她腦海蹦了出來，她猛地回瞥桌上的茶壺、茶杯與茶水。大家開討論會是聚在一起，也就沒有麻煩地上掛鎖。有機會下安眠藥的只有晚到的淨秋、淨冬與早離的寧復。不，淨椿也有機會，討論會的茶水是他準備的。那言思月自己下藥呢？克莉絲蒂娜腦海中思慮萬千。

「我很累，很困。」言思月迷迷糊糊地，但下一瞬間，她就像是被踩了尾巴的貓一般跳將起來，「葉姐姐呢！葉姐姐呢！」言思月如鐵鉗般重重地握緊克莉絲蒂娜的手腕，使得她甚為吃痛。

「葉小姐她……」又想起那具黑黢黢的焦屍，於腦海中難以揮散，濃濃愧疚的意味充斥在克莉絲蒂娜的言語中。她忽想起最開始時，她所說的話。她說她想幫助大家，但現在，已經死了四個人了呢。她可真沒用。只是誰能來告訴她，她到底該怎麼辦？內疚到極處，克莉絲蒂娜由不得自己似的抬起了頭。聽說，這樣一來，就不會落下淚了。

2

淩晨四時，第三次討論會草草結束後，淨秋拖著疲憊的身軀如行屍走肉般來到了明心的禪房。這裡再沒有生氣了。他發出短促而詭異的笑聲，似嘲若諷。並非只有葉珩與克莉絲蒂娜她們有些預感，淨秋，這個心思縝密、善於察言觀色的和尚也很早——甚至是最早便預感到了這一連串的腥風血雨。但他終究沒能阻止這一系列悲劇的發生。山中無歲月，他並不知道那一天具體是那一天。

他只知道那是個尋常日子，天氣不曾驟變，僧人們按時起床修行。負責清掃的他也早早行過數個院落，來到寺門前。那時適逢天色破曉，秋深露濃，山風送爽。寺門上的紅蓮印記遙遙可見，似散發著蓬勃的生命力。淨秋甫一開寺門，就見著路上正中央擺著兩封黃色信件，皆以小碎石壓著，結著清霜。淨秋四處張望，心裡既奇又怪，這裡地處深山，不在寄信範圍內，只能是有人親至寺門前放下。但既已深入至此，又為何不入寺中呢？

淨秋將信拾起，只見其中一封上寫著「明心禪師親啟」六字，娟秀端正。另一封則書「明路禪師親啟」。這明心禪師即為淨業寺的當代住持，明路禪師則是他的師弟，二位都算是淨秋的師父。他不敢怠慢，撒開掃把，急忙將信送去。

其時，明心正在禪房念經，念的是《妙法蓮華經》。他身前的木地板上生有一株曼陀羅華，亭亭玉立；背後則靠牆立著一座鎏金佛像，熠熠生光。他右手撥弄著光滑的木念珠，雙唇一張一合，卻默不出聲。藏青色的僧服凸顯得他格外出塵。

「咚——咚——」這座禪房足有十米高，空曠寂寥，是以淨秋的敲門聲如鐘鳴雷殷般洪亮。

「進來。」

門開了，竟沒有一絲聲響。陽光恰似粉塵灑進屋裡，將潔白的曼陀羅華鏤刻在了地板上。

「住持，門口有兩封信，一封是給您的。」淨秋邁步上前，將信畢恭畢敬地呈上。

明心不急不緩地拆開信封，取出素白的信紙，只瞥見落款處有一個「士」字，登時怵目，臉色須臾嘩變，執著信紙的手不禁一僵。這變臉般的神態被淨秋瞧了去，一向機敏的他就是在這時預見了日後的血光之災。

「阿彌陀佛，還有封信是給誰的？」明心又不急不緩地將信紙合起，面色一往如常。

「是給明路師父的。」

「唔，那便將信送去罷。」

「是。」

之後發生了什麼，淨秋自然不知道，但他猜想，住持肯定癲狂了。而直到回憶結束，淨秋才發現，自己竟不知不覺間坐在了禪房一角，他心中苦鬱難明，眼中淚水模糊。為什麼沒能阻止這一切？他捫心自問。他應該能阻止這一切的。兇手的身分，他自然知道，但他沒有勇氣道出那個名字。而先後經歷這麼多慘案，他絕對是淨字輩三人裡最悲愴的那一個。他向來尊師重道，結果……唉，想起天王殿那具血淋淋的屍體，他就忍不住要暈厥。又想起這明字輩的三人都已逝去，他就一陣迷茫。我還是離開吧，他暗想，離開——這個傷心地。

只是他捨不得師兄弟，也捨不得淨業寺啊。他剛出生起，便在淨業寺了。他在淨椿的呵護下長大，他也見證了淨冬的成長。他細悉寺裡的一磚一瓦，熟稔寺外的一花一樹。無數個黑夜，他挑燈研讀經典。無數個黎明，他開啟寺門清掃院落。他在佛前叩首一生，也許願其死亡便是為佛的殉道。他只能是淨業寺的和尚。淨業寺是他唯一的家。圓字輩、明字輩、淨字輩，之前的方字輩，之後的智字輩，這是傳承。而若他走了，這傳承又該如何繼續？

月光如水，兜住了思緒萬千的淨秋與他的萬千思緒。門被打開了。門口立著一個清瘦嬌小的人影。背著光，淨秋一時間竟沒認出那人來。但言思月一眼便瞅清楚了他。兩人相顧無言。淨秋是疲勞困頓，而她則是陷入了回憶。她猶記得半天前，傍晚時分，她、淨秋以及葉珩三人就在此處攀談。

那個時候淨秋領著二人來到明心和明路的禪房邊上。葉珩還真真地活著，她彷彿一頭小母鹿，高昂著頭顱，挺直了胸板，一雙明眸好奇地打量著寺廟裡的佈置。不信神，也不信佛的她尚是第一次拜謁一幢寺廟，內心好奇之餘卻又難免有所鄙夷。她見這兩間禪房都有三四樓高，便問了句。葉珩雖是應她邀上山，但言思月自己也不知道淨業寺的情況，她的父親，曾經的淨業寺禪師明海已經癱瘓在床，是個植物人了。若非他在尚未如此惡化前，便千叮嚀萬囑咐，言思月怎麼也不會上山來。事實上，就算現在，言思月也無法理解。尤其是，明海如此堅定的原因就是一場夢。夢中他化為白骨，遭鐵鼠啃食。他說這是詛咒，不管不顧，必遺患千年。

而言思月在上山前，除淨業寺是杏汕縣西部山區唯一寺廟外，對它最深的印象便是它坐南朝北的格局。這不多見。中國佛緣悠久，自漢魏以降，就廟宇林立。但多則必變。尋常的寺廟大抵坐北朝南，但淨業寺便不循這一建制，寺門北向。至於這兩間禪房為什麼這麼高，言思月也是聽了淨秋的解釋才知道的。

「這兩間禪房分別擔任了鐘樓和鼓樓的功能。東邊住持的禪房上面懸掛著一口洪鐘，明路師父樓上的是大鼓。可從兩棟禪房外的樓梯上去。這敲鼓的活一般都是淨椿師兄負責的，敲鐘的是我。」一面對葉珩的詢問，淨秋是這麼回答的。但言思月總感覺有點寒磣，她去過許多寺廟，這可能是破落的。

「每天看著頭頂上一口大鐘，不得嚇死？」葉珩又再大驚小怪了。

「禪房的屋頂是閉合的，不會看到那口鐘的。我們去看住持的禪房吧，明路師父禪房裡有的，住持都有。明路師父沒有的，住持也有。」

一進到明心的禪房裡，言思月就看到了正中間地板上的一株花。其葉叢生，尖端細長，狀似蒜葉。傘形花序，有花六朵，花色潔白，花瓣反卷如龍爪。花葉不見面。

「這是彼岸花——曼珠沙華！」言思月驚奇地喝道，她家裡種了一株，不過是紅色的。

淨秋聞言，瞳孔中色彩莫名，高看了言思月幾眼，「言施主確實見多識廣。可惜這不是曼珠沙華，而是曼陀羅華。曼珠沙華是紅色的彼岸花，曼陀羅華則是白色的。傳言曼陀羅華盛開於天堂之路，曼珠沙華布滿在地獄之途。同是死亡，一個新生，一個墮落。」他越說越走近那株曼陀羅華，眼中滿是愛護之意。

言思月欣愉地道了聲受教，暗自決定回家買株白色的，湊成一對。

「你們是怎麼把它種在木頭裡的？」葉珩又插話問。

「不是我們栽種的，是它自己長出來的。正好生在禪房最中間的位置。」淨秋語氣崇敬，「它長出來以後，住持就讓我們把原本兩米的門改造成可以調節高度變成四米高的門，以便它大半年都可接受光照。」

言思月回頭看去，那扇木門確實可以從內部調節高度，只消拉一下門邊的線，兩米長的門板會翻轉上去。而現在那扇門正是四米高的。在門的上方，離地九米高的地方，還橫著一根房梁。在房梁之上，隱約可見一個通風口。再往上望去，那烏黑而深邃的天花板所帶來壓迫感便令人窒悶了。十米高，就是四層樓了。

「你們淨業寺與紅蓮什麼關係？我看寺門沒個牌匾，倒是畫了朵紅色的蓮花。」

「葉小姐可知妖精鎮？」

「你是說姚鎮？我們就是從那裡過來的。」

「倒是我舌拙了。來淨業寺，哪有不過妖精鎮的道理？既如此，想必你們也知道這妖精鎮多妖精的傳說，乃以妖精為街、路、河、湖之名，以靈怪為莊、樓、塔、館之稱。上至龍鳳虎龜，下至魑魅魍魎，就小僧所知，這妖精鎮還沒錯漏過一個。不過進了這妖精鎮的地盤，就什麼神聖都沒有了。龍可興風作浪，鳳可禍亂一方，鬼可為民除害，怪可造福蒼生。此番解釋與別處大為不同，甚至冒出了聞所未聞的妖精怪物來。妖精鎮，實乃群魔亂舞之地。我們淨業寺雖隔得遠了些，但其名字的來源中亦難免有妖精的影子。」

「紅蓮者，淨業之物也。紅蓮是一尊法力高強的妖精，生於紅蓮遍開之時，甫一出生，通身火焰，所到之處，赤地百里。而本寺便是它的盤踞之地。而這裡除它之外，還有它鎮壓的四隻妖精。」

「它鎮壓了四個妖怪？就在這？哪四個倒楣催的？」葉珩戲謔回應。言思月也關注地豎起了耳朵。

「天狗大人，羅剎大人，不知大人，濕婆大人。」淨秋口氣很嚴肅，目光充滿敬意。

天狗？羅剎？不知？濕婆？還大人？葉珩一聲乾笑。一邊的言思月同樣思緒紛亂，這濕婆不是印度神話裡的毀滅之神嗎？還有不知是什麼妖精，怎的從來沒聽說過？而她正納悶時，一旁卻傳來了一道中氣十足的聲音。

「天狗者，懸掛之物也。《山海經》中有言：『陰山，有獸焉，其狀如貍而白首，名曰天狗，其音如榴榴，可以禦凶』。這天狗哪，就是山野中的吉獸。但若按《史記．天官》載：『天狗狀如大奔星，有聲，其下止地類狗，所墮及炎火，望之如火光，炎炎衝天。』天狗又變成了凶星的稱謂。但這些都不是妖精鎮的天狗。妖精鎮的天狗頗具人形，紅臉，高鼻，長臂，頎身，善飛行，好嘲譏。它殺戮成性，殺人之後，喜將屍體懸掛在常人無法觸及的高處，以死者至親無法收屍之苦為平生最樂。」

言思月當時聞聲望去，見到的便是已經逝世的寧宏。他身後跟著兩個人，一是淨椿，他是被安排領著老頭逛逛。他進門後站到了淨秋身邊。另一個則是寧復，他在進屋後，就順手把門合上了。

寧宏說完一隻妖精，馬不停蹄地繼續說道：「羅剎者，斬首之物也。在妖精鎮裡，羅剎常出沒於大雪紛紛的時候。它手持鋒利的彎刀，身上長滿了白色的長毛。雖然身軀龐大，四肢發達，但踏雪無痕。它最喜斬首，所以如果看見雪地上有一具無頭屍，而屍體四周沒有腳印或只有死者的腳印，那絕對就是羅剎所為了。」

言思月回憶至此，只能感慨寧宏給自己安排得明明白白。

寧宏仰著頭繼續賣弄，音調抑揚頓挫，「不知者，虛妄之物也。這是不存於別處，只在妖精鎮出沒的妖精。它無相無形，無聲無息，為虛無之體。傳聞它是不知山的護山獸，而不知山裡葬著更加可怕的妖精。這附近流傳著一首連平仄都不規整的打油詩：『嵐煙縹緲澒洞處，孤影鬼魅驅人奴。不知山上何人墓？流觴洗魂仇化土。』不知因其特性，可隨意穿過磚瓦牆垣，取人性命。」

言思月聽到這裡，按捺不住猛翻白眼。她最想吐槽的便是那首所謂的詩，明明給打油詩提鞋都不配，確定不是你現編的？

寧宏搖頭晃腦，「濕婆者，濁舞之物也。濕婆是印度教三大神中的毀滅之神，兼具生殖與毀滅、創造與破壞雙重性格，呈現各種奇譎怪誕的不同相貌。在妖精鎮，濕婆是罪惡的源頭，喜於火焰中跳著妖異的舞蹈。濁，亂也。濁舞，亂步也。它極為聰明，智力極高，善於蠱惑人心。就算現在紅蓮鎮壓了它，諸位也不可掉以輕心，免得被其蠱惑，墮入魔道。」

寧宏嘖嘖幾聲，「這四隻妖精雖然在外風評不好，但在這淨業寺裡卻都與紅蓮一併被稱為大人。曾經的幾代住持一直為四妖正名。說什麼人無善惡，妖無善惡。倒是讓吃人的妖精成了寺廟的守護神，紅蓮反倒是擺設了。當年的紅蓮雖是妖精，卻極通人性，為彌補其赤地百里的過錯，才將當時為非作歹的四隻嗜血大妖降服鎮壓，以淨其業。如今啊，這淨業寺反倒顯得妖氣衝天咯。」

氣得渾身發抖的淨秋剛張開嘴就被淨椿眼疾手快地一把攬住，只聽得淨椿幽幽耳語，「住持故友，亦曾是寺中前輩，言語無禮之處，且忍忍吧。」

「哦，對了。我是寧宏，曾法號明山，你就是明海的女兒吧？」渾然不覺淨秋怒意滔天的寧宏恰如同一尊笑面佛，從開口到現在，嘴角一直帶著笑意，和煦如風。

「啊，我不是的。葉姐姐才是。」言思月一驚，錯愕得連忙擺手。

「哎喲，瞧我這老眼昏花的樣子。我觀這位姑娘生得文靜，竟以為是故人之後呢。對不住，對不住。」寧宏便又看向葉珩，大驚道，「哎喲，這才是，這才是哩。賢姪女，你可不能怪我啊。你看你生得如此俊俏，脾性一定也很好。」

「我怎麼會怪伯父呢。」葉珩裝模作樣地假笑幾聲。

「哈哈。」寧宏仰天大笑，又似乎想到什麼，指著跟在他身後的男子，「這是犬子寧復。」

「你好。」葉珩伸出手。

「你好。」寧復聲音冷冰冰的，蘊含機械感。

畢後，葉珩誇耀道：「不得不說，伯父引經據典、旁徵博引，學識實在是淵博啊。」

「唉。這都是未還俗時，師父說的。我不過是複述罷了。」寧宏滿臉自豪地謙虛似的擺擺手。驀地，他眼眸一動，「這寺裡還有先前五隻妖精的面具，我好幾十年沒見著了。淨椿小師父，可否帶我們一觀？以前放面具的地方都被拆了。」

「面具？」言思月好奇地眨眨眼。

「是的，妖精鎮的每一隻妖精都有面具，分散於鎮子各處。二位可要去瞧瞧嗎？就在不遠處的小屋。」淨秋指了指距這禪房十米外突兀而起的一排又一排的十幾米、二十幾米高的樹木，顯然這所謂的小屋在這林子裡。

「當然。」葉珩立馬應道。

出門時，淨秋一推門，如來時一般。言思月這才發現，這門往裡往外都可以開合。

「在內上門閂，在外上掛鎖。」淨秋冒出一句。

言思月恍然。而待她走近，她又意識到這片樹林之怪誕。所有的樹木就像閱兵儀隊般，間距相等地排列成數條平行的直線。禪房的門口正對著一棵高樹。從她的方向看去，左右對稱得極為完美。

淨椿為大家介紹道：「這裡六十幾年前是一片空地，樹是後栽的。當時負責栽種的僧人有強迫症，所以就成了這副奇景。倒也有趣。」

「是啊，有趣得打緊。」葉珩言語勉強。不多時，一間古舊的小屋子浮現在言思月眼前，它孤零零地立在冰冷的地面上，周遭滿是枯枝敗葉，似是一座汪洋中的荒島。

「奇怪。」淨椿剛到門口，眉頭就緊皺起來。

「怎麼了？」

「鎖壞了。」寧宏也注意到了，這間屋子的掛鎖被暴力解除了，其殘破的身軀就躺在門前的台階上。

淨秋臉色一變，猛地推開門，不可置信地說道：「紅蓮大人的面具——毀了。」

而言思月只見到了，一副面具，她已忘了細節，只記得，它若火一般熾熱、沸騰。但它裂成兩半，它哀傷。

思至此，言思月瞬間戰慄。被恐懼沖昏了頭腦的她這時才從回憶中真真切切地感受到了天地的預示。可惜，演員到位，帷幕已開，好戲便要登場。戲不演完，誰也甭想謝幕。可是，葉姐姐，你要是還活著，該有多好，言思月默想。你要是還活著，該有多好。我害怕。

3

我聽到明心和葉珩雙雙被殺害的時候大概是三時三十分。那個時候，對天狗案、羅刹案的整理告一段落，我正在沉睡。我本來對吵醒我做美夢的人有些許怨恨，但在我聽到明心二人的事後，心裡可能就只剩下悲涼了。又是兩條鮮活的生命逝去，而在不久前，他們還存著生機。人的生命實在是脆弱不堪。短短八個小時，足足四條人命，明明就只有六個有嫌疑的人了。當然，如果要按照克莉絲蒂娜之前的推理，便只有寧復和言思月兩個嫌疑人了——這是建立在沒有幫凶的前提下。

唉，刨去紅蓮，共四副面具，如今四個死者都已誕生，兇手的暴行也便結束了吧？我凝視著Y平靜的面容，他還在沉睡，而他就算現在醒來，又能改變什麼呢？人死不能復生，時間不能倒流。在偵探小說裡，不能阻止兇手行兇，便是偵探的失職。克莉絲蒂娜已經失職了。Y呢？沉睡安能作為藉口？

而在淨椿將包括我在內所有的男同胞喚醒後，我們每人都提著一隻木桶，從水池裡舀水滅火。每一次舀水，都能瞥見那石子路中央的肥碩而觸目驚心的無頭屍體，這是一種怎樣的內心煎熬。我恨透了這一切。

黎明還需三個半小時才能到來，而我已然等不及了。

火勢被撲滅後——其實是它自己沒得燒了，克莉絲蒂娜又組織展開了一次討論會。這一次，不僅已經和他們鬧崩的寧復沒去，我也沒去。我想Y就算醒來，也於事無補了，錄不錄像又有什麼分別。更何況他自己醒不來又關我什麼事。

不過，克莉絲蒂娜還是親自送來了一張表，上面簡略地記錄了羅剎案後各人的行蹤。用她的話來講，她想動員所有能利用的力量。

以下，便是那張表的具體內容：

1：00　羅剎討論會結束，所有人回到各自的屋子。（特例：淨椿去了明心的屋子，淨冬去了淨

秋的屋子）

1：30 言思月大概在這個時間入眠。

2：30 杜安去淨秋房間向淨秋、淨冬瞭解天狗案訊息。

2：43 明心決定為二位死者超度，並與淨椿、淨秋、淨冬發生長達十七分鐘的爭執。克莉絲蒂娜在此期間加入。

3：00 爭執結束，淨椿等人讓步，杜安回屋。淨秋、淨冬回到淨秋屋。

3：03 明心進入天王殿。

3：10 淨冬回屋。

3：18 明心被發現遇害。

3：25 葉珩被發現遇害。

真是張不知道有什麼用處的時間表呢。

相比於這張時間表，我更看重她帶來的關於淨業寺裡佛像的訊息與不知案密室斬首的解答。克莉絲蒂娜發現了大妖紅蓮像中的暗室後，又發現了彌勒菩薩像裡的暗室。所以說，她認為兇手的手法是在聽到明心等人關於是否要進行超度的爭論後，事先躲進了佛像裡的暗室。而能做到這一點的，唯有在當時沒有不在場證明的寧復和言思月了。

但是，就像我隱隱覺得她關於雪地密室的解答並不正確，這一次密室斬首的解答，我同樣不能苟同。一想到寧復和言思月二人一直在嫌疑圈內，我只覺得他們成了嫌疑人反而顯使得他們比起其他人更不會是兇手。這真是一種莫名的怪異的感覺啊，似乎出於對高智商罪犯撇清自己嫌疑時嫁禍他人能力的信任——我一定被推理小說荼毒了。

我始終傾向於兇手另有其人，他一直在暗處操縱著這一切。只是密室內的斬首除了那樣的解答，真的還有其他的可能性嗎？我茫然。而這兇手，若非寧復他們，不就得是淨字輩的三人嗎？那內裡是蛇蠍的佛像，那被鮮血污染的曼陀羅華，是否預兆著，這淨業寺裡的和尚，外表上光明磊落，實則殘忍暴虐？那麼，那個人會是誰呢！我不敢再想下去了。

現在已經四點半了，今天一天都沒睡好，我明明是很累的，但我卻不想睡覺。藉由著燭光，我開始在筆記本上草草記錄了不知案和濕婆案。

雙重空中密室，雙重雪地密室，密室內的斬首，這真是非人哉啊。

所幸的是，兇手已經將四副面具用掉，應該不會再有殺戮了吧。鬼使神差地，我瞟了眼筆記本上的一條記錄——紅蓮，淨業之物。紅蓮的面具還在兇手手裡呢，這是不是還要帶走一條人命？我潤濕了下嘴唇，只希望我的猜測是錯誤的。

到得五點，依舊沒有什麼睡意的我打算出去漫步一會兒。我很難想像我會在這樣殺人之夜獨自出門，但我是真的是心煩意亂。很意外地，當我出門時，我見到克莉絲蒂娜待在禪院的院落裡，她翹望星空，遺世獨立。雖沒下雪，卻撐著傘。

「你還沒睡？」克莉絲蒂娜顯然聽到了我開門的聲音，一語過後，她默默收了傘。

「是啊。你不也沒嗎？案子怎麼樣了？」

她沒有吭聲，我只好找些別的話題，「聽說你是挪威人？」

「血緣上是。」

「嗯？」

「對其的文化認同低了些。我畢竟在中國住得更久，受到東方文化影響更深——八歲就來了。所以你會發現，我說話的邏輯依舊是螺旋形思維，而非直線型思維。你也不會認為我的話像是外國人說出來的。」

「是的，你給我的感覺就是個中國人。」我決定跳到其他擅長的話題，「你是個偵探？職業的？」

「我的職業是名調酒師。」

「嘶，這真看不出來。」

克莉絲蒂娜看著自己手掌上嶄新的傷疤，迴腸九轉，「中國哪有偵探？除非你要把找小三或找走丟寵物的那種算上。我自然不是，也不配，所謂偵探都只是別人這麼說，我自己從未如此說過。」克莉絲蒂娜自然知道，在外人眼中，她就是小說電影裡的名偵探。但她絕不願成為偵探，她希望這種死神體質的勢頭或能因這份決心得到遏止。她也一直疑惑，在虛構的故事中，到底是兇手殺人，還是所謂的偵探「殺人」？而在現實中，又是否真的存在不詳的體質殺人，或存在一種莫名的偉力在殺人？可這些苦言，克莉絲蒂娜只能自己咽下。

「但我覺得你推理能力挺強的。」我說的是實話，克莉絲蒂娜能給出合理的解釋，儘管我不太認可，卻已然證明瞭她的能力。

「謝謝。」克莉絲蒂娜苦澀地回應，「你就不說說自己嗎？」

「我？」我指著自己，不自然地說道，「我就是一個俗人，普通人。」

「每個人都是一部史詩。這是我從斯通納身上看到的。」
「唉，這話太誇張了。我的人生頂多算是一部晦氣史、挫敗史。」覺察到克莉絲蒂娜有些異樣的目光，我決定說些足以讓人震驚的事，「呃，你聽說過林家滅門慘案嗎？」
克莉絲蒂娜眼珠子一轉，似乎有些吃驚，但還是說：「當然。」
「那我就說說那案子吧，我畢竟參與其中。」我開始緩緩道來，先把孟姑獲、Y與我三人的討論說了一遍。看她目不轉睛、認認真真地聽著，便又開始述說新的內容。

4

我按下播放鍵。

睜開雙眼，我體味到了前所未有的陌生。我的肌膚能感受到自己卡在兩根粗壯的堅硬物體之間動彈不得，我的神經能接收到來自全身各處的疼痛與酸脹。我的眼睛可以透過層層疊疊的枝葉看見天上皎潔的月亮，我的耳朵可以聽見風濾過葉片掀起黑色波浪的沙沙作響，我可以嗅到幾朵臘梅不辭辛苦從遠方飄來的幽香。但是我偏偏記不起來我是誰了。一縷一縷記載著過往的細線如流光般在我的腦海裡刷刷劃過。我沒法抓住它們。它們支離破碎、轉瞬即逝。

我嘗試著動了動，可惜身體被那兩根樹枝卡得太緊了。它們就像世界上最堅固的鐵鉗一樣將我死死地固定在了半空中。

「快進一下。」

我木楞楞地看著Y。

「你看著快進，但我希望他立馬下樹。」

「我叫林目。雙木林。目是眼睛的那個目。」

「目？」

「很奇怪吧？本來嘛，我的父親和叔父總喜歡取些三個字的組成的字。比如我的哥哥叫林焱，三個火。我的大堂哥林淼，三個水。男生是五行中取，女生就隨便抓鬮了。可是呢，我抓了三個目『晶』，我妹妹抓了三個小『尛』，讀音太像了，所以簡化了。相似的還有我的姐姐林香，本來她叫林馫，三個香，可惜我二堂哥從五行中抓到了金字，他的林鑫和姐姐的林馫又重了，只好姐姐改名了。」

「你們的長輩很有文化。」

「或許吧。」林目似乎不想在這個話題上多言語，或許是覺得長輩太重男輕女吧。

「等你休息好了，我就帶你去山上。」

「山上？」

「我們家住在山上，那裡有七棟樓房，取名字叫『十字莊』，土裡土氣的，你可以住那裡。」

「這樣不會太麻煩嗎？住山下隨便什麼村子就好了。」

「可是這裡離附近最近的村莊有十幾公里的路。你確定你能行？」

我沉默了，住在陌生人家裡自然沒有住在林目家裡好。更何況去別的村莊還要這麼遠的路途，就更讓人生畏。畢竟我現在飢腸轆轆而且很想喝水。

「那就跟我回家吧，走一個小時就到了。」

「好，真的很感謝。」

「嗯。到時候你見到我的家人也得有個名字的，你覺得叫什麼好？」

「張三怎麼樣？」

「不好不好，還是李四比較好。」

「那就李四吧。」

「哈哈哈哈。」林目捧腹大笑，笑得花枝亂顫。

「這是？」鬼使神差地，我從口袋摸出一張卡片來。

「身分證。」林目一把將它奪走了，又將正面對準我，我能看見身分證上一張青澀熟悉的面孔，「你叫吳博安，記住了哦。」

「記住了。」我木訥地點著頭。

「來，我們走，我扶著你。」林目將我拉起，毫不介意地用身子支撐著我往山上走。

如今是蒼茫的冬季，沿途的景色甚是寂寥，低矮翠綠的灌木叢隨著高度的爬升逐漸消失，碎石倒是排了一摞又一摞。我們走的是一條泥路捷徑，不寬不窄，可以四個人並排走。

不過一小會兒，竟然簌簌地下起小雪來。舉目而視，景色令人動容。細草戔戔，迎風骨傲；霜梅素雅，葬雪魂芳。但現它們都沒有那麗人令我著迷。芬芳的發香讓我沉醉，只想將此行就這麼永遠進行下去。

「我希望他立馬到山上。還有這突然的古文是什麼意思，很不協調啊。」Y趴在桌子上，眼皮子都不抬一下。

我暫停了播放，「這樣真的好嗎？」

「我以前就是這麼幹的。」他甩甩手，示意我繼續。

我們三人直接來到四號樓底樓的房間前，林焱倆兄妹讓我等在門外，他們兩人去見他倆的叔父林發晨。

（「看來他們路上遇到林焱了。」我嘟囔了句。）

我走到東邊的窗戶邊偷瞄，窗簾開了一條縫，我可以看到一些場景。林發晨坐在沙發上，旁邊是一張鋪著水綠色被子的床，由於角度問題，我只能看到一角。林發晨正穿著單薄的衣服，他是個五十來歲的禿頂胖老頭，絡腮鬍子長了一臉，就像一頭雄獅一般看著面前的兩個後輩。林發晨聽到我的事以後果然極其生氣。雖然隔著牆，我依舊能聽到一句怒吼，「我不同意！他不能住在這裡！」

林焱俯身過去，耳語了幾句。林發晨不知聽到什麼，怒容鬆弛了下來，斜眼望向林目。林目的臉又紅了一次。

實在是太好看了，她淡紅色的臉蛋就像水蜜桃一樣，讓我不由得想要咬上一口。

接著，我看到林發晨點了下頭，又煞有介事地叮囑了幾句。

我知道事情成了，終於不用在露宿野外了。我趕忙回到門口，等林焱兄妹出來。

林焱出來後叮囑我道：「叔父雖然同意你住在這裡，但只能住一天。明天等雪融化了，我就送你下山。」

「這人……講得很沒重點。」Y呲著牙。

「你其實根本不想好好聽吧？」

「哪有的事？」他抬頭瞪著我，「再快進一段。」

林小也沒揪著我不放，和林目收拾起房間來。

她們倆都是極具靈性的女子，巧笑倩兮，美目盼兮，稍一個回眸都讓我著迷。但不知為什麼，我對於林目總有一種莫名的親近感，感覺她的面龐是那麼的讓人懷念。或許未來，她就是我的妻子，我們會有幸福的未來。

（「我要吐了。」Y苦著臉，「下次你先聽一遍，幫我審核審核。」）

我沒有幻想太久，只讓兩個女孩子整理屋子，而自己站在一旁乾看著可不是我的風格。中途，林目因為一些事離開了，似乎是林發晨在叫喚她。

林小似乎對我很感興趣，因此在林目離開期間，她十分大膽地摸我的臉。也正是這個時候，我想到了我還不知道今天的日期。她告訴我是十二月十五日。

林小收拾完了，便回去了。我只好一個人留在房間裡。還好，先前林目和林小還給我帶了些書籍，我只拿了感興趣的安伯托．艾可寫的《醜的歷史》。我以前應該看過這本書。不知不覺間，我拿起一支筆開始畫畫，自認為頗有些大家之蘊。或許我是個畫家也不一定。

窗外的雪越下越大，密集得讓我看不見外面的景象。剛一開窗，雪片就如子彈一樣向我襲來，倒是有些狼狽。

隨著剩餘的書頁越來越薄，林目之前說的七點半晚飯時間快到了。

穿上林目為我事先準備的冬季大衣以及一把遮雪的雨傘，我出了門。

由於是冬天，天色已然是極黑了的，月亮也體貼地掛上了樹杪，蒙著一層雲霧。我忽地幻想到嫦娥仙子，她的美麗比起林目倆姐妹來會是怎樣的呢？

晚飯是在三號樓底樓的廚房吃的。我到的時候，除了林小、林焱和一位孕婦，其他人都不在場。林小和林焱在準備晚飯。那個孕婦，長得十分古典，身材因為懷孕有些臃腫。之前林目說過，這是林發晨的大女兒林晶。她見我來了，極為和善地沖我點頭致意，但卻沒有和我說話，似乎有些怕生。

接著，來了一個年輕的男人，他是極為熱情的，還來與我握手。他自我介紹說他叫林鑫。記得林目說過，林鑫是林發晨第二個兒子，只比她小一歲。林鑫長得沒有林焱高大，但是比林焱活潑、陽光，讓我很容易升起好感。

「今天在這裡，別太客氣，你可是客人。你來得到蠻是時候，伙食昨天才來，都還新鮮著呢。」林鑫把雙手搭在我的雙肩上，隨即坐在了我的左邊，與林晶隔了一個位置。

我口頭上應著，但是心裡苦笑連連，我如果不客氣，林發晨肯定更加生氣了。

「聽說你失憶了？」林鑫的目光有些好奇，「我沒有冒犯你的意思，只是，你知道，這並不常見。」

我聳了聳肩，「是失憶了。」

「失憶是種什麼樣的感受？」林鑫拿出了筆記本和簽字筆，一副蓄勢待發的模樣。

我皺了皺眉，「腦海一片空白，感覺很迷茫、很陌生、很害怕、很孤單，就好像一個人飄蕩在大洋中，沒有安全感。」說實在的，我覺得自己描述得並不恰當，但是，我也只能說這麼多了。

「不過。」我想到了另一點，「至少我沒死，不是嗎？我從懸崖上摔下來，而只是失憶，還被人救了，這也算是福氣吧。」

「這倒也是。」林鑫咬著筆頭。

「你什麼時候才能改掉這個壞習慣？」

我聽到了一個很不友善的聲音。果不其然，當我轉過頭的時候，林發晨走了進來，林目則跟在他的身後。林鑫默默地把筆和本子收了起來。林目坐在了我的右邊，應該是怕我找不到說話的人。但我想，有林鑫坐在我的旁邊，是不會有寂寞這種事的。

林發晨顯然是不會給我好臉色的。他坐在了東方最尊貴的位置上，與林目、林晶都隔了一個位置。

接著，林小和林焱上完菜，林小坐在林鑫和林晶中間，林焱坐在林發晨和林晶中間。還少一人，應該是林目說過的林淼。林目沒有多說他，我也不知道他是個怎麼樣的人。

飯局上，很沉悶，沒什麼人和我搭話。大家似乎也顧忌我這個外人的存在，不怎麼閑聊。林淼是在開飯後十幾分鐘才到的，他是個很羸弱的男人，也是最沉默的那個，只顧自己揭菜吃飯。

好不容易熬過了晚飯，我回到了五號樓，看起《哈姆雷特》來。不知為什麼，我對於《哈姆雷特》中的亂倫情節總有些異樣的感受，有時候真想化身為哈姆雷特，來一場決鬥。

將近十點的時候，我就睡覺了。本以為這是我從懸崖下醒來後最踏實的一覺。事實上，也確實如此。我宛若掉進了美人鄉，鼻尖總有能讓人沉淪的香氣，靈魂一會兒離體，一會兒回歸。那是一種奇妙的感受，我不知道自己睡了多久，我的大腦完完全全不能思考。但我意識到我其實是昏迷了，但我也只能做到意識到這一點了。至於期間我有沒有進食——我只隱約記得吃過幾次，但具體如何，就不知道了。

而當我澈底清醒的時候，我的身邊就都是醫生和員警了，也就是你們。

事情就是這樣。這就是我的經歷。雪地無足跡、膠帶密室什麼的，我根本不知道。

以上就是吳博安的錄音記錄，內容看起來啥用沒有。我偏過頭去看Y，他已經打起呼嚕，看起來睡得極為香甜，也不知道什麼時候睡的。不過，既然他睡著了，我正好不用念日記了，不是嗎？想到這，我放鬆地揉捏了番手腕。

可就是這細微的動作，竟然把Y吵醒了。

「讀日記吧。」他用欲求不滿的眼神看著我。

我。日。

12月13日　午11：15

今天，寶寶又在踢我了。我不敢想像這個孩子再有一個月的時間就會降臨在這個世界上。

略——Y說，案件還沒開始之前的事，他懶得知道。事實上，我也不想念這個，這一天寫了恐怕有兩三萬字。

12月15日　晚21：20

下午的時候，下雪了。我一直待在屋子裡。

吃晚飯的時候，我們的餐桌上突然多了一個人。那個人叫吳博安。

略——用Y的話說，錄音聽過的事，他懶得再聽第二遍。我在輕鬆之餘，也存了些隱憂。

12月16日　午12：30

我從沒想過自己有一天竟會以日記的方式記錄下我的弟弟林鑫的死亡。但是形勢卻又讓我不得不這麼做。弔橋被毀壞，電話線被剪斷，我們既無法離開，也無法與別人聯繫。是的，我們被困在了十字莊裡。而在附近，躲藏著一個殺人兇手。

他在殺死我弟弟的同時在他的身上留下了死亡預告。他說會以我們姓名最後一個字的筆畫作為殺人順序。

儘管悲慟，我會詳細地寫下我們一家人的奇怪遭遇，這在很大程度上是我的習慣使然。但我又何嘗不希望日後能有人發現這本日記，抓獲兇手。我有預感，我們都將死在這裡，除了那個令人恐懼的殺人者。

我們林家算是一個有些臉面的家族。我的父親曾擔任政府的官員，認識諸多社會高層人員。在我叔父和父親創業的初期，正是在我叔父廣泛的社交網路的幫助下，他們倆的企業才得以成為行業的龍頭。

那個時候，我的大堂姐林香尚未自殺逝世。她是一個極為優秀的大姐，漂亮聰穎，我從她那裡學習到了很多很多。

你們有些人對她應該並不陌生。她一般以林森作為對外的稱呼，曾在國際的比賽上獲得過金獎。也正是她在這個千米高的山上建造了七棟樓房。在此，我將詳細介紹一下這七棟樓的結基本構造。

略——Y讓我跳過建築介紹。

這七棟樓對我們一家人有著非凡的意義。它們從來不是姐姐最優秀的作品，但卻是她生前最後的作品。

大姐在半年前自殺了，用刀子了結了自己的一生。有人說藝術家都是瘋子，或許他們真說對了也不一定。

而我的母親、叔父、叔母都在多年前因病逝世，因此這個冬天來十字莊的只有七個人，分別是我的父親林發晨、大哥林淼、三弟林鑫、我的堂哥林焱、我的堂妹林目與林小以及本人林目。

很多不明實情的人人看到這裡或許會疑問：殺人事件與我以上所講的家庭背景以及七棟大樓有什麼關係。

或許沒有或許有，我也說不準。我只是希望不瞭解背景的人或許能從中看出蛛絲馬跡。未來的兇殺案很有可能會通過這些建築來完成。我這不是胡言亂語，大姐曾說過，她設計的是「殺人的建築」。而我之所以如此絞盡腦汁地回憶並記敘下從昨天到今天發生的一切，也正是為了能讓閱讀這篇文字的人，能對我們的遭遇有更深的瞭解。

今天早晨，鑫弟去世了，我還能記得他昨晚講笑話逗我開心。我現在還能說什麼呢？只能感慨生命之輕了。鑫弟死在了他屋子前頭的一片雪地上，距離房門大概五六米的模樣。最先發現他的是小目和焱哥。奇怪的是，除了他自己的腳印以外，我們並沒有發現其他任何人可能留下的任何印記。這似乎就是推理小說中所謂的雪地無足跡密室。但是我們還是發現了兇器的。那是一把小刀，直接刺穿了大哥的胸膛。

我們將他拖回了屋子。在那間屋子裡，我們發現了這樣的紙條：災難將降臨到這個罪惡的家族，你們將姓名最後一個字的筆畫為順序被殺害。

略——用Y的話說，單純的日記記載的雪地無足跡，就當它不存在好了，他也懶得再去花心思破解。至於之前的內容為什麼還要讓我讀，Y說他突然想知道我朗誦水準。

希望我能活下來。那會是多美好的一件事。

關於這一段，Y認為我還是要有始有終，所以我念了最後一段。

12月17日　早9點

略——用我的話來說，Y肯定不想聽的。

5

吃著午飯，我吭哧吭哧地讀完了幾封日記。

「真的只寫到了17號。」Y說了是個人都知道的事實。

「嗯。之後沒有了，是因為死了吧？可是她的死亡時間應該是17號下午到18號下午才對。」

「按照筆畫，林晶應該死得比林發晨、林目晚，和林焱一樣，但比林小和林淼早。林發晨16號晚上死的，如果林目在17號上午死去，她來不及記也是可能的。而且，你真的認為兇手會按照筆畫順序殺人嗎？」

「難道不是嗎？」

「我都覺得他殺死林鑫都是多餘的，這太打草驚蛇了。如果兇手是個正常人，他應該用安眠藥一次性迷暈所有人或用毒藥一次性毒死所有人才對。」

「能幹出碎屍之類的事的，可不會是正常人吧？」

「是啊，或許這個瘋狂的人就是想要看這些人知道自己下一個死卻無能為力的模樣吧。」

「你是不是沒聽出什麼有用的資訊？」我就不信這麼簡略的內容會有多大的價值。

Y沒有回答我。

「就這個，沒別的了？那個膠帶密室怎麼辦呢？」

「這……無視，我早說過了。」

「讁。隨你吧。」我活動了下筋骨，「我得去面試工作了。」

Ｙ沒有回應我，看他那副散漫慵懶的樣子，應該是在想案件吧？應該不是在發獃吧？

我躡手躡腳地離開，盡量不發出聲響。

我們住在一個名叫杏汕縣的城市裡，這是個冬季多雪的地方，尤其是西部和北部的山區可以說是，三天一小雪，五天一大雪。更恐怖的是，有些時候，這個山頭下雪，隔壁幾個山頭卻能極為晴朗。

杏汕縣居民區被兩個工業區夾在中間，都呈西北——東南走向，這也是考慮到夏季吹東南季風，冬季吹西北季風的自然規律——但我好奇，我們這裡還能不能算是季風區。那十字莊就是在西邊的群山靠北的部分。Ｙ的屋子在西北角居民區的邊緣地帶，在城區裡算是和十字莊比較近的。

但真正富庶的地方卻是東南部，那裡地形更加平坦，高樓林立，鱗次櫛比，是杏汕縣的商業區。不過，我並不打先去那裡碰運氣。如果在那裡找到了工作，我每天上下班會很吃力。而且，那邊的工作動不動就要長時間的工作經驗或者９８５、２１１的大學文憑，讓人望而卻步。

我來杏汕縣已經三個月了，三個月的時間改變了很多，我一個從農村裡來的「泥腿子」也越來越有些城裡人的模樣了。雖然還是會幹出用遊戲幣坑公交車司機、把掃帚當麥克風的傻傻的行為，但是我能感受到我漸漸融入了這裡的生活。走在這裡的大街小巷，我不再無所適從、扭扭捏捏的。不過，很可惜的是，今天我依舊沒找到工作。

但我是哼著歌回家的。倒不是我自誇，我確實向來是個樂於助人的人。這不，在街上，我目睹了一起錢包的偷搶。我當然不會坐視不理！我的膂力也算過人，沒多久就追上去，把錢包搶了回來。不過，倒是讓劫匪跑了。

失主是一個面容稚嫩的少女，面容帶著稚氣，貌似尚沒成年，穿著綠色墜花裙子，在我回去之時，手臂還保持著掏包的動作，已然是驚愣住了。當真正意識到並接受了錢包被搶這一點的時候，她慌亂地手舞足蹈起來，順手一掌按在了旁邊那個穿戴嚴實，戴著墨鏡，罩著個遮耳的大氈帽的青年的頭頂，並瘋狂地抓著肩膀前後搖晃。青年嘴巴委屈地蠕動著，全身都快散架了。

我來到他們跟前，晃晃手上那個粉色的錢包，問了一句廢話，算是起個話頭，「這是你的吧？」

少女直勾勾看著那錢包，先是一愣，接著飛速地把錢包抽回，目光戒備地數了數錢的數目。數完後，她長舒一口氣，將錢包深藏口袋，這才吐了吐舌頭，淺笑道：「是我的，很感謝你。我叫穆筱泉，真的很感謝。」她見邊上的人毫無反應，急促地戳了他一下。

「我叫路塵客，多謝這位先生。」路塵客猷頭猷腦的，他樸素暗淡的衣著與穆筱泉光鮮亮麗、青春躍動的服飾對比鮮朗。

「不用謝。不用謝。路見不平，拔刀相助嘛！」我連忙擺手，輕嗅幾下。路塵客身上有一股獨特的香味，沉甸甸的。隔著老遠，我便聞到了，但雖然好奇，我還是沒有唐突地詢問。誰說香水是女人的專利？

「聽口音，你不是本地人吧？」穆筱泉亭亭立著，眨巴眼睛，亮晶晶的。

「我還以為我普通話很好了呢！我是遼寧的，叫杜安。」我爽朗一笑，接著，我把目光聚焦在路塵客身上，視線灼灼，他摸摸腦門，有些無所適從。

「路小哥也不是本地人吧？」我終是說道。跟在Y身邊，雖然只有幾天，但耳濡目染之下，我還是有點本事的。

路塵客一愣。

我立馬解釋：「我看你現在就穿著這麼厚實——如果是本地人，絕對活不下去了的。畢竟還沒到最冷的時候呢。」

路塵客恍然大悟狀，「杜先生明察秋毫，雖則我確實是此處生人，但我在華北及南方住得更久，幾乎也算不得本地人了。」

「哦？你在這麼多地方呆過？」我立馬來了興趣。

路塵客赧然道：「家父曾與我說：『紅塵萬丈皆是客，四海何方不為家？』故此生前，常帶我定居異地，領略各方風采。」

我語帶歉意，「生前？抱歉。不過，你父親說的很對。世界很大，我們都該去看看。」

之後，我們有聊了幾句，穆筱泉興緻頗高，聊起來倒是沒完沒了了。便也難怪路塵客在一旁嘀咕說：「現在一點了，我們該走了。」

「你擔心什麼嘛。」穆筱泉雙手叉腰，嘟起嘴，「晚點回去也不會出什麼事。」

路塵客看起來有些害怕，他兩手交纏，極委屈地道：「抱歉。還請再玩會兒吧。」

「哼。這才對嘛。」穆筱泉滿意地點頭。

我半開玩笑道：「你們很般配哦。」

「啊，什麼！」穆筱泉面孔倏地粉紅，傲嬌甩頭，「才沒有的事！」

「是啊。杜先生莫要亂語。」路塵客也說道。

「怎麼？說你和我很般配，你很不開心？」穆筱泉翻白眼瞪他。

「沒。」路塵客都快哭了。

「那你是覺得你能配得上我？」

路塵客不再言語，露出泫然欲泣的表情。

「終於會賣萌啦！這才乖嘛！」穆筱泉撲哧一聲，雙手攀上路塵客的兩頰，使勁揉搓，「你還是好好當你的吉祥物吧，小鹿。」

這時，她似乎注意到了我這個外人還在。

「啊啊，其實我很淑女的哦。」穆筱泉撲閃著大眼睛，嘻嘻笑道，露出兩個酒窩。

「看得出來。」我不敢逆著她的意思。

「那我們先走咯？」

「嗯，拜拜。」

「走啦。傻帽。」穆筱泉拍了拍路塵客的肩膀。

「回去？」

「再買點很小很小的玩意兒。」二人邁開步子。

我也從反方向離開。

「很小的玩意兒？」

「嗯。」

「可否告知？」

聲音越來越輕。

「遙控賽車。」

「啊？」

「啊什麼啊！又不是花你的錢！我還要買遙控火車、遙控潛艇、遙控飛機、遙控宇宙飛船⋯⋯」

聲音就此消失。

多麼有意思的兩個人啊，多麼有趣的一對小情侶啊。

可不會再有再見之時了。

人生就是這樣。

偶然相遇，偶然相知。有了交集，但依舊是陌生人。

不過，這也不是很好嗎？雖不至於獲得摯友、摯愛，卻能見到各式各樣的人。

這就是城市的魅力吧。

迎面走來的，追尋背影的，都是陌生人。

但也都是有著火熱的心，想要找到知心朋友的人。

都是與你我一模一樣的人。

海內存知己，天涯若比鄰。

感慨完畢。由於找不到工作而帶來的愁鬱也就此消解。

用Y交給我的錢買好了菜——我自然是個會做飯的人，午飯便是我做的——我用今天Y遞交給我的鑰匙打開了門。

Y正在看電視，是卓別林的默劇《城市之光》。看著那鬍子像是毛筆用墨滋上去的小工人將幾塊螺絲吞了進去，Y笑得活像個孩子。

「辛苦了。」Y看見我來了，就跟我打了聲招呼。

「你以前沒有看過？」

「當然看過。看一次笑一次而已。」

「我還以為你會是在思考案情的。」

Y擠了擠眼睛，「案情？這沒什麼好思考的了吧。都太煩了。」

「你這是要坑孟姑獲的節奏。」

「並不算，我已經做了我該做的了。」

「那你到底想得怎麼樣了？」

「你覺得這個案子真的還有什麼值得仔細鑽研的地方嗎！我很不喜歡這個案子——雜而亂的信息、無話可說的建築、慘無人道的死法。我不想去細想。一個家庭的倫理的悲劇，多麼滑稽。他們是一個家庭，本該相互扶持。可他們呢？為父母者，不愛子女。為子女者，不事父母。撫育、教育全亂了套。這算什麼？我很不喜歡這種案子。家庭不該是這樣的。不喜歡。不想想。」

這是我第一次看見Y如此煩躁，很不理解他的想法，但他很快就恢復了平靜，我便沒再在意。

「好吧，我們試著思考一下，確實有很奇怪的地方。」Y嘰哩呱啦的，「你明白嗎？兇手只能是吳博安——如果是林焱，我就不得不承認，他並沒有陷害吳博安的意思，不然，他絕不會早就一個費解的密室中的空中密室出來。對於一個要嫁禍無辜者的兇手來說，這是多麼可笑啊。除非，他並不想陷害誰，但如果真是這樣，他何必製造一個僵局？而如果吳博安是兇手，他有充分的理由去製造一個困境以使得警方無法定他的罪。如果沒這個刺手的密室，他已經蹲局子了。」

我點點頭，也懶得思考Y的推理對不對了。他懷疑吳博安，我懷疑林焱，道不同，不相為謀。而這樁案子也就這麼一直僵持著，但所幸的是，破局的時刻也即將到來。兇手，親自將自己送上了斷頭台。

6

「其實單到這裡，也差不多能知道真相了。」我停了下來。

克莉絲蒂娜正把玩傘的尖端，「Y先生，到這裡不也沒知道嗎？」

「話雖如此，但是，其實他沒能現在就看破真相主要還是因為他根本沒想要這麼去做。而一旦那樣東西到了他的面前，他再沒能解決案件，但他的智商簡直就是被侮辱了。」

「那我先想想吧。」

「你在中國生活那麼久，一定能想出來的。」我以這種方式隱晦地提示她。

她聽到這話也確實一愣，這和她在中國生活久有什麼關係——她一定這麼想吧，但顯然還很迷糊。到後來，她索性不想了，「你不再說說自己嗎？更概括的？」

「好吧。就請你評鑒一下。我，八零年生，遼寧人。生於農村，長於農村。明明是個學渣，卻自命不凡地喜歡閱讀。爛鹹魚一條，卻也不是沒有理想的人。小時候，我想成為一名科學家，這當然是虛無縹緲的。高中的時候，熱愛讀書，我就又想成為一名作家。」

「嚴肅文學？」

「不。我讀的書是網文。」我摩挲著手掌，羞赧且謙虛地道，「我年輕，寫的能有什麼深度？科幻？我是文科生。言情？小女生的玩意兒。軍事？兩眼一抹黑。」忽然，我眸中閃過一絲明悟，「或許，我可以把這次事件寫成小說。我可以先從推理小說開始。」

克莉絲蒂娜失笑。

我縮縮脖子，「很異想天開吧。」

「不。」克莉絲蒂娜認真地看著我，「如果你真寫成了淨業寺裡的案子。我或許可以將我以前的經歷一併告訴你，成為你的寫作素材。」

「真的？」我驚喜地道。

「嗯嗯。如果你寫出來了的話。解答要極為合理的那種。」克莉絲蒂娜竟然壞笑著，不知道怎麼，她心情好轉很多。或許是我的真誠，讓她暫時無暇顧及煩惱了吧。

「你的意思是——要我破解這樁案子？」

「我可沒這麼說。」克莉絲蒂娜細聲說，「如果天狗案能破解，這解答已經算是成了。」

忽念及先前的顧慮，我小心翼翼地試探道：「話說，你有沒有想過，你的推理可能是錯的。」

「錯誤誰都會犯。我也不怕犯錯。」克莉絲蒂娜眸光忽明忽暗，她蹲下身，在雪地上寫寫畫畫著，語氣卻真摯，「我其實也感覺這次的推理有些不太對勁，但是按照邏輯，目前做出的解答完全沒有問題。這也正是困惑著我的地方。不過，我相信無論兇手的佈局多麼完美，無論詭計多麼出人意料。我破解不了，我認命。但他不要以為，這世界上就沒有人看得穿了。局是人布的，但必定有一條思路，那麼，就能有人追根溯源，找到他。」

「會有嗎？」

「會有的。」她莫名地有信心。

「那你現在打算怎麼辦？」

「現在？我最關注的還是天狗案。」克莉絲蒂娜低著頭，「如果不能破解這個案子，就算嫌疑人只縮小到一人，我們也沒法確定他就是兇手。天狗者，懸掛之物也。可這人非天狗，屍體又到底怎麼到達這麼高的地方的呢？」話題一下子就回到了正軌。

「單這樣想，恐怕很難解決吧？」

「是的。現場看了無數次，一籌莫展。」克莉絲蒂娜低頭作畫，寥寥幾筆便把禪房結構畫了出來。

「我有個不情之請。」

克莉絲蒂娜回眸。

「我想拍攝一下天狗案的現場。我只有這個現場沒有拍。」

「可以，你自己去柴房搬梯子吧。順便，也幫我搬一架。我最後再看一次。」克莉絲蒂娜拍拍手，立起身。

我跟隨著克莉絲蒂娜的腳步來到明心的禪房，亦即天狗案的案發處。而正如我所見，明路禪師的屍體依舊高掛在半空之中，恰如寧宏的屍體不曾離開那片細窄的雪地，明心的屍體不曾離開天王殿，葉珩的屍體不曾離開齋堂廢墟。

一切都保留著案發時的原樣。午夜的月光從通風口射入屋內，將明路禪師的屍體照映在對面的牆壁上，那影子就像一隻匍匐著的天狗，在獰笑、嘲諷。

真的很奇妙，到底是怎樣的偉力，能在極短的時間內，在封閉的空間中，在有限的工具輔助下，將一具屍體吊在九米高的房樑上。天狗真的存在嗎？羅剎、不知、濕婆又如何？

我攀上梯子。克莉絲蒂娜立在我的身側。近距離觀察明路的屍體讓我有些反胃。九米、近四層樓的高度，也讓我心生懼怕。房梁、通風口、屍體、繩套，我盡量不漏掉什麼。而鬼使神差地，我把繩結以下的部分撩起，以防止它對脖頸碗口大的傷疤的拍攝的阻礙。卻不曾想，這一舉動讓克莉絲蒂娜澈底屏住了呼吸。

「你別動！」她歪著脖子，盡量將屍體驅逐出視野，強忍著視野一角那殘破的血肉，而上吊用的繩子在其視野中心晃蕩。她越看越激動，越看越激動。「抓著屍體。」克莉絲蒂娜不容置疑地說道。

我詫異地抱住屍身，剝除了鉤住屍體的鐵鉤。只見克莉絲蒂娜疑惑地看著那個繩套，一個看起來並無異常的繩套。「怎麼了？」我輕聲問道，怕打斷她的思考。

「怎麼會這樣？怎麼會這樣？」她的雙手顫抖著，眼神也顫抖著。那個看似繩套帶給她的是無與倫比的衝擊力。

「這就是詭計最薄弱的地方嗎？但這是為什麼？這到底是為什麼？啊！」她一個重心不穩，失足往下摔去，還好我眼疾手快，伸出手將她一把拉，只是苦了明路禪師的屍體，直直墜落，在地板上砸得幾近稀爛。不過還好，我撒手時角度一偏，那株彼岸花倒是沒有罹難，只是在血肉模糊的屍體的映襯下，更顯妖艷了。

「這種感覺。」克莉絲蒂娜美目裡蘊含著無比複雜的難以形容的感情，一瞬間，就像世界在崩塌。

「原來……原來，是這樣。」她癡癡地言語，隨後一把抓住梯子，迅速來到地面，跑到了門口。她往外跑去，跑到樹林裡，四處張望。在東西對稱的兩棵樹上，她找到了她想要的摩擦過的痕跡。一共四道，每棵樹兩道。

「果然。」她呆立著，笑得極為燦爛。

「到底怎麼了？」我焦急地問道。

「我目前知道他詭計的大致了，但是細節還缺失著。」她眉頭緊皺，忽然像是想到了什麼，撒腿就跑。

我茫然地站在原地，心裡甚是鬱悶。也罷，我還是回屋睡覺吧。

7

回到屋裡，已經是五點了。我坐在床畔，準備脫鞋。

「桀桀——桀桀。」耳畔傳來陰森森的聲音。

雖然在零點五秒後我猜到那應該是醒來的Y在陰笑，但在那零點五秒中，我的心完全靜止，身體徹底僵住了。

「老哥，人嚇人會嚇死人的好嗎？」我扭過頭，有些火氣。

令我瞬間消氣的是，面前的Y的精神氣貌絕對是我所見過最差的一次。那時不時皺起的眉頭，困頓的眼神，蒼白的面色都顯示著面前人不適的身體狀況。

「你要不要再休息會兒？」

「休息？」Y歪著腦袋，輕輕呢喃，「是要休息。話說，這裡就是淨業寺吧？寺裡還好吧？」

「寺裡，呃……」我的這句話戛然而止。

Y慘兮兮地笑著說：「有話就說唄，別看我狀態不好，其實比誰都精神著呢。瞧瞧你這支支吾吾的樣子，這寺裡不會真出事了吧？」

「你確實一語成讖了。」我苦笑，「這寺裡鬧鬼。」

「鬼？」Y烏龜般縮起頭，警惕地張望。

「準確的說，是妖精作祟。」

「妖精？」Y像黑貓一樣聳起背，聲音壓得極低。

「更準確的說，是比擬殺人。」

「終於有我喜歡的詞語了。來，幫我倒杯水，再取些花生，讓我聽聽到底怎麼了。」

Y，你妹的能不能嚴肅點。

「你坐在這不要動，我去給你取來。」我的語調關愛中不失戲謔，和藹中不失調皮。

當我把花生米端來的時候，Y已經在看我用錄像機記錄下來的錄像了，才播到我拍葉珩和言思月的畫面。我尷尬地把放花生的小碟子放在Y手邊，他看起來十分心平氣和，並沒有要怪我瀆職的意思，這讓我輕鬆很多。

「我發現一件很有意思的事情。」

「哦？但這之前沒錄到什麼事啊。而且，你確定你知道發生什麼案子了嗎？」我狐疑地問道。

「知道啊。我剛剛迅速瀏覽了你的筆記。你作為助手的工作還是比較合格的。這四樁案子分別對應四隻妖精的作祟。只是好像沒什麼人發現，這看似沒什麼奇怪之處，卻恰恰存在最不合理的地方。」

「有什麼不合理的？」

「如果你發現了不合理的地方，你就會發出這樣的疑問：兇手為什麼要佈置成比擬殺人？」

「這不是營造氛圍，將罪責推到妖怪身上去嗎？」我漫不經心地搪塞敷衍，Y又要秀智商了。

「這或許確實能算得上是理由，但兇手除了放面具似乎也沒有做其他什麼事。而且，員警不會信這一套的，一個正常人也很難信這一套的。你有沒有想過，為什麼你們口中的『士』不在第一次破門時就盜走面具？又有沒有想過……看你還是一副不以為然的樣子，我就不多說了。反正兇手不是故弄玄虛，而是有不得不這麼做的理由的——而且你要是能清楚面具的真正作用，兇手就明擺著了。你快點幫我剝花生啊，話說。」

「好，好，好。」

Y繼續看起錄像來，看到寧復與克莉絲蒂娜爭鋒相對時，他又開口了，極為不屑，「真是個愚蠢的女人。」

「怎麼會，我覺得她說得挺好的。」我確實沒從克莉絲蒂娜推理過程中發現什麼漏洞。

「啊，是的。」Y擺擺手，「自以為看穿一切，其實全程被兇手耍。嗯？我相信，她最後只能解答出兇手精心安排的偽解答。你信不信？」

我這還能說啥？默默看大佬裝那啥就好了。

「我還是喜歡寧復這小子，敢於與邪惡勢力做鬥爭。」

「邪惡勢力？克莉絲蒂娜可是和你一樣的偵探啊，喂。」這句話脫口而出，但我立馬就後悔了，克莉絲蒂娜剛才才說她不是偵探，我這笨嘴。

「偵探？偵探之恥。而且我不是偵探，我是警方可以信賴的合作夥伴，才不是經常性破壞現場，時不時給警方添堵的偵探啊。」

在視頻裡，克莉絲蒂娜開始了她對雪地密室的解答。

「你看吧，果然被耍了。偵探之恥，偵探之恥。」Y直搖頭。看來我之前的預感倒是沒錯，克莉絲蒂娜只給出了個偽解答。

錄像繼續播放，現在這段是淨秋、淨冬關於天狗案的敘述。

「有點意思。屍體不可能到達的高處是嗎？」

「是不是很棘手？」

「棘手？這麼垃圾的手法。秒破。」Y努著嘴，又似是想到了什麼，拍拍我的肩膀，「對了，你給我去問問淨業寺的佈局。順便畫張草圖。」

我幽怨地看著Y，總有種他不過是在逞強的感覺。

「草圖就在筆記本最後一頁。」

「啊，原來如此，我就說最後一頁怎麼有副圖，還以為你在自學土木工程呢。」

「你就嘴硬吧。」我看著我筆記本上那不忍直視的圖畫，土木工程能是這樣的？

Y彷彿沒有聽到一般，他沉思著，然後打了個響指。然後，彷彿沒事人一樣繼續看起錄像來，他見是明心在與淨椿等人爭執，直接跳過了。不過這段本就只有開頭十幾秒。

「這就沒了？」

「還有幾張案發現場的照片。天狗案我是在地上拍的，效果很差。其他的都是近距離拍的。請您過目。」我將手機解鎖，遞了過去。

他只花了幾秒鐘掃了一掃，丟還給我，「我們還是去案發地細看吧。你手機畫質太渣了。」

「先去哪？」

「去哪？先去天王殿，再去羅剎案那裡。天狗案已經解了，再看也沒什麼用了，到時候問問其他人一些別的細節就好了。」Y打了個哈欠，滿不在乎地道。

天王殿的中心，明心的屍體靜靜跪伏著，呈懺悔狀。屍體喉嚨被割破，胸口刻了一個血淋淋的「士」字，據淨椿判斷，兇器是一把彎刀，與羅剎案兇器同款。脖頸擱在蒲團上，血染紅了整個蒲團。

在一大片凝結的血灘上，Y將屍體翻轉，仔細觀察，「記一下，死亡時間是三點十分到三點三十分。致命傷是割喉，當場死亡。手臂切口平整，擺在地上後手才被砍下的。」

我的筆刷刷動著。

不過Y還是在找什麼，他剝開了屍體的衣服。

「你在找什麼？」

「能驗證自己猜想的東西。」Y自顧自說著，突然，他停住了。
「杜，對著它拍張照。」
我看向Y指的方向，那是明心白色的裡衫，裡衫右邊領口內側——貼著肉的那一側——有三道血指印。
見我在拍了，Y就往內殿去了。
說實話，我並不覺得內殿的東西——那些遍佈的木雕佛像，那尊大妖紅蓮像有什麼需要避諱之處。當然，或許寺廟裡的人覺得把釋迦摩尼像換成大妖紅蓮很損聲譽吧。
Y指喚我把蠟燭都點燃。
這是我第一次來內殿。不過在克莉絲蒂娜的告知下，我還是有些瞭解的。牆壁四面各繪著一尊妖精，西邊是天狗，北邊是羅刹，東邊是不知，南邊是濕婆。那扇小後門就在濕婆嘴巴部分。至於地板和天花板則是棺材的內側正面與底面，也就是說，內殿就是副棺材。而這些木雕佛像除地板上的九九八十一尊，其他都是被死死固定在牆壁上的，各個都彷彿茹毛飲血過一般，身上都塗著乾涸的鮮血。
我正納悶為何要來這裡，Y就手腳利索，從地上掄起一個木雕佛像就往地上砸去。
「喂，你……幹什麼啊？」我目瞪口呆地看著。
「這才是佛家人所不想暴露的。」Y砸吧嘴。
我看著開裂的佛像，那裡有一具老鼠的屍體，乾癟醜陋，亮眼蒙塵。
修佛，殺生。佛像，藏屍。

他們的師祖圓慈到底在做些什麼！

如果這裡每尊佛像裡都藏著屍體，那他破了多少次戒？

還不待我阻止，Y又砸了幾尊。裡面是各種小動物的屍體，有蛇有蠍，有蛤蟆，有蜈蚣。

這算什麼？佛，都是蛇蠍心腸？

Y含笑說：「你應該知道今日的淨業寺是在明朝一座廟的廢墟上重建的吧？」

「我大概瞭解。」我乾巴巴地說。

「那你知道曾經的那座廟是怎麼毀掉的嗎？」

我搖搖頭。但我心裡有不好的預感。

Y看向那尊大妖紅蓮像，「女真進犯，附近的百姓來淨業寺避難。結果，寺中和尚通風報信，以此邀功。這裡被屠戮了近千人，寺廟也被焚毀。這些藏著屍體的佛像，或許就在暗示那件事吧。今日的事——」他撲哧一笑，「說不定就是這些先民的詛咒呢。」

接著，Y往寧宏陳屍地去了。我拍完這些佛像後，緊緊跟著，沒有細想他的話。

「這具屍體的死亡時間是十點五十分到十一點五十分。一擊致命。致命傷是喉嚨的刀傷。這兩具屍體傷口一致，是同一款兇器。」

Y指著寧宏的屍體。

之後，Y倒是沒去看葉珩的屍體，畢竟燒成那樣，是男是女都快分不清了。

「我們現在又去哪？」

「唔，先去找淨字輩的那三個和尚問問吧。」Y伸了個懶腰。

不過，很顯然，Y暫時沒有這個機會了。當我們一回到客院，淨椿就迎了上來。他見Y甦醒，先是道喜，然後表明來意，「克莉絲蒂娜小姐請二位去明路禪師的禪房那裡，她說她已經知道真相了。」

我看了Y一眼，他還是那副無所謂的樣子。

第五章　紅

1

我和Y是最晚到明路禪房的人，不過好在克莉絲蒂娜最後的講解尚未開始。這禪房裡佈置了六張椅子，呈弧狀，朝向北方。克莉絲蒂娜就站在椅子前，她低著頭，轉著手上的藍傘，興緻並不高。那副認真嚴肅的樣子，甚至讓我萌生出一種在學校上課的錯覺。

Y倒是毫不客氣地在最後一張空椅子上坐下，我自然是尷尬了。還好淨椿幫我搬了張凳子過來。這樣一來，從右到左，分別坐著我、Y、言思月、寧復、淨椿、淨秋、淨冬。

待我落座，克莉絲蒂娜便也不再秉持著一副沉思的模樣。她開口說：「在這個時間我邀請大家前來，是因為我自認為已經破解了在今夜發生的四起案件，知道了犯下這四起案件的兇手。」

「所以說，兇手到底是誰？」寧復擺出一副急躁的樣子。淨椿一臉嫌惡地看著這桀驁不馴的人。

「我記得淨秋剛剛才和你複述過了我對雪地密室的推理。」克莉絲蒂娜蹙眉。

「但我並不覺得我和言小姐中有人會是兇手。」寧復面色冷冰冰的。

「如果你認為我先前的推理有漏洞，有無法說服你的地方，請說出來。」

沉默，半晌。

「我確實沒找到什麼漏洞。」

「無法指出邏輯的錯誤就代表這確實可能是真相。而在無法得出其他可能性的情況下，這邏輯便是真相。這番話對你來說，或許是謬論，但對我來說，這就是真理。你可以不服氣，但你阻止不了我接下來的發言。」克莉絲蒂娜冷冷地說。

寧復聳聳肩，看似無所謂地道：「你說吧。」

克莉絲蒂娜語速不緊不慢，「前三次討論會中，尤其是第二、第三次，我給出了羅剎案與不知案的解答，羅剎案是藏在死者衣服內、偽裝屍體，不知案是藏在佛像內。很遺憾，在場的人中只有寧復和言小姐能辦到且沒有不在場證明。但也很幸運，我們能將嫌疑人縮小到了寧復和言思月兩個人中間。

「現在擺在我們面前的只有天狗案了，如果不能破解，就算找到某一人不能犯案的鐵證，也不能直接給另一人定罪。因為我們無法讓人就此認定另一人可以完成這個案子。不過現在嘛，我對天狗案有了合理的解釋，並且這個解答可以將兇手縮小到一個人，也就是說，可以找到這四起案件的真兇。」

眾人都專註地看著她，沒有人嘗試著打斷。

「我最初發現這個手法憑藉的是綁在房樑上的繩套。就是這個。」克莉絲蒂娜將那個染血的繩套拿了出來，「請注意看繩結以下的部分。最初我沒有發現異常，因為它離屍體實在太近了。不過淨椿，你當時應該發現了。只可惜，你覺得那地方沒有什麼奇怪，所以沒告訴我。」

淨椿盯著那個繩套，「8」的下半部分，也就是本來用以套住屍體頭顱那部分，它整個一圈都被血液染紅了。他當時確實見著了，還暗自奇怪過，但這有什麼特別的？

「當時的屍體已經被斬首良久，血液不會噴灑，而葉珩和寧宏也描述說血液只是順著脖子流下。按照常理，這個繩套的下半圈頂多一側是血。那麼，這個繩套的下半圈為什麼兩側全是血——所有地方是血？」

淨椿深吸一口氣，「好像確實不可以。我記得當時屍體雖被鐵鉤鉤住，但位置是沒基本沒變的。斬首的切口如果只是從底側噴灑，最多也只能染紅下半圈以及上半圈內側。」

克莉絲蒂娜接過話頭，「這帶來兩個問題，一是兇手怎麼把整個繩套染上血的，二是兇手為什麼要染血。而我勘破這個案子最初靠的就是這兩個問題。這條思路並不好走，但我希望你們能耐心聽我完對於整個過程的論述。而在我說完後，再來看這個推理是否正確。對於我剛才提出的問題一，只有兩種可能，一是綁繩套的時候就染血，二是第二次蠟燭熄滅時染血。我認為，只可能是第二種可能，因為在這種情況下，兇手可以利用屍體的一樣東西來掩飾兇手的手法。那就是血液，在我的假設的詭計中，兇手一共利用了血液的三個特點。血液的第一個特性是它有溫度。」

「但屍體不是已經冷卻了嗎？」我記得克莉絲蒂娜和我說過這點。

「所以啊，明路禪師恐怕是在葉小姐進入明心住持禪房才遇害的。只是由於天氣寒冷，等到淨椿等人觸摸屍體時，便已經冷卻了。」

「這……兇手要掩飾什麼？」

「而兇手想要用其血液溫度掩飾的是冰。」

「冰？」我嘟噥。

「下半圈繩套上結著的一層冰。兇手取走頭顱後，將頭顱裡流出來的血或者脖子湧出來的血塗抹在繩套上，用這個溫度和室內的溫度加速冰的融化。我和淨椿上去查看屍體距離兇手做這一切，已經過去了二十分鐘了。這時間已然足夠。但兇手更看重的是血液的第二個特性，血液是濕的。發現者見到繩套上的血液，自然便不會因為繩套由於冰融化導致的潮濕而產生懷疑了。」

「但是……」

「兇手可以做到的。他有辦法把血塗在繩套上。因為他當時就在半空中，就在屍體的邊上。他的的確確浮空了。他親手把死者的頭套進了繩套裡。」

「怎麼會？」我不斷地發問，就像一個懵懂的孩子。

「關於浮空的事，我們待會兒再談。我方才說，兇手想掩飾的是冰，而由此可以產生的問題是兇手為什麼要用冰。我想，冰是用來固定繩套形狀的。兇手讓繩套呈一個固定的圓，方便他將屍體的頭顱放入。而在黑暗中只讓繩套成圓還不行，這就要說到兇手利用血液的第三個特性了。那就是顏色，血是有厚重的顏色的。兇手在繩子上應該塗抹了一定量的熒光。而血液的顏色將其掩蓋了。兇手能將死者頭顱套入靠的就是冰和熒光。而他又用血液將利用這兩者留下的破綻一併抹去了。這就兇手取頭、且是在第二次蠟燭熄滅時取頭的原因：他需要用血。」

「你這些只是腦補。」

「你說得沒錯。但我認為，不論兇手手法如何，冰、熒光這兩樣東西都極為重要。他就算真能飛行，讓繩套保持圓形，用熒光辨別繩套位置，都是有用的。更何況，人不是鳥、亦不是天狗，便更需要了。誠然，這樣的揣度意義不大。但如果我能真的證明使屍體到達不可能到達的高處的這個手法可以達成，且這個手法確實需要冰、熒光，那我對於取頭行為及其時間的推測便是有依據的，可以被認為是正解。所以，我懇請諸位聽完這一段論述，再做評議。

「而這個手法的第一大特徵必然就是它能使人逗留在空中。第二個特徵則是它給人的活動帶去了限制，這從用冰使繩套成圓可以看出。我之前說就算兇手能飛行，讓繩套保持圓形也是有用的。但是有用不代表一定要做，尤其是在這個行為較為繁瑣且並不是必要的的時候。所以我們可以認為，兇手是不得不利用冰使繩套變成固定的圓形，而這透露出這樣的訊息：兇手沒有足夠的時間讓他將繩套打開來把死者的頭顱塞進去，他將死者頭顱塞進繩套是瞬間的事情。熒光起到的作用則是可以幫助兇手確定位置。

「推理到這裡，其實我走入了瓶頸。雖然是當時差點摔落的意外令我茅塞頓開，但我還是打算從另一個方向繼續推理，不然太過跳躍。我其實一開始就應該從這個方向開始推理——剛剛只是提出了我推理的源起，這個方向就是：屍體既然不可能從通風口進來，那麼，當時這裡絕不可能是密室。或許，你們會認為當時屍體和兇手都在屋內？但是既然屋內的人都遇害了。這種可能性自然可以排除。而唯一的可能性，自然是從門進入，亦即現場並非密室。」

「可是，當時的人都說這裡是密室啊。」淨冬嚷嚷。

「你可還記得他們為何會說這是密室？我是指在蠟燭熄滅的情況下。」

「因為……」淨冬抓耳撓腮。

「月光。」淨秋則脫口而出。

克莉絲蒂娜振振有詞，「沒錯。但當時如果就算打開門，也看不到月光呢？我想你們都注意得到吧，這禪房的門就算打開也沒有任何聲響，所以只要能使得沒有光亮照射進來，就算開了門，也會被認為沒有開門。而要想遮擋月光，一大塊黑布即可。現在，門是開的。這個門誇張得有四米高。這個禪房南北長八米，東西寬六米。屍體在曼陀羅華正上方，即離門有足足四米的距離。兇手在這種格局之中利用了一個最基本的物理現象或者說物理裝置之一。」

最基本的物理現象、物理裝置？我苦笑。

克莉絲蒂娜直接表明：「那就是單擺。高中生的題目裡每每能夠遇到以單擺為原型的題目。而其中一種是在單擺的必經之路上放置一顆釘子。你們可以把門梁看做這個釘子。亦即，我們現在從東向西看——這是一個側視圖。保留屋頂的直線，保留房梁的釘子，而兇手的做法就是把自己作為球，然後在屋頂可以綁繩子的地方——比如說銅鐘或柱子——綁繩子以作為單擺的線。在理想的狀態下，不考慮房梁、摩擦力什麼的，當兇手在距離南牆十米且高度亦是十米的地方落下——這個地方就是門口正對著的樹，最終會到達與之對稱的地點。而在現實中，由於力的損耗，兇手不可能到達十米。而加入釘子的障礙後，兇手經過釘子後的擺動半徑變短，速度也會加快。高中的知識，你們理解吧？」克莉絲蒂娜一副我相信你們智商的表情，眼神狐疑。

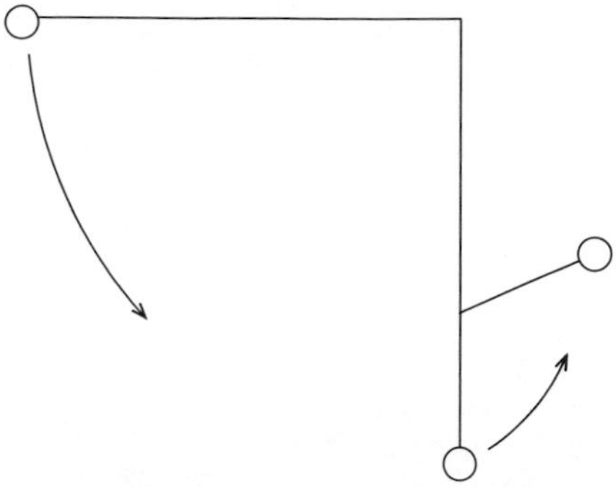

「那那塊黑布……」

「黑布很大。至少要將單擺的路徑完全容納。而且一開始不能讓通風口露出來。這可以用膠帶、線來操縱。具體的話，應該是這樣的：在屋頂兩側的柱子上各綁住黑布的一角，在這種情況下，中間部分不會遮住月光，但是兇手用膠帶將中間部分粘在屋頂上了。而同時，兇手也用線做了機關，使得一拉扯就可以讓它變回原樣，月光便又能通過通風口了。至於開門，用同樣的機關原理就是了。這裡一個前提是，門不被閂上。但明路還有沒到，又怎麼會上門閂？

「接下來，我來述說一下兇手犯案的全過程。行兇時間不會和葉珩進屋時間隔太久。而在葉珩進入明心禪房後，兇手在屋頂繫好黑布兩角、綁好繩擺、做好繩和膠帶的機關後，將十幾米長的黑布扔下，再把通風口打開。此處的繩擺應該是兩根繩外加一塊板，就像那種雜技演員所用的。兇手站在木板上即可。接著他來到雪地，在門上放繩子，並用膠帶粘上，一扇門一根繩子，一共兩根，將它們繞過十米外左右對稱的兩棵樹。再然後，他帶著黑布的另一邊、一根控制通風口黑布的機關線、兩根控制門開啟的機關繩、屍體、繩擺、天狗面具來到樹十米高的地方。繩擺長度就是十米，同樣可以設計相同原理的機關線，來將它拉上樹。而如果擔心雪地會被發現，可以在雪地上再鋪一層黑布。

「再之後，等蠟燭第一次熄滅，兇手拉扯機關繩，將門打開，接著盪下去，將屍體的頭顱套在由冰固定的繩套上。接著，把天狗面具給屍體戴上。那時的狀態恐怕屍體、兇手、雙繩都繃直了。我們可以計算一下，房梁九米高，房門四米高，屍體到南牆四米，根據畢氏定理，又考慮到吊屍體繩子的長度，只要屍體上半身—兇手—雙繩這一條線大致只要到達6的長度即可。雙繩四米加兇手身長大致1米7加屍體上半身，6米是足夠的。戴天狗面具，也不過需要一個臂長。而要盪回去，兇手也只要爬到能抓住死者腳腕的地步，以保證兇手彎曲身子就能抓住雙繩，重新坐到木板上便可，這能防止盪回去時兇手的掉落。

「第一次蠟燭熄滅有三十秒，兇手盪過來，盪回去，時間也是足夠的。而他盪回去以後，直接落在雪地上，抓住繩擺，以防它再盪回去，撞在門上。然後，他再次爬上樹，拉扯機關線，讓月光通過通風口，等待蠟燭第二次熄滅，盪下去。這回，他抓住死者的雙腿，然後順著屍體往上攀爬。用鐵鉤將死者鉤住，將天狗面具放到腰間，用刀將頭與身體的膠水粘合去除，取走頭顱，用之前的方法盪回去。在中途落下，抓住繩擺，將門關上。最後，帶上地面的黑布，順著雙繩爬上屋頂，回收天空中的黑布。這塊黑布在樹上也可以只是用膠帶粘上。這黑布由於積蓄了一些降雪，在被收走後，會將兇手的腳印覆蓋。最後，兇手將一切作案工具裝到屋頂的鼓裡。那張鼓同樣被做了手腳，做手腳誰都可以。如此一來，只要之後取走這些黑布、繩線在濕婆案中一燒，便再沒有什麼證據了。如此，犯案手法的講解已經基本結束了。不過還有一點需要注意。那個繩套並非一開始就繫好，而是通過通風口用長工具將其放到房梁中央。」

「但它沒法移動。」我其實已經聽不懂了，頭腦昏昏漲漲，但是關於這點我還是拎得清的。

克莉絲蒂娜有些疲憊，「是，但是它一開始可以移動，沒有真的繫上，只是將結構事先制好，而當兇手將死者頭顱放入，重力便將繩結澈底繫牢。」

「那兇手到底是？」淨椿關心地問道。

「我們都知道寧宏跑出去後，沒見著兇手腳印。有兩個可能性，一是他還在屋頂，他等寧宏回到明心禪房才離開，二是他在寧宏跑回自己屋前就通從兩棟禪房上下鐘樓、鼓樓的階梯離開——這樣走，可以直達連廊而不留腳印。但結合之前的推理，兇手既然是寧復、言思月之一，便只能是第一種情況。淨字輩的三人第一、二種情況都可以辦到。從腳印來看，尚且無法解決這件事。只是大家認真想想，這二人中能完成這個詭計的人是誰呢？這樣的膂力、身手，很抱歉，寧先生，我只能認為是你。至於動機，或許是父子不和——你對令尊的安危實在太不放心上了，而明心等人可能是掩蓋你真實目標的障眼法。也可能你真有強烈的不為人知的動機，要把所有明字輩的人都屠戮一盡。」克莉絲蒂娜言語甚為有力，走得離寧復越來越近，最後直接像是貼在了他臉上。

「搞了半天，還是回到了我的身上。」寧復摸著自己乾淨的下巴，「我是永遠不可能承認一件自己從沒辦過的事的。當然，言思月這個弱女子也不可能。所以，你錯了。」

「那很可惜，按照邏輯，我得出的結論只能是這樣。」克莉絲蒂娜退後幾步，「如果你能想出別的解釋，自然能證明你的清白。」

「你這是在為難我。」寧復面無表情，雙眼眯成一條縫。

「很抱歉，寧先生，你只能自救了。」克莉絲蒂娜淡淡地言語。

「反正我沒做，這是兇手在嫁禍。」寧復堅持說道，毫不慌亂。他擺出一副防禦的姿態，冷視周遭偷來不善目光的人。

克莉絲蒂娜像是失了力氣，事實上，她現在腦袋很疼，「我不會抓捕你，我沒有這個權力，但我會把我的推理告訴警方，至於他們是否採納，則不是我能管的了。」

死寂。

昏暗的燭火壓迫著眾人。

2

淨椿心中極不平靜。他在克莉絲蒂娜話音剛落的那刻便立起身。他本就在寧復身畔，滔天的怒火與恨意讓他失去理智，他直接一拳打向寧復。可這一下，卻讓他吃了苦頭。寧復身手之高超乎他的想像。手臂不知怎麼來回一撥，就讓淨椿這糙漢子跌倒在地，全身疼痛。

克莉絲蒂娜心裡滿是驚訝，她從他的動作裡看出他是個練家子，而且那淩厲的殺氣，讓她毫不懷疑這個人殺過人。

「諸位。」寧復面色冷峻，一如既往，不動如山。

「你逃不掉的。」淨椿悶哼道。

「我沒想逃。克莉絲蒂娜小姐，你說我只能自救對不對？」寧復的臉上終於帶上了一抹笑意。詭笑。

克莉絲蒂娜一陣雞皮疙瘩。虛虛實實，真真假假，到底是魯莽還是精明？看似深陷危局，其實穩坐釣魚台？

「我有另一個兇手的人選。你們聽完不嫌棄的話，可以將它視作第二重解答。」寧復語氣平淡無奇卻更顯囂張。關於羅剎案的討論及之後他的憤然立場，倒不是他愚笨、魯莽，而是他與克莉絲蒂娜有著不同的價值判斷，且葉珩在聽到克莉絲蒂娜解答前明顯對他有刻板印象。在他看來，不能百分之百的否定，那就得好好思量，就算能百分之百的肯定，也要得有如山的鐵據。

「第二重？解答？」克莉絲蒂娜跟著喃喃。

「是的，我認為我的解答同樣可以解釋這幾樁案件。一個極為簡易且很容易想到的解答。那就是，這個所謂的暴風雪山莊裡還有除我們以外的——第十三個人。」寧復背對著我們，直勾勾地看著克莉絲蒂娜。

「放你媽狗屁！」淨椿忿忿而粗俗地詈罵道，「明明排除過這個可能，你是不是耳朵裡塞屎了？」

「那是在不知道有佛像暗室之前。」寧復輕描淡寫地反駁，沒去管那些粗言罵語，「但如果當時兇手是在淨秋回屋，你和克莉絲蒂娜去北院之後去了天王殿呢？」

「那只是可能。」淨秋拍拍淨椿的後背，搶先說道。

「我想應該就是這樣。葉珩小姐之所以無法相信克莉絲蒂娜小姐的推理，全然是因為她沒看到。」

「沒看到？」克莉絲蒂娜眼珠飛速轉動。

「是的。在你被淨椿叫去後，她出門了，就在門口。她沒看到有人經過。」

「你怎麼知道？」我飛速發問。

「因為我看到了。淨椿的敲門聲真的很響啊。我在她的斜對面，只開了一條縫，所以她才沒見著我。」寧復困擾地搖頭，「我同樣沒見到人離開，所以會這麼懷疑淨秋。」

「你怎麼不說出來？」

「葉珩不也沒說嗎？她還很奇怪地懷疑我，一度讓我以為她和淨秋是幫凶——如果有人說出無人經過證詞，並尋求葉珩的證實，她就可以予以反駁。如果真是這樣，她一說她沒出門過，我說出這一證言豈不是自找麻煩？現在想來，她只是在還沒釐清現狀的情況下，固執地覺得我嫌疑大。這可真是令人厭惡的偏見。至於她後來不說出來的原因也很簡單，懷疑圈只有三個人，這種情況下，她怎麼說得出口？」

「這只是你的一面之詞。」克莉絲蒂娜聲音微顫。

「你說得沒錯。但我還是得繼續說下去，不管你信不信，我只要說得員警信就好。」寧復指點道，「如果葉珩還活著，我們一對證詞，我們倆就都清白了。可惜，她死了。她當時聽到你的偽解答一定極為困擾，也一定發覺我應該不是兇手了。嘿嘿。其實我不說這句證詞還有一個原因。坦白地說吧，反正之後調查就能查出來的，其實寧宏雖然是我父親，但我們關係很不好。就算淨秋、葉珩二人真是兇手，我也得感謝他們，又哪裡會直接拆他們的台呢？但是嘛，淨秋嫌疑這麼大，不懷疑倒顯得我知道什麼一樣。」

我能感覺到寧復內容之真實，情感之豐滿，邏輯之清晰，不像是編造的，但正如克莉絲蒂娜所言，這只是他的一面之詞了。

「哦，對了。我還是說回第十三個人吧。羅剎案很簡單，就是克莉絲蒂娜說的手法，只是兇手回到了天王殿，所以我和葉珩才沒看到。天狗案也是一樣。不知案兇手恐怕原本有別的計劃，但偏偏明心撞到了槍口上，兇手可不會錯過這樣的機會。」

至此，寧復成功地化克莉絲蒂娜的解答為自己的解答，給出了一個同樣合理而無法排除的解釋。克莉絲蒂娜推理伊始，現場的氣氛就已然沉鬱。而當她的推理結束，我本以為能緩一口氣，但沒想到，寧復將克莉絲蒂娜的解答化為自己的堅固堡壘，這次我甚至連呼吸都成了困難的事。

「一個外人怎麼知道寺內的暗室？」

「比起那恐怕是明塵的人，我更應該是外人。」寧復不緊不慢地說道。

「兇手躲在佛像裡，不冷嗎？」

「連杜安他們都能從暴雪中過來，這點又算得了什麼？」

「那麼，兇手呢？他現在在哪？」

「你這些問題都不痛不癢的。兇手自然是離開了，雖然山路危險，總比待在寺廟安全。至於離開的足跡——過去了這麼久，要是邊走邊掩蓋，風這麼大，也是可以削平整的。況且，我們連兇手走哪條路都不知道。」

克莉絲蒂娜沒再發聲。

就在這僵持不下的時候，Y咳了聲，「不好意思，我想你們的解答都大錯特錯了，而我知道真兇是誰。」

此語一出，不啻平地驚雷。眾人都明白，若是要推翻二人的解答，除非認為言思月是兇手，否則不僅要解決雪地密室的手法，還得考慮密室斬首的空間突破和時間上的不在場證明。本來聽著克莉絲蒂娜和寧復爭鋒相對，我就已然極為糾結。如今現在更奇妙的事出現了，Y竟然聲明他知道真相了。要知道現在是六點二十，距離他醒來還不過一個小時。

Y整了整儀容，端正了坐姿，蓄勢待發著。

「你就是Y先生吧？」克莉絲蒂娜眸光微變。

「是我。」

「你覺得我們的推理有漏洞？」

「說句不好聽的話，我覺得你和寧先生的推理幾乎都可以說是全盤錯誤了，這三起不同類型的密室無頭屍都需要不同程度的解構。最顯而易見的錯誤在於，你們對於羅剎案屍體未刻『士』字且未帶走雙手的這一與其他三案截然不同的事實竟無動於衷，全然沉浸於自己的幻想中。我自認為推理出了真兇，而且可以在推理的過程中推翻你們的結論。」

眾人面面相覷，議論紛紛。克莉絲蒂娜尤其陰晴不定，她緊緊握著自己的傘柄。寧復則露出一個玩味的笑容，橫著伸出手掌，似乎表示說舞臺交給你了。

但還不待Y說些什麼，克莉絲蒂娜卻站了起來，面容瞬間解脫，「Y先生這麼自信，肯定是知道真相了。我想我這礙事的自大的人還是出去透口氣好了。我總不會是兇手吧？」說著，她便往禪房外走去，沒入黑魆魆的夜幕。這讓一夥人面面相覷。

Y倒是沒有阻攔。

「我去看看她。」我彎著腰，低聲道，匆匆跑過。出屋後，我加快腳步，跟上了她。她正漫無目的地在林間穿行，最後在一根不顯眼的大樹邊蹲下，坐在突出的粗壯樹根上，身子窸窣地顫動著。我來到她身後，不知道該怎麼辦，心裡直犯嘀咕。

「你跟著我做什麼？怕我尋短見？還是怕我逃了？」克莉絲蒂娜帶著鼻音，一向傲氣的她竟然哽咽著。

我茫然無措，雙手不知道放哪裡好，「我只是覺得一個人在雪夜裡會很孤獨。」

「孤獨？」她抹抹眼睛，轉過身。我看見她眼睛已經紅腫，瞳臚依舊在不斷湧出淚水。瓦爾登湖，也會洪水泛濫嗎？我有點搞不懂，明明不久前她還很自信、還很堅強。從來只有她安慰別人，為案件操勞，為大家排憂解難。這樣的她或許已經不是克莉絲蒂娜了。

她晃了晃手上的藍傘，「你覺得我為什麼要帶著把藍傘？」

我搖搖頭。

她淚眼婆娑地笑著，深情地看著藍傘，「有了它，我就不是單著了。」說完，她又轉回身去，斜靠著結著疤痕的樹幹，仰望夜空。在那片廣漠幽暝之中，繁星正在離席，而月亮更是早早不告而別。畢竟今天是農曆初六，只有上半夜有月亮。她僵直著脖頸良久。我也僵立了良久。但一陣狼嚎後，手腳酸痛的我便主動且一言不發地坐到了她旁邊。

「講講林家的事吧。畢竟是有參考答案的題，我來做做看。」克莉絲蒂娜聲音正常多了。但也不是以前那樣淡漠，反而有了許許多多的人情味。

我點點頭。那最後一塊拼圖，就是林焱的告罪書。

3

諸位警官，我是林焱。我聽說你們依舊困擾於十字莊的那件案子啊。這對我，當然有百利而無一害的。但是我相信員警應該不會真的愚蠢到給那個我屠刀底下的可憐倖存者定下罪名。既然如此，我為何不在你們尚未釐清真相之前，寫下這封告罪書，狠狠地羞辱你們呢？你們可知道——我一定要你們知道——當我聽聞你們的困擾時，我足足笑了一整天呢。刷牙在笑，睡覺在笑，看書的時候也在笑。好久沒有這麼痛快地笑過了！謝謝你們，真的很感謝！

既然是告罪書，我哪能不說說自己為何要殺死那些所謂的我的家人呢？你們也應該很想知道的吧？哎呀，從哪兒說起呢？這就得隨我了呢。你們都知道吧，林家也曾是個煊赫的家族。但我出生的時候，林家並不富庶。這林家之主雖是我的伯父，但若無我，這林家恐怕也早已毀了吧。我這算是功過相抵了罷。

我出生時，便有一個姐姐，那年，她五歲。承蒙她的照顧，在父母多離家的境況下，我並沒有感到自己經歷了與別的小孩不一樣的童年。後來又多了兩個小天使，一個比我小三歲，一個比我小六歲。我便以姐姐對我的熱切來照顧我的兩位妹妹。可以說，我便生於女人堆裡。可好景不長，父親在我十歲時去世，母親亦身患沉痾，臥床不起。我們一家併入伯父家，與他們一起生活。

我的母親常叮囑我，我是家裡唯一的男人，我要保護好我的姐姐和妹妹。那時，我雖年幼，卻也感到了一份責任。十六歲那年，母親去世，羽翼未豐的我成了姐妹的支柱。我深感壓力重大。那時伯父的企業遇上了危機，伯父也積勞成疾。我臨危受命，以自己的見識嘗試著為他排憂解難。或許是有神明庇佑，又或者我確實有經商的頭腦，我的意見被每每採納，林家竟因此渡過難關，更上層樓。伯父也因此對我甚為器重，在我成年之際，他掏空心思，送我去國外讀書。此時香姐回國闖蕩，也有了自己的一畝三分地。兩位妹妹也尚且稚嫩，我實難安心，便拜託伯父一家代為照顧。那或許是兩家人最為和諧的一段時間了。

大學畢業回來後，我同樣沒有久居家中。伯父已經居於幕後，我又怎能不擔待起來？只是，某次回家，我發覺了些許不對勁的地方。那次，林鑫帶女友回家，被我撞見。這本是件小事。但沒過幾天，我便偶然聽聞他女友與他分手了。我好奇之下，詢問原因，竟意外得知她在我家見到我姐姐與我伯父在行苟且之事，這使得她倉皇逃離。

我得知此事，自然不信，但詢問姐姐，得到的消息卻讓我難以相信。姐姐向我坦白，不僅是她還是另兩位妹妹，都已失身於他。而且當年他的企業渡過難關，靠的哪裡是我的才智，其實是他用我姐妹的肉體換回一些資本罷了。要知道，當年，目妹不過十三，小妹更是只有十歲。而這種事，現在亦時常發生。念至於此，我心裡除了憤怒便是悔恨。

姐姐說她找了男友，想要脫離這種生活。我便決定幫她殺了林發晨和他的兒女。可萬萬沒想到，林晶與我之間竟出了狀況。那時我酒後亂性，與她做了荒唐事。心慌了三月，我又知曉她懷孕的事，只覺天打雷劈。我更加愧疚了，也更加迷茫了。我曾旁敲側擊地問過目妹和小妹，她們都不露痕跡，這讓我尤為困擾。而這時又傳來香姐死亡的消息，我的心徹底麻木。不能報仇，又不能不報仇。我從未這麼猶豫過，只希望誰能給我明示。

本月九日，一個意外得知的消息，卻讓我出離憤怒了。林晶肚中的孩子明明是個野種，卻賴在我的身上。什麼酒後亂性，都是設計好的。那時，我的心裡只想殺人以泄憤。林發晨該死，林晶該死，林鑫、林淼不會不知，說不定自身也參與其中，他們都該死。但多日的折磨讓我不想讓他們結束生命太過迅速。我用幾天時間準備了充足的工具，制定了周密的計劃。殺人是藝術，有藝術感的殺人才能稍稍平息我的憤怒。

有幾個點，我須說明。六號樓建築的彌補是香姐的願望，我自然要完成。至於七號樓林晶這個賤人，我自然要讓她赤裸的身體被他人看到。而為何我連我的兩個妹妹都沒有放過？又為何放過了吳博安？呵呵。有的時候，人之罪不在於放下罪惡，也在於受罪之時沒有反抗、逆來順受。更何況，受到玷辱而成為奴僕的人，死亡是其唯一的解脫。我愛我的兩個妹妹，這是她們最好的結局。至於吳博安，我想香姐也不願看到他的死亡吧，且他本就是無關之人，我又何必非與他過不去呢？

怎麼樣，諸位警官，是否突然覺得豁然開朗？但六號樓那建築如何建造、七號樓如何把人吊在高處、一號樓前的雪地密室，四號樓林發晨膠帶密室內被殺的謎題還待各位解答。

4

禪房內。克莉絲蒂娜剛剛離開。

寧復最先打破寂靜，饒有興緻地問道：「不知道Y先生是怎麼想的？」

「杜，把第一段錄像播放一下。」Y等了會兒，發現沒人應答，才發現人已經不在了。他敲了下自己的腦袋，嘰哩咕嚕地罵了幾句，開始自己播放視頻。

第一段錄像的開頭記錄的是淨椿去通知其他人寧宏的死訊這一段。

淨秋裹著被子：「師兄，我能否再待一會兒，我會馬上起來的。」

淨冬裹著被子：「嗯？死了？還是讓我再睡一會兒吧，就一會兒。嗯？雪地密室？無頭？這是羅剎作祟，羅剎作祟！真的！哎喲。師兄，別打。我錯了，這不是羅剎作祟，別打了！」

明心吐血：「明山怎麼可能會死？告訴我，這究竟是怎麼回事？」

「就是這句話。」Y眼疾手快地按了暫停鍵，「明心住持的這句話已然向我們證明瞭他就是兇手。」

「怎麼可能！」淨椿驚得躥了起來，他面紅耳赤的，「住持已然仙去了，安能如此汙衊他？」

「就是！」淨冬指著Y，怒不可遏。

「我可沒有汙衊他，他就是兇手。」Y碎碎念。

「不知這句話有什麼問題？」淨秋平靜地問道，但卻死死凝視著Y。

Y揮動著手指，「『明山怎麼可能死』這句話透露出這樣一則資訊：他認為明山不可能死，肯定不會死。但事實上，當時大家都明白寧宏、明心、葉珩三人都是兇手的目標。那麼，寧宏死了，明心驚訝的確無可厚非。可是這一句話，奇怪和驚訝的分量可是一樣的。而他之所以可以肯定寧宏不會死，只能是因為他就是策劃了明路死亡的兇手。而寧宏又的的確確遇害了，只能認為寧宏其實是被另一個人殺害了。而明心不知道這個人是誰。再參考天狗案，我相信明心應該還有一個身手矯健的幫凶。」

淨椿聽了Y的分析，細細品味明心的言語，亦覺個中意味難明。他暗忖道：怪不得那時，總覺得有些不協調，住持醒後，看似迷惘，實則清明，不問時間幾何，亦不關心昏迷後的事端，甚至不在我出門時讓我帶傘，似對這時間、事件、雪停都早已瞭然。如此說來，他掃了兩位師弟一眼，暗暗心驚，一滴冷汗劃落，能告訴住持時間的不就只有他們了嗎？思慮至此，外界的一切言語竟都不能再入耳了。只在意識到二位師弟都有不在場證明，無法對寧宏和住持下手，才寬慰些許。

另一邊，寧復倒像是與命案無關一般，脫身事外，再不管眾人討論了，看那副架勢，似又要坐享其成。

「奇怪可能是因為原計劃先殺的不是寧施主。」淨冬咕噥道。

「那你會因為一個本來就計劃要殺的人被殺了吐血嗎？」Y瞪了他一眼。

「為什麼就不能是住持的幫兇殺了寧宏？天狗案用了天狗面具，羅剎案用了羅剎面具，我不認為這是兩夥人做的。」淨椿質疑道。他的話儼然是承認了明心是兇手。而此言一出，淨秋和淨冬都驚恐地看著他。寧復也輕輕一笑。

「面具並不能代表什麼。」Y垂下眼皮。

「你這話什麼意思？」

「如果單單靠這些個面具就認定這四個案子是一夥人犯下的，那就太天真了——這也是克莉絲蒂娜推理失敗的原因之一。舉一個最簡單的例子，B在殺害寧宏後，A見到了，並且把羅剎面具放下。我說這話並沒有指控淨秋師傅是A的意思，我只是提出一種可能性以證明命案現場都出現面具並不能百分之一百地證明這四案同犯。所以我們先不要去管那些個面具了，我們不妨先停留在明心是兇手，他有一個幫兇叫A，而羅剎案、不知案——鑒於刀傷一致——都是B做的這個局面上，可否？」

「但是……」淨椿有些猶豫。如果是兩夥人，那麼，淨秋、淨冬置身事外的概率就更低了。他無法接受他們其中一個——會是兇手。

「我並沒有說A、B不能是同一人。」Y謙卑地道，「那麼，在克莉絲蒂娜的解答中，寧復自然既是A，又是B。那寧復在天狗案中所用的手法就得改變一下了，我們需要完善解答。其核心正如克莉絲蒂娜小姐所說的那樣。但是，在蠟燭第一次熄滅時，寧復只是把通風口打開了，而沒有坐鞦韆盪下去、盪回來這個過程。也就是說，屍體從一開始，就在九米高的地方。而寧復把屍體放上去，靠的其實只是梯子罷了。真是對不起，這格調一下子就下來了，但可行性卻蹭蹭蹭上升了。而且，在明心是同夥的情況下，他也確實沒有如此冒險的必要。」

「只是在第二次蠟燭熄滅的時候，寧復使用的確實是單擺原理。只是寧復用的只是一根綁在腳上的繩，而非兩根繩加木板。事實上，後者在半空中對兇手的活動限制極大，不好操作，而且很容易出現意外。而一根綁在腿上的繩，只要他在取頭後，重新抓在腳部，彎曲身子，他就不需要騰挪就能抓到繩子了。而且，我同樣不認為事後取頭能有那樣的出血量。我認為當時那些血，是兇手新加的。他可以留著屍體砍頭或砍手所得的血，等到來到半空中時，灑在屍體的脖頸上。

「後者最大的問題還在於斷裂後重新縫補粘合的脖頸能否承受兩個人的重量。而前者不需擔心這一點——承受重量的不只是脖頸還有吊屍體用的粗鐵鉤。至於繩套上的血跡，恐怕是你中了圈套，它確實是事先塗好的。目的就是在被發現手法以後，同樣能夠使人不懷疑屋內的人。因為兇手如果能使人認為他完成這個手法需要冰和熒光，就不會認為明心是兇手了。而兇手取頭也有這層考慮，如果只是蠟燭熄滅，出現無頭屍，那明心必定會受到懷疑。而取頭之後，我們既然親眼見證了這一切，那麼，對於屍體憑空出現便很容易接受了。只可惜，明心作為幫凶，實在太不專業了。
「怎麼樣？我想單從這一詭計可行性分析，我們可以認為寧復用的是這個版本，而明心確實也是兇手之一。當然，只是寧復一人操作也並非不可，只是成功率極低。而我們絕對沒有理由抱著一個低成功率事件而拋棄一個高成功率事件，尤其是這個高成功率的解答更符合明心、寧復的言行與心理。我們不若把這二位是兇手的結論作為第三重解答。」Y滔滔不絕。
寧復在一旁嗤笑，「Y先生，怎麼直接不管我的解答了。你可沒法排除第十三個人的存在。」
「寧先生，請不要急，你們兩位的解答的不足之處都是一樣的，等我的邏輯到了能推翻克莉絲蒂娜小姐的解答時，你的解答，也就一併瓦解了。我姑且可以把明心和第十三人合夥行兇作為第四重解答，以示公平。」
「那好，那我看你要怎麼為我辯護。」寧復翹起二郎腿，像是參加茶會一樣悠閑。他畢竟是握了張免死金牌的人哪。
「好的，現在我繼續，其實不只是寧先生，除了二位女士，其他人同樣可以採取這個方法。而我個人認為這不是甯複先生做的，因為如果寧複是是兇手，那在天狗案中，血圈就成了完全無用的誤導。無論留不留，寧復都是兇手。」
淨秋開口了，滿面愁苦，似認命般，「血圈的誤導本就不是為了排除寧復，而是讓人認為兇手沒有幫凶，是在排除住持。」他也鬆口了。
「但他後來明明要將明心殺害，又為何要保護明心？」
「也許他是要獲得住持的信任，方便他對住持下手。」

「可笑的是，他在對明心下手前殺害了自己的父親，而這是明心所不願看到的。我想明心一定和自己的幫凶說過才對。」

淨秋沒有再答話。

「其實無論兇手是誰，他既然後來要對明心下手，就不會違背明心的意志去殺死寧宏，甚至於在現場留下羅剎面具，這對於兇手有弊無利。而任何一個人都會趨利避害，這不像是明心幫凶會幹的。」

「看來確實有A、B兩個人，正如你先前所說，羅剎案和不知案是B做的。」寧復笑意更濃。看著他那副醜惡的得意嘴臉，淨椿越來越有不好的預感，如果他不是A、B中的任何一人，那真相簡直無法想像的。

「不，殺死明心的一定是他的幫凶。這點，我可以打包票。」Y狡黠一笑，「我先前去看了看屍體，明心的死亡時間是三點十分到三點三十分。致命傷是割喉，當場死亡。手臂切口平整，擺在地上後手才被砍下的。而裡衫右邊領口內側有三個帶血的手指印。」

一直寡言的言思月看向Y，「這能說明什麼？」

「這說明這具屍體死的時候已經有血了。死者可是一擊致命的啊。死者在兇手開始動手到行兇完成之間，可能有意也可能無意識地用手抓住裡衫領口，順便將手上的血留在了裡衫領口內側——看來兇手可能是從後面偷襲的。我們更應該好奇一下血的來源。很早之前？那手指上有血肯定會被發現。斷手的？如果真是這樣，明心就是躺在地上乖乖地先被砍掉左手——指印在右側，又光明正大地留下指印，最後還安安靜靜地被割喉。這顯然不現實。所以我們很容易想到，死者手上的血不是自己的。

而一個合理的判斷是，當時地上已經有血了，屍體也是。那麼，明心為什麼遇襲才呼救？我只能認為血就是明心自己潑上去的、屍體也是他自己搬的。他利用那屍體導演了一幕自己的死亡，為了金蟬脫殼。」

「這麼說，那具屍體是——葉珩小姐！」淨椿登時立了起來。

言思月身子骨猛地一顫。

「顯而易見。不是嗎？」Y聳聳肩，「杜的筆記上記錄了你們的描述，如果描述沒錯的話，屍體正面朝下，而非仰躺，且雙手被砍，只見血肉，不見肌膚——如果能見著，就會看到雪白而年輕的皮膚了。明心為保險，還把燭火也熄滅了一半。你們會認為這是明心的屍體也不過是因為認為密室之中不會有其他人罷了。看似是密室斬首，其實只是無頭屍替換的詭計。

「兇手在明心進入天王殿之前就把葉珩殺害了，並把屍體放入佛像內。明心則在進入天王殿後將其搬出來，佈置好現場，躲進佛像，等待你們的發現。等你們進入雄寶殿，他便再次出來，與兇手一起將屍體搬走，製造濕婆案，而為了時間更充裕，還放了手機鬧鐘。這是明心原本的計劃，但是兇手背叛了他，用彎刀殺死了明心。

「當時恐怕明心要搬屍體，手上便沾了血。兇手趁其不備捂住他的口鼻，明心一慌，手舞間便把手指印留在了裡衫內側，接著，兇手殺死了他。而能做到這件事的，依舊只有寧復和言小姐。當然啦，放到寧復先生那，還應該有第十三人這個可能性。但無疑，這兇手B必然是A，否則不可能知曉明心計劃，也不可能成功行兇。這也就是說，從天狗到濕婆的四起案子都是同一人犯下的。明心看似是幕後真兇，其實不過是棋子。」

「結果還是回到了四起案子一個兇手這個起點。」淨冬嘴角一抽。

「這怎麼會是回到起點？」Y不滿地嘟噥，「我成功地證明瞭這四起案子是一個兇手誒。本來這可不一定。至少在明心看來，寧宏案發地出現羅剎面具不代表他的幫凶對寧宏動手了。不然明心怎麼會毫無防備地被殺，讓A在不知案如此輕易得手？而且你們不覺得奇怪嗎？A明明不想讓明心對自己心存疑竇，卻又為何將寧宏殺了？還在現場放下羅剎面具？

「很顯然，A之所以這麼肆無忌憚，只能是因為他這樣子做並不會引起明心的懷疑。A在留下羅剎面具的同時，卻沒有刻下『士』字，也沒有帶走雙手。如果A真的不怕明心的懷疑，他為何不刻下『士』字？為何不把斷手帶離？

「我們還是要相信一個兇手趨利避害的的心理，他既然未刻『士』字，卻放了羅剎面具，就說明不刻『士』、不取手對其有利，放面具對其無害，都不會讓明心懷疑他。換言之，在明心看來羅剎面具應該是另一人放下的，而不刻字、不取手也正是另一人的合理做法——這個人當然就是他以為的『士』。這表明，明心不是『士』。而『士』不刻意逢迎自己的標記，當然是極為合理的。至於天狗案出現的『士』字，則是明心在引導我們認為兇手是『士』。」

「我還是不能理解為什麼在明心眼中，面具是在B手裡才是合理的。」淨椿扶著額，打斷了他。

「其實，按照明心的策劃，他本就不會用比擬殺人這種模式。明心只想製造三起命案，四個面具沒法分配，而且這些命案都是斬首，都與羅剎有關，任何一案放羅剎面具其實都不怎麼符合。不僅在下雪前，明心根本沒辦法把一椿只是斬首的殺人案與羅剎聯繫在一起的。就算在下雪後，天狗案等其他案子也出現了斬首，這是不符合妖精特性的。而且，他若真想採取這種方式為何不在損毀紅蓮面具時一併取走？

「而更重要的是，我們既然從不刻『士』字知道了明心不是『士』，那麼明心又怎麼會用比擬殺人這種模式呢，怎麼會在天狗案中使用天狗面具呢？真正的『士』可能會這麼做，因為他不會想到還會有人搭便車殺人，就算想到了，於他的計劃也沒有影響。而明心不是『士』，一旦他使用了面具，而真正的『士』沒有使用，除『士』以外還有人在殺人就昭然若揭了。這是明心絕對不希望暴露的。那麼，明心使用天狗面具的理由，我想就只有這個了——他以為『士』拿走了羅剎面具，並在行兇時使用羅剎面具。而這實際上是因為幫兇對明心撒了謊，拿走面具的同時，告訴明心應該是『士』拿走面具了，並慫恿明心在天狗案裡使用天狗面具。

「對於這羅剎一案，兇手也是煞費苦心啊。而且我很負責任地說，A他前往謀殺現場去殺害寧宏的腳印與離開謀殺現場逃逸的腳印根本沒留下來。甚至於就算我們得知了A的身分，他自己承認了自己殺害了寧宏，在座的各位恐怕依舊對他的行兇方式感到莫名其妙。」

「Y施主，我能問個問題嗎？」淨秋說道。

「請。」

「兇手他既然擔心住持的懷疑，為何要冒險先殺害寧施主呢？他大可以不必思慮這麼多，把對寧施主的行兇延後，而選擇先對住持下手。」

「總算有人問了個極好問題。」Y突然有些激動，看那神態，似乎就要熱淚盈眶了，「確實，A在想要殺死明心卻又不想明心懷疑自己的時候，有兩種選擇。一是先殺死明心，再殺寧宏。二是在殺死寧宏的同時，實現讓明心認為是『士』做的這個目標的即可。第二條路比第一條路要繁瑣，但A有不得不選擇第二條路的理由。這個理由要從不知案和濕婆案中找。如果要殺死明心，必須先殺死葉小姐或者言小姐。而要達成這個目的，還得要有個在她們房內下安眠藥的機會。在殺死寧宏之前，A絕然沒有這個機會，寧宏死後，他才能得到這個機會。至於下安眠藥，兇手多半是擔心開門兩個人都醒著會比較麻煩吧。而這時候，喝茶的好處就顯現出來了。誰喝茶，誰活下來。」Y俏皮一笑。

言思月聞言渾身一震，「那豈不是我……」

「你不要誤會。我不是說你害死了葉珩小姐。」Y突覺失言。

言思月崩潰得涕泗橫流，「還不是我？是我誤將她帶上山來，又是我喝了茶，讓她一人面對兇手。還不是我？」克莉絲蒂娜之前並未向言思月解釋清楚，只說葉珩被兇手引誘了出去，沒讓言思月知道自己的茶水被下了安眠藥。

Y一會兒交叉著手指，一會兒抓耳撓腮。「要不讓言小姐回屋睡一會兒吧？」Y提議道。

「我去送她。」淨椿跟Y說道，他也想出去透口氣。

「不，我去，真是煩死了！」Y直接扯過了言思月的臂膀，「請大家相信我。你們請都安安分分地待在這裡！」之後無助的言思月便被Y拖走了，邊哭著，邊抗拒著。

5

「那是什麼？」年幼的克莉絲蒂娜拉著她父親的衣服，指著一堵牆，嬌聲嬌氣地發問。

「牆。」父親的聲音富有磁性。他是位漢學家。

「我是說牆上的東西。」

「鍾。」

「是的。它是鍾。」克莉絲蒂娜似有所悟，「可我記得昨天這個時候，它也是這個樣子的，不是嗎？」她正在換牙，說起話來總小心翼翼的。

「是的，鐘錶內的時間一直在循環。」

「那為什麼我們不是循環的呢？」

「鐘錶在半天內循環，日曆在四年間循環，而我們人要用一生來輪迴。而每一生，便是一個新的開始，會開啟新的記憶。更長久的是人類，他們的壽命雖被歲月丈量，卻可在時代與時代間輪迴、重複。」

「真是神奇呢。時空。歷史。輪迴。」克莉絲蒂娜讚歎。

「什麼？」我問她。

克莉絲蒂娜像是從夢境中回來一樣，她的眼已乾涸，臉也花了，但精神狀態卻恢復至之前那般，

「你們來淨業寺是找林家滅門慘案的兇手的吧？」

「你知道答案了？」

「是的。」

「你是說林焱？」

「不是他。」

「吳博安？」

「也不是。」

「看來你是真的知道了。」我唏噓，又調侃，「這可比Y快多了。來，說明一下，這位考生。」

克莉絲蒂娜微微臉紅，「其實這樁案子完全可以認為是林焱所為，但真要這麼定下來，很顯然地會出現一些不協調的地方。首先就是林晶的日記，這看似並無不妥之處，但她偏偏提到了『殺人的建築』這一點。林晶在日記記載說這是林香說的。但林香怎麼會將這一點透露給林晶？我們姑且認為她是偷聽或看到林香的筆記什麼的。這確實並非不可。但令人在意的是林晶的這一說法竟能成功誤導我們得出偽解答。」

「你是指那個射箭的雪地密室？」

「是的，很明顯，這詭計成功率百分之一都沒有。而且，要把林鑫合乎情理地叫道一號樓前五米的地方，也不是易事。而真相其實並不複雜，單單按照林晶的日記，兇手只能是林目，林焱則是幫凶，不論出於什麼動機。日記中說，『最先發現屍體的是林目和林焱』。那麼，只能是二人同時發現，亦即當時雪地上只有林目和林焱二人的腳印。這樣一來，如果林目一開始就在一號樓，殺死林鑫後，倒著走回來，再和林焱過去。同夥林焱去時踩掉林目回來的腳印。這是最簡單明瞭、簡易可行的一種可能性。確實只是一種可能性。」她又說了遍，「但是如果由此延伸出的解答能夠有證據佐證，那這就成為唯一的可能性了。

「我曾懷疑殺了全家人的主謀是林目，而林目在這之後又被林焱殺了。但我後來考慮到如果真是這樣，那就與林焱的告罪書不符了——而他既然都認罪了，自然再沒有欺騙我們的道理。他說，『人之罪不在於放下罪惡，也在於受罪之時沒有反抗、逆來順受』。林目已然反抗了，林焱哪還有痛下殺手的道理？林焱的話明明白白地表明林目沒有反抗過，這又與我所認定的真相不符。所以，我更傾向於雪地密室的兇手和林家滅門慘案的兇手不是同一人。關於這點，我很認同Y先生說過的一句話，『兇手不一次性殺死所有人本來就是一件極為冒險的事』。

「而如果按照我們的這個預設思考，林鑫之死其實在滅門兇手的預料之外。林目同樣想殺死林鑫，並且先下了手，她或許還有嫁禍吳博安的心思。而真兇也因為這場意料之外的殺戮才會選擇在吳博安這個外人來的時候下手。如若不然，既不想殺死吳博安，也不想陷害吳博安，甚至還用林焱的告罪書來為其開脫罪責，又怎麼可能偏偏在這一日行兇？由此我們已經能稍微窺得真兇面貌了，兇手必定是個能眺望到屍體那片區域的人，所以才能立馬反應過來，藏匿吳博安。

「既然現在林焱不應該是兇手，那他的告罪書又出自誰人之手？我想，飢餓林晶的日記一樣，應該是兇手逼迫他們寫的。拿林晶的日記說，如果這真是兇手所寫，絕對不會提到『殺人的建築』。這從來都是畫蛇添足、惹人起疑之筆。兇手既不知道殺死林鑫的到底為何人，又怎麼會隨意說出這種話？不只是『殺人的建築』，建築的格局也是如此。兇手沒有道理將建築寫的這麼詳細。這些東西只會被警方看到，而警方必然會對建築進行勘察，這些細節反而會讓人覺得扎眼。這麼想來，這日記多半是林晶自己寫的，而她寫建築格局，目的性極為強烈，就是為了引出『殺人的建築』這五個字。如果不是林晶提到『殺人的建築』，警方也不會刻意尋找一個建築性詭計，我有很大理由懷疑林晶是出於自己的某種目的來刻意誤導我們。問題就在於她到底要把我們引到哪裡去？她想讓我們知道什麼？」

「這一部分論據較弱。」我輕輕點評。

克莉絲蒂娜含笑說：「確實啊，但你要知道，這案子的邏輯環環相扣，互相作證，等真相顯露，這一切便合理了。總之，我認為林晶故意提到『殺人的建築』，就是為了誤導我們認為兇手是遠距離殺人。且兇手是住在四號樓的某個人。她知道兇手的身分，卻為之所脅迫，不得不寫下三天的假日記。而她為了揭露兇手身分，做了手腳，特地提出『殺人的建築』。那麼四號樓住的是誰呢？是林小和林發晨。但林發晨不會駕駛滑翔翼，兇手自然不會是他。所以林晶想告訴我們：兇手是林小。」

「她的DNA怎麼會取到？」我怪笑。

「我只能認為她有一個同卵雙胞胎。」克莉絲蒂娜咬牙道。

「你覺得你推理錯誤和她有雙胞胎的概率哪個更低？」我繼續逗弄她。

克莉絲蒂娜不以為意，手指指天，「今天是農曆冬月初六，近上弦月，後半夜無月。而吳博安說過，在15號他去吃晚飯的時候，他看到月亮掛上了樹杪，但要知道如果真是12月15號晚，即農曆十月廿四，那個時候接近下弦月，上半夜無月，是根本不可能在七點半看到月亮的。這也就是說，當時根本不會是15號。你當時說我在中國待了很久這點，我一直很在意，如今想來，是在說我對農曆會比較熟悉。當天不是15號，但是林鑫分明說伙食昨天才來，都還新鮮，這與15號相符——15號是星期一，又是怎麼回事呢？我只能認為，當時是8號，也就是農曆十月十七。只有這樣，才可能在七點半見到月亮。」說到這，克莉絲蒂娜望向了我，「還記得吳博安是怎麼知道日期的嗎？」接著自答道：「是林小告訴他的，就在林目走後不久，二人單獨相處的時候。所以啊，鐵證如山。」

「現在問題只有兩方面，一是為何，二是如何？」她平鋪直述，娓娓相告，「首先是為何。林小這麼做唯一的可能性是為了那個還未出生的孩子。這其實是兇手詭計最薄弱的一環了。我想林小並不想對一個孩子下手，所以，她才遲遲不動手。但是林鑫死了，她的計劃就亂了。她必須下手了，她再也無法忍受現在的生活，下一次全家人聚在一起的機會不知會是多久以後。但她還是保留著良知。一個未出生的孩子是沒有罪的。或許生活在汙穢之中的人才能感受到如白紙般純潔的心靈的寶貴吧。所以，她在痛下殺手之後，並沒有直接殺死林晶，反而利用日記建造了一個我們概念中存在、實際並不存在的暴風雪山莊殺人，利用這段時間令其生下了孩子。與其說是開膛破肚，不若說是剖腹產吧。林小雖然只是個在讀的醫學生——這是孟姑獲說的，但也只能親自出馬。救人是情分，但自救才是本分。唯一的問題在於，林小無法控制吳博安的證詞。但這也是沒有辦法的，她已做到了極致。

「但這與一些細節抵牾。孟姑獲說在這個月1號的日記中，預產期還有47天，也就是在下個月19號。但想來，那孩子的預產期恐怕不是下個月，而是這個月18號。日記上寫的是阿拉伯數字——這是一般人的習慣，可是一般人遇到47天，說的應該是一個半月更正常些。所以我認為，當初林晶寫的應該是17天，4是被補充上去的。而林小對吳博安說是15號，一方面，是擔心有人透露食品送達時間是在昨天，另一方面，8號到18號一共10天時間，如果說的時間離18號實在太近，依舊會引起被迷藥麻醉10天的吳博安巨大的懷疑。

「在13號的日記中記載的字數可足足有兩三萬字，如果真的是現編的，確實太誇張。但其實沒有這麼麻煩。只要在3號前加了1，就可以了。至於林小確定15號晚上會下雪。其實她確實不知道。只是杏汕多雪，而且這山下雪，那山未下的情況也時有發生。還有可能山上下雪，山下不下雪。要我說，孟他們恐怕根本沒去求證，因為林晶和吳博安都這麼說，他們還能懷疑什麼？另一個問題在於那個骨灰，恐怕是林焱那部分勻過去的。」

「是的。」

「那日記和告罪書自然是林小逼他們寫的。沒有日記，林晶的死亡時間絕對是巨大的破綻，而沒有告罪書，吳博安絕對擺不脫關係。當然，我想林焱和林晶也會為了這肚腹中的孩子做下這一切吧，畢竟是親生骨肉啊。但林晶與林焱顯然不想就這樣放過林小。所以，在服從之下，做了不少手腳。林晶提出『殺人的建築』了。只要林小看不出來偽解答，就萬事大吉。

「而林焱做得同樣很絕。給七號樓上鎖的人其實是他呀。七號樓密室唯一的解法，就是林小在屋頂，通過天窗直接切割林焱，將林晶吊在上面的也正是林焱。而考慮到沒留下痕跡，當時林焱應該把自己罩在了麻袋裡。在只剩下林焱和林小的情況下，林小將他困在七號樓不失為一個好選擇。林小可以在外面將門鎖上。只是林焱事先準備好一把鎖，從內鎖上。如此一來，看似謎題更複雜了，卻能讓我們更靠近兇手的身分。當我們遇到這個密室時，百思不得其解，或許就能想到這個萬能的密室解法。」

克莉絲蒂娜頓了頓，「其實，林小所做的很多事其實都包含了兩個目的，一是自救，二是救人。而想要救人，她必須要先自救，這兩個目的是一體的。而掩蓋其他人的死亡時間則是極為重要的。為此，林小將屍體混進了水泥。這一方面讓人覺得兇手殘忍到不可理喻，使人有這樣的印象：兇手做出什麼誇張事都是可能的，不需要過多的懷疑。所以似乎只剩下林晶一具屍體變得理所當然，甚至於這一具屍體能保留下來竟然也是萬幸。於是調查者不僅將調查目標從屍體的死亡時間上轉開，主動規避了對死亡時間的懷疑，還對於這具屍體更為重視、信任，對他的死亡時間更是確信不疑。而事實上，死亡時間也的確吻合吳博安的自述和林目的日記，看起來完全沒問題。

「在此基礎上，順便設計出不可能建築、不可能吊屍、其他人犯下的雪地密室以及其實根本不存在的膠帶密室。這樣一來，我們之後會糾結怎麼吊屍，怎麼製造密室，誰會想到兇手的真正目的竟然只是用屍體迷惑我們，希望能用一具屍體的死亡時間堵住我們對真正案發時間的探尋？或許你會覺得沒有必要，但這確實對我起到了作用。要不然，只有這具屍體，像我這樣的人絕對會起疑的。

「這個結論能更合理解釋很多事情。林焱寄給管家讓他取消預約的紙張是林小讓他寫的，當然，林焱為了保住孩子也不得不寫。如果醫生護士來了，林小的計劃泡湯，她絕對會下狠手。孩子被燒成灰也是必須的，因為孩子根本沒有死。可這樣一來，必須給孩子一個被燒成灰的理由。這或許才是以五行佈局最初的源頭。林小正在學醫，也算是有些技術，當時應該是進行了極為簡陋的剖腹產。孩子應該還活著，不然我們見到的就不會是灰，而是真正的屍體了。至於林焱那份告罪書或許寫了很多份以應對不同的情況。如果你細心點，就會發現在最後羅列的謎題中，七號樓的密室沒有提及，這就說明林小並不知道有這件事。否則，絕對會加進去的。

「『卑鄙與高尚，邪惡與善良，仇恨與熱愛，可以並存於同一顆心靈中。』毛姆如是說。而一個女人帶著一個孩子，在群山間，又將往哪裡去？Y先生的答案便是淨業寺吧。在群山之中來到寺廟，其意恐怕是希望這孩子能在佛堂中成長，修習佛法，成為一個好人，洗刷家族的罪惡吧。不過，我想，她可能沒有來。」克莉絲蒂娜停下了她的長述。

「她還好沒有來。」我唉聲嘆氣，「要是來了，碰上命案，就不得了咯。」

「是啊。」克莉絲蒂娜呢喃，但突然間，她極速地轉了下脖子，眼眸裡全然是恐懼。藍傘從沒有知覺的冷得冰涼的手上脫落，落在雪地上。

「不，她來了。」她沙啞地嘶吼著，喉嚨裡像是咯著血。

6

Y回來是五分鐘後的事。他顯得甚是歡快。眾人都莫名其妙地看著他。

「我們繼續說吧。我之前的推理，你們應該都還認同吧？」

眾人都沒接話。不知不覺間，這裡只剩下了四個聽眾，寧復和淨字輩三人。寧復越來越有興緻，淨椿越來越絕望，淨秋越來越平靜，淨冬越來越緊張，Y則覺得越來越尷尬，本來有七個人能聽他講話，現在只這麼點了。但他還是不依不饒地若演講般朗聲道：「默認？那可真是太棒了。現在我們來解決另一個問題。等我們解決了這個問題，兇手的身分就澈底暴露了。那就是有關面具的問題：A為什麼一定要將面具運用到每個案子中？明心有害怕只出現羅剎面具命案而同意把其他命案也這樣處理的理由，但A呢？他憑什麼一定要這樣處理？」

「不是說誤導住持嗎？」淨椿又提出了質疑。現在也只有他有這份接腔的意識了。

「面具的把戲誤導的可不是明心，而是我們。況且撒謊說『士』單單偷走一副羅剎面具這件事本身就冒著風險，明心未必不會想到A監守自盜。誤導作用是『士』字、斷手以及其他更多兇手精心設計的煙霧彈所起到的。」

「那可能是在渲染……」淨椿說。

「渲染氣氛？A可沒有這麼腦殘，也沒有明心那份擔憂。所以啊，唯一的解釋得要從羅剎案裡找——畢竟在本來明心的計劃裡，面具是不需要的。」

「我感覺天狗面具很有用啊。」

「天狗案裡，天狗面具確實有作用，其作用在於否定頭顱從通風口出去這一點。但是，這個作用是可以被取代的。在不會用到面具的原計劃裡，定然會有別的方式來否定頭顱從通風口出去這一點。而且，就算原計劃裡，明心真的會智商缺值到要用天狗面具，那天狗面具已經必不可少了，Ａ偷走羅剎面具，又有何意義？至於不知案，它確實遮住了死者的面部，但這並不代表不知面具就起了遮住頭顱，讓人不知道屍體真面目的作用。事實上，當時明心完全可以把頭放到彌勒菩薩像裡，這還能避免淨椿撥開面具發現破綻呢。」Ｙ不滿地嘀咕。

「所以說，若非羅剎案有不得不用到面具的地方，Ａ是不至於這麼冒險的。可千萬別用渲染氣氛來搪塞我，我有理由相信我們的兇手絕不會腦殘到沒有任何必須的理由就將屍體這樣處理。這樣一來，羅剎面具的作用就顯而易見了。它蓋住了寧宏的頭，這也就是說寧宏的頭至少被兇手做了什麼手腳，兇手需要羅剎面具來遮掩，而且這個手腳必定不是因為某些意外造成的。

「如果Ａ當時在現場，扮成了屍體，他根本不需要用面具來遮掩，用面具遮掩有不小暴露的可能性——按照你們的推理，所謂的嫁禍只能是臨時起意，Ａ無法預見淨秋的到來。他大可以直接將這顆動過手腳的頭放到水裡或其他不能藏人的地方，這樣他就可以在離開時帶走。甚至於他這樣做，還能避免明心為了模仿在不知案裡又冒險把頭留下。但Ａ還是選擇用羅剎面具遮掩，為什麼？原因只能是他當時不在現場，他接觸不到頭，所以只能選擇用羅剎面具掩蓋。」

「這無法理解。」淨椿捂著頭，那裡脹痛。

Y皺了皺眉，恨鐵不成鋼地道：「A打算使用羅剎面具在他決定嫁禍之前，亦即在他的原計劃中，也是要用羅剎面具的，其作用不言而喻，遮掩其犯罪必定需要或在犯罪過程中必定產生的對於死者頭顱的改變。羅剎面具的作用在於遮掩──先別管我們一旦掀開面具，頭顱的變化就會被知曉的事──既然如此，兇手必定不在現場。因為如果他在現場，遮掩的方式絕對是藏匿，這個方法絕對更加高效，而非讓頭顱罩上面具，更罔論上演頭顱消失的把戲。不要用他為了嫁禍淨秋，不會藏匿起來這個點反駁我──淨秋的到來，A理應無法預見，也不要用為了和天狗案保持一致而特意如此來反駁──保持一致對於A來說其實是冒險，明心或會因此起疑。」

Y頓了頓，「但其實到得這裡，我們會發現另一個詭異的事實。根據淨秋的證詞，死亡時間是在雪停以後，我們也可以得出一個結論。畢竟頭顱一定是在現場被斬下的，A在雪停後都一定在現場，不然離開會留下腳印。只是從這一證詞出發，沒考慮詭計罷了。但設想，如果A真想掩藏頭顱的變化，其實可以直接在離開現場時就帶走，而非遺留現場，用面具掩蓋。確實，從這看來，面具又是個雞肋的事物了。由此，我們反而會得出兇手當時絕對還在現場的結論。這是個巨大的矛盾。」

Y的目光在眾人間閃擺。

「這才是我真正想說的──我自認前面的邏輯並沒有錯誤，就算得出這個結論也是一樣──其實無論A在不在現場，明明應該有巨大的作用的羅剎面具，結果都成為了雞肋，都不是最好的選擇。而為了一個雞肋的選擇，A何必費這麼大的功夫？那麼，羅剎面具的遮掩作用在何時方才是無可替代的呢？是頭顱消失詭計的時候啊，不論A為何使用這個詭計，都必定與淨秋的到來這個變成常量的變數有關。

「推理到這裡，我們能得出A必然符合的兩個特徵。一、A是能夠預見淨秋到來的人。二、A處於一個在現場和不在現場的邊界上，能夠在淨椿第一次見屍體之前在現場、能接觸頭顱，而在淨椿和克莉絲蒂娜見屍體時不在現場、不能接觸頭顱。也就是說，A不是什麼寧復、不是什麼第十三人，而只能是淨秋啊。其實從兇手為什麼要讓頭顱消失這一點看的話，最受益的也是淨秋。若非頭顱消失這個現象，淨秋絕對會是最大嫌疑人。不過單單這個理由太缺少說服力了。」Y甜甜地笑著。

在座的四人所營造的氣氛到了現在已然極為怪異。寧複本來遊離在推理之外，只自顧自沉思，聽到Y最後幾段推斷，他已然失神。淨冬則睜大了雙眼，剛想駁斥，卻被淨椿一把捂住口鼻。捂住其口鼻的淨椿直搖頭，嘴裡不知咕噥著什麼。

淨秋聽到Y的最終結論，依舊正襟危坐。他神態自若，彷彿置身事外。只見他終於開口了，聲音溫和如玉，面上帶著從未在他面上見著過的笑容，不再是一副愁苦之相，「Y先生，還請繼續。小僧洗耳恭聽。」

「你承認了？」

「不。你一沒有解釋明白我的殺人手法，如果我是兇手的話。二你沒有證據。」淨秋心平氣和地道，又付之以儒雅一笑。

「就是。」淨冬語氣軟弱地支持道，他被深深的恐懼籠罩了。

淨椿認同地點頭，他心中尚存希望，Y的推理自有其道理，但克莉絲蒂娜的就沒有了嗎？一個是錯，兩個也是錯。說不定——他心中真的希望——天狗、羅剎他們是存在的。

「是的。還沒結束。」Y舒緩了語速，「但其實現在離結束也只剩下了三個問題：1、錢的來源

2、不知案的不在場證明；3、羅剎案的犯案手法。雖然只有三個，但這三個問題一個比一個複雜。兇手是淨秋，那面具後的頭到底被做了什麼手腳？淨秋是怎麼讓頭顱消失的呢？其實答案很簡單，遙控飛機和遙控賽車。可千萬別忘了時間，收到信可是在一個月前，有很充足的時間。也別忘了地點，我們雖然在山上，但附近還是有個鎮子的。既然如此，有一些現代科技又有何妨？頭顱消失？遙控賽車和遙控飛機足矣。當時那顆頭顱恐怕只是顆雪球罷了。那顆雪球被安放在遙控賽車上，在淨椿離開後，淨秋拿出操作裝置，偏北而非正北開，開入水池中，最終會在未破壞的冰層下。屍體附近的雪都被挖了，也便沒有留下車轍。現在那賽車肯定被回收了。而寧宏的頭則早就被遙控飛機扔到懸崖裡去了，飛機自然也墜毀了。而除非突破暴風雪山莊沒有高科技的固有思維，他這個明明距離命案最近、嫌疑最大的人卻很難被真的懷疑。」

「可是，師弟可不會知道下雪，他怎麼事先準備。」淨椿指出漏洞。他決定盡其所能為師弟翻盤。

「淨秋確實不知道。但是這不妨礙他有備無患。」Y無所謂地說道。其實，他自己知道自己的說法力度不大，但他相信這就是事實，而淨秋為何買了遙控飛機和遙控賽車只是無需深思的細節了。

「那師弟要怎麼操作飛機和賽車的？他當時手裡……」淨椿愣住了。

「沒錯，沒錯。操作遙控裝置，類似於手柄，可以裝在淨秋當時手裡拿著的厚經書裡，掏空中間就好，這經書多半燒了。不過，光只是這一個詭計，恐怕還不能讓克莉絲蒂娜這個精明的女人真正信任他，更不能徹底讓明心誤認為是『士』做的。尤其是後者極為艱難，要知道在明心面前的，是一具斬手屍，如果明心無法理解『士』為何要斬手，他還是會懷疑淨秋。為達到目的，淨秋真可謂煞費苦心。

「讓我們先捋一條邏輯鏈吧。明心不是『士』，他打算先下手為強，除掉其他知道二十七年前實情的人。而淨秋是其同夥，為他犯下了天狗案。現在寧宏被殺害了，對於明心來說，大致有這麼兩種情況：淨秋主動殺了寧宏；士殺了寧宏。淨秋為了之後密室斬首的合作，不讓明心起疑，便要消除掉自己主動殺害寧宏這個選項，讓明心以為是『士』殺了寧宏。而最佳的方案便是設計一個需要斬首斬手的偽解答，而這個偽解答正是克莉絲蒂娜推理出來的那一個。而淨秋的這個動機正好給了他足夠的心理動機去做常人不會做的誤導。

「淨秋為了其精心設計的偽解答能夠順利實施，決定待在羅剎案案發地。他在照顧明心時，就讓明心在自己離開後約莫半個小時醒來。明心醒來後，淨椿自然會出門，由此看到地上的腳印。之後的事，無論是淨椿拍照、找克莉絲蒂娜來、腳印踩得滿地是，想必也都在淨秋的意料之中。而作為這個偽解答的伏筆，兇器、毀壞的西側冰層自然是淨秋故意留下來的誤導。而對於明心的誤導，正如我們先前說的，淨秋偷走面具，讓明心心甘情願地使用比擬殺人，卻又在處理屍體時沒有刻下『士』字，畢竟『士』是不會這麼做的。至此，留在案發地這個行為看似自損八百，其實他不這麼做，則會損一千，所以不存在心理障礙。

「而淨秋最大膽的還是之前那句在十一點零九分見過寧宏的證言吧。面具的把戲與之比起來，起到的作用小得可憐。當時你們討論過淨秋是兇手的可能性，並且默認淨秋是在雪停後殺人，畢竟你們想像一個兇手雪停前殺人，卻還逗留在案發現場。這給了淨秋可趁之機。他說出那句話，一則讓克莉絲蒂娜從此只能得出偽解答，二則也是讓明心認為他不是兇手。明心畢竟對案情一知半解，聽得你們這樣討論，直接認為是雪停後行兇了。在明心看來，如果淨秋是兇手，他這番證詞就是在加重自己的嫌疑，而一個兇手是不會這麼做的。由此，淨秋成功地轉移了包括明心在內所有人的注意力。他在保持眾人認為兇手只有一人時讓明心認為有兩夥兇手。這才是我不得不證明四起案子一人犯下的根源，只有這樣，才不會陷入克莉絲蒂娜遇到的誤區——因為面具，認為兇手是淨秋外的某一個人，也不會陷入明心所遇到的誤區——天狗案是淨秋所為，羅剎案是『士』所為。

「也就是說，寧宏確實是雪停後死的，但淨秋可不是雪停後動的手。正如克莉絲蒂娜小姐曾推理的，淨秋在雪停後根本無法犯案。既然如此，很明顯就是雪停前犯案咯。淨秋還說他在十一點零九分見過寧宏。很明顯，兇手怎麼會作證自己案發時間的事，他當然希望我們確定的行兇時間錯誤才對。也就是說，我們要反過來聽，他要我們認為寧宏雪停前一切安好，我們就要認為寧宏雪停前已然出事了。

「這便是淨秋肆無忌憚的保障，一般人在不知死亡時間的情況下，就已經認為淨秋雪停前行兇一定不會留在現場，更罔論知道死亡時間以後。就是這個心理障礙，使得我們明知就算寧復也很難在雪停後行兇，卻依舊以為兇手是在雪停後行兇的。我們畢竟沒法完全否認雪停後行兇的可能性。而一旦初步認為淨秋是可信任的，又得出偽解答，再聽得淨秋的證言，最後法醫再來死亡時間的確認，雪停後行兇便是板上釘釘的事了。」

「但是腳印……」

Y打斷了他，「腳印的確是個值得注意的問題，正如第二次討論會時說到的，淨秋是怎麼一個人走出兩行腳印的？如果先留下了寧宏的腳印，就必定會留下從藏經室去天王殿的腳印，再加上回到藏經室的腳印，以至於在藏經室和天王殿之間會留下兩行腳印。而如果先留下從天王殿去藏經室的腳印，同樣必須再回來才能偽造寧宏的腳印，同樣會使得藏經室和天王殿之間遺留兩行腳印。但偏偏藏經室和天王殿之間只有一行通往藏經室的腳印。

「但其實知道動手時間後，這一切都改迎刃而解了。我們的困惑只是在於淨秋如何在踩下寧宏的腳印的同時在藏經室和天王殿之間只留下一行通往藏經室的腳印罷了。但兇手用到的方法很簡單，而這個方法只要想想天王殿內有什麼就好了。寺中的人對雪勢的預判很准，淨秋也應該知道雪在十點多結束。他在九點到十點，他設法約寧宏出來，迷暈了他，將其搬到藏經室。十點到十一點，他告訴了明心雪停的事，讓明心大概十一點半醒來，以進展他們下一步不知案的計劃。而他的目的自然是讓淨椿發現命案的發生，並利用淨椿對他的關心為自己證明瞭雪地腳印的真實性。

「而淨秋在雪停之後，就直接走到天王殿。天王殿內有什麼？木雕佛像。淨秋用事先準備好的木雕佛像疊累捆綁製成獨木橋，他還擔心不夠結束，所以灑了水，使它成為冰橋，所以，淨秋才要塗上血，以掩蓋潮濕的痕跡。接著，他通過冰橋從天王殿來到藏經室，通過水池，將昏迷的寧宏運到石子路。所以，屍體是不得不濕，而偽解答自然也要考慮這一點。然後，淨秋將其殺死，斬首。接著，他背上足夠重量的經書，穿上寧宏的鞋，偽造寧宏的腳印倒退回到天王殿，再通過獨木橋來到藏經室，將經書放下，換回鞋，回到天王殿，撤去冰橋，直接踩在雪地上來到藏經室。這樣一來，天王殿到藏經室便只可以有一行去往藏經室的腳印了。」

「難道不能自己準備一根長木頭嗎？藏在佛像裡。」淨椿問道，他的氣息混亂，滿頭虛汗，似乎即將六神無主。

「不，不能。淨秋之後無法處理木頭，只能遺留在佛像裡。到不知案那會兒，放到前殿佛像會被明心看到，放到後殿佛像又會被克莉絲蒂娜他們看到。現在我們來解釋淨秋如何偽造天王殿以南的自己和寧宏的兩行腳印的。但在此之前，其實我有個問題想問你們：你們是真的都忘了嗎？淨秋在不知案中可是依舊有著銅牆鐵壁般的不在場證明的啊。」

「你這麼一說……」淨椿呼吸一滯。

「是啊。」心思枯敗的淨冬抓住機會嚷嚷，「師兄一直和我待在一起，怎麼在住持進天王殿之前，把葉施主殺害，運到天王殿裡？」

Y捧腹，「哈哈。剎開密室，看似是無頭屍詭計，其實是不在場證明。而剎開不在場證明，其實又是別的。諸位看看腳印，想想不知案，再想想我之前的話，答案其實昭然若揭了。」

眾人毫無反應。說實話，Y覺得越來越沒勁了，他看出來了，這個屋子裡，根本沒人想聽他繼續說明真相了——除了兇手本人，所以他還在繼續。對於這種罪犯——或單單淨秋來說，只有兩種結局。一種是沒人看穿他的佈局，他成功欺騙所有人，由此逍遙法外。另一種則是被人識破，並完整地道明他的設計，他失敗了，但是有人能與他過招，棋逢對手，那也是一種幸福。

他裝出一副嘲諷的樣子，「唔。沒人知道嗎？但關於這兩行腳印的怪異之處，你們豈非不知道？你看看腳印不就像是『兩人三足』遊戲踩下的嗎？」

眾人目光獃滯。

「OK，直說吧。這所謂的暴風雪山莊裡其實還有一個死人。寧復先生所說的第十三人其實是個死人。」

「在……在哪？」淨椿盯著Y。

「就是被燒焦的那具。明心和淨秋為了不知案的詭計殺害了一個早些日子來到淨業寺的人。我們這個暴風雪山莊只是今夜不開放啊。淨秋在八點到九點雪未停時迷昏寧宏，將其搬到藏經室，將這本來在佛像內的第十三人的屍體和足夠重的經書搬到寧宏房間。然後，他回到自己的禪房。在雪停後，他從自己的禪房走到客院，跳到連廊處，背上第十三人，製造了寧宏的腳印。走到距先前腳印一半距離時，將第十三人放到自己腳印前，製造自己的腳印。這時，淨秋背上那些經書，再次製造寧宏的腳印。並在兩行腳印匯合時將相鄰的兩隻腳綁起來，就這樣走到天王殿。到了天王殿，淨秋先把經書扔到天王殿，再把繩解開，自己帶著第十三人的屍體走到天王殿，把第十三人的屍體放回佛像。

「我們現在回頭看看就會發現，其實對於知道寧宏死訊的明心來說，並不只有兩種情況：淨秋主動殺了寧宏；士殺了寧宏。其實還有淨秋不得不殺了寧宏這一個可能性。淨秋去了天王殿，這給了淨秋一條退路。他可以說他是在確認佛像內的屍體時被寧宏發現，不得不殺了他。他只要消除掉自己主動殺害寧宏這個選項，讓明心以為是士殺了寧宏或者他不得不殺掉寧宏就好了。就算偽解答的設計失敗了，明心多半也只會認為淨秋是被迫殺死寧宏。因為明心在不知道淨秋真正的動手時間前，不會認為淨秋會冒著成為最大嫌疑人的風險殺死寧宏。

「而淨秋為了達成這個目的，則是不得不引導眾人往雪停後行兇這一方向想。他的犯案手法雖然隱蔽，但兇殺是在停雪前這一點決不能暴露，否則明心很容易看出端倪。雖然我們會由於認為淨秋無法一人走出二人足跡，可明心知道存在一具屍體，他會發現淨秋只要用第十三人的屍體一人兩足地行進即可。其實克莉絲蒂娜未嘗沒有雪停前殺人的思路，如果她能稍微表露出這條思路，就算又立即被她以兩行腳印否定，淨秋同樣前功盡棄。所以，淨秋說出他雪停後看過見寧宏這句話其實是極為重要的。

「現在來看不知案，便明瞭很多了。被裝扮成明心屍體的並不是葉珩，而是這第十三人啊。一開始的血，可能是第十三個人的，也可能有明路的——天狗案斬手原因之一，另一原因自然是與後幾個案子保持一致。至於凝固的問題，只要加點抗凝劑，妥善保存就可以了。淨秋的錢自然是這第十三個人那裡來的。至於後來漫開來的血，倒都是明心的。血量太大，些許抗凝劑起不了作用了。就算以後警方提取一些血液也無妨，他們畢竟不可能對所有的血液都做檢測。而屍體姿勢的改變，我想多半是剛死的屍體沒法做到那種高難度的姿勢吧？第十三人正死後僵直，而明心身子依舊柔軟。這又是明心所犯的錯誤之一。」

「所以你有證據嗎？」淨秋總算說了句反駁的話。

「等員警來後，對天王殿中的血液詳加調查，如果確實屬於那兩人，兇手還能是誰？」

「這證據我不滿意。」

「更有力的證據就在你自己身上，不是嗎？」

淨秋沒有反駁，右手攀至胸前。隔著單薄的衣裳，他能感受到紅蓮面具的生硬和彎刀的冰涼。一旁的人各個眼神迷糊。

Y沒解釋，繼續說：「你的佈局其實很精妙，只是明心太蠢了。」

「他言多必失是一回事。我佈局牽一髮動全身又是一回事。怨不得誰。」淨秋目光澄澈，言語中竟有欣喜之意。

「師兄！」淨冬悲呼，聲嘶力竭。身心麻木的淨椿面無表情地扶持著他。

「你這是承認了呀。」很難分辨Y語氣裡到底混雜了多少種情緒，只聽得他繼續說道，「你果然不是見自己大勢已去卻依舊不見棺材不落淚的人。」

「我自然不是。」淨秋雙手合十，輕一伏身。這是最後的禮數了。

「為什麼？」淨椿終是開口了，他面色慘白，心情沉重，但他需要一個交代，「為什麼要殺了住持他們？」

「因為信仰。他們二十七年前殺害了明塵師伯，根本不配修佛，玷辱我佛，壞我規矩。我這是代我佛除惡。」淨秋堅定而木然地說道。

「住持養育了你二十幾年。」淨椿有氣無力地說道。

淨秋猛然一顫，「這當然只是個引子。」他的話裡充滿了哀傷，他看著自己的一雙手，恍然從指間湧出血液，溢滿了整隻手掌。他咬著牙，不復鎮定，「也不止這一個引子。師兄，你也知道。我向來尊師重道，若非明心之所作所為讓我實在難以接受，我也不至於如此。」他無聲地落下兩行清淚，看著那株染血的曼陀羅華，「明心想殺了『士』，他便找了一向聽命的我。他想用金蟬脫殼之計，故而不知案需要一具屍體。明心他，便利用我對他的敬重，逼我生生殺害了一個無辜的人啊！筱泉她死之前還與我談笑、暢想未來，她還是那麼的年輕，花樣的年紀，她是多麼無助啊！而我又是多麼殘忍啊！」

淨椿面龐扭曲起來，「怎麼……可能……」

淨冬在一旁早已哭得無法做聲了。

淨秋滿臉淚花，看向淨椿，「明心他毀了我的信仰！毀了我的人格！從此以後，我都是一個不可赦的罪人了。他養我這麼多年，我敬他，他卻這樣利用我，我恨他。我恨明心！我也明路！我恨明山！他們都不配修習佛法，他們都是淨業寺的恥辱！」淨秋的指甲刺入了大腿裡層，一絲絲血液滲出。

他倏然慘笑，「其實我一日日參禪修法，每天都青燈古佛，我真的很快樂。」淨秋望著自己的手，這回，真的血淋淋的了，「我多想和師兄弟你們一起無憂無慮地生活，一起建設淨業寺，一起為它添磚加瓦。但我不配了。我或許真的錯了。」他仰起頭，環顧著，無助地落淚，面露悲憫之色。

「謝謝你，Y施主，你終於讓我鼓足了勇氣面對我的惡行，我畢竟是他們一樣罪孽深重的人。沉眠應是我的歸宿，而不是帶著愧疚苟活，並再毀滅一個與她如此相似的生命。」淨秋驀然色變，立起推門，奔至曠野。

另三人急急跟上，Y無動於衷，留在禪房。他向來罔顧法律、罔顧道德，不為世俗而活，不在意他人眼光。所以，他尊重這個對手的選擇。

此時星空無月，平添愁意。淨秋從懷裡紅蓮面具，已縫合如初。紅蓮之火，從不熄滅，淨業之心，未曾黯然。他輕輕拂拭，堅毅而愁鬱的面容，逐漸柔和平靜。他有著一雙儒雅且仁慈的目光。他，一向機敏聰慧。戴上面具，步履鎮定。這是他人生中最冷最漫長的一晚，但他最不怕冷了。滿天星，盡散去。在崖邊，肩載黑夜。

Y能夠想像接下來發生了什麼：淨秋一翻手，一柄鋥亮的匕首落入其手，輕道一聲再見。一刀紮下，血液滾滾。直直跌下崖去，血液飛散，若花開花舞花落，若紅蓮業火濁舞。死亡，是給上天給人最後的饋贈。

紅蓮者，淨業之物也。

紅蓮，既鎮諸魔，亦封自身。

淨業，淨他人之業，亦淨自己之業。

這才，完整。

7

可之後的事，卻並不如Y想像地那般發展。我相信淨秋當時是抱著死志的，但克莉絲蒂娜愣是把他從鬼門關拉了回來。在我看來，克莉絲蒂娜其實並不比Y差不多，她從林家滅門慘案的結論中一路找到了淨業寺的兇手。或許，當時她只是知道兇手是誰，卻不知道手法，但果斷而迅捷的她在千鈞一髮之際將已經落在懸崖外的淨秋拉住。是的，當時淨秋跳下了懸崖，但神奇的是，克莉絲蒂娜抓住了他戴著的紅蓮面具。而我們這些圍觀者，只能勸自己相信這是符合科學的，畢竟誰也不會去嘗試跳崖證偽。或許，那面具被淨秋縫補地真的特別結實吧。

而之後，克莉絲蒂娜和Y大吵了一架。我從淨椿那裡，隱約知道了克莉絲蒂娜的過去，所以我明白，我也不憚如此揣測：對於克莉絲蒂娜，生命高於一切，任何死亡都是罪惡的。Y是個澈底相反的人，我不知道，什麼對他是重要的，但我知道他看淡生死以及與生死相關的一切。他迷惘地活著，遵循可憐的多巴胺——以我粗鄙的知識，我想，他破案時，給它快樂的或許就是這玩意兒吧——但這對他其實也不重要。當然，我可能誤解了他。

淨秋後來被關在了自己的房間裡，他沒有再說話。被標以淨秋的肉體還活著，但淨秋已經死了。我不知道克莉絲蒂娜和Y，誰給他的選擇是正確的。我也不知道他殺了這麼多人究竟有沒有意義。但路塵客，你當時拿著斧頭，會不會回憶之前與穆筱泉的點點滴滴？他有沒有遲疑、猶豫、踟躇？他沒回答。但淨秋一定想起了之前住持的囑咐與叮嚀，想起了他的養育之恩，並掄起斧頭。閉目。斬下。睜眼。而他看著眼前瀰亂的鮮血、殘破的肉體，也一定既錯愕痛苦又迷惘流淚不止，不然，他不會為那個認識了沒幾天的女孩發瘋的。

穆筱泉是不是林小？我曾疑惑。我還是挺希望林小能擁有一段正常人的生活。她雖然殺死家人，但我想，她不是什麼壞人，而且她這麼做何嘗不是這病態家庭自取滅亡？有因，便有果。很多時候，不是人想這麼做，而是不得不這麼做。不過女郎她死了，Y還是殘忍地把真相告訴了我。他說，『泉』應是『泉水』的『泉』。而『泉』正是『香』的『木』移到下面。這是在紀念林香呀。而林焱的告罪書，自然是淨秋放的、那天，他下山幫雲遊的明覺和淨夏搬些東西，這是他的職責。那個嬰孩——淨秋唯一一句話就是她的去向——淨夏還俗，代為照顧。這是令我寬慰的兩件事中的一件。

另一件讓我稍感寬慰的事是葉珩沒死。我還記得我當時瞪大了眼，驚恐地指著她，以為見了鬼。那時葉珩精神倦怠，哈欠連連，但聽到我說她怎麼還沒死的時候，她還是強打精神，嗔怒詈罵，飽我以老拳。我這才意識到若真按照淨秋的計劃，葉珩確實不用立馬身隕。葉珩是幸運的，言思月也是幸運的。事實上，如果沒有Y，那麼，事情會變得很不幸。言思月說，她當時被Y拉出去後，本打算趁機自我了斷——她陷入深深的自責。但Y把她拉到了淨秋的禪房。床底，是葉珩和兩顆頭顱。

我本以為到了這裡，一切都已結束，但接下來，發生了件驚悚的事——淨秋逃走了。但要知道，我們將他鎖在了房間裡，誰放走了他？是他的師兄淨椿，還是他的師弟淨冬？又或者是不服氣的罔顧法律的Y，還是說，是心思矛盾的克莉絲蒂娜呢？沒有人承認，大家都只是靜靜地看著那空著的房間，鎖消失了。

Y，他一定知道，這是怎麼回事。我問過Y，可笑的是，他反問我為什麼不可能是淨秋想方設法逃了出來。他就是不想告訴我。而淨秋消失前，他用筆在紙上寫下：「歷史、輪迴、歲月、信仰、？」聽克莉絲蒂娜說，「？」應該是被歷史等鎮壓著的，但她不知道。之後，我並不抱有希望地問Y「？」代表什麼，他思索片刻，大筆一輝，同樣寫下了兩個字，或者說兩個我看不懂的符號。我只能幹瞪眼。

除此之外，還有一個問題，依舊困惑著我。

「士」，他到底是誰？

補遺

永遠是孩子

七號樓裡，是一座囚籠。
球籠裡，是一條鎖鏈。
鎖鏈鎖著的，是林小雙胞胎姐姐。
她沒有名字。
她生來殘疾，便被關了起來。
不讓她死，卻讓她與世隔絕。
像養狗一樣養她。
她心智不高，宛若孩童。
一開始伯父家的人要把她丟進山溝裡。
是林小求他們把她留下。
一直是林小給她送飯吃。

她早盤算好了，就等計劃開始。

林小漠然將毒摻進食物裡，好好飽餐一頓吧。

第七重解答

二〇〇七，冬，大雪。

淨業寺，一片哀戚。

年逾古稀的圓慈住持即將油盡燈枯。

明心、明路都已與他告別，圓慈各交代了一些事項，最後一次傳授他們佛學感悟。

他最後招來明覺，這將是他這輩子最後見的一個人。

圓慈臉上皺紋層生，極面善，隱隱散發出淡淡的熒光，肉骨裹挾清香。他看著面前跪伏在地，形容悲戚的弟子，吐露出了人生最後幾句話。

「覺，有問？」圓慈語速極慢，吐字艱難。

「弟子確有一事想要請教，人性善惡，該當何如？」

圓慈聞言，閉上了眼。良久，從袖中取出四個信封。

「某年十月某日。冬月下山。只你知。」

「某年？十月某日？」

「隨汝。」

「是。」

明覺走後，圓慈睜開了一雙渾濁卻又清明的眼眸。裡面有憤怒，有愧疚，也有釋懷。

不多時，圓慈圓寂。

尾聲

空椅子

12月27日。

孟姑獲輕輕踏步在醫院充溢著消毒水味道的走廊上。

他來尋人，這應該是最後一次尋他了。

他輕輕敲響了病房的門。

「請進。」

孟姑獲打開門，裡面一切皆素白。床單、牆壁、瓷磚以及病服。

吳博安穿著病服，頭髮乾淨俐落，正坐在小板凳上，左手持著畫筆，正在面前的畫板上做著畫。

他畫的是一個側躺在長椅上的女子，穿著紫色長裙，身姿婀娜，線條優美，但面容卻是空白的。

而吳博安的面前，也只有一張空椅子，並沒有一位麗人。

「吳先生，你還好吧？」

「孟警官，你又來啦。我很好。」吳博安將畫筆擱在畫板上。

「畫得真好。」

吳博安淡淡道：「只是記不起那人的模樣了。」

「我相信你終究會記起來的。」接著，孟姑獲便又與他說起了林家滅門的真相。

「所以，真兇是林小？」

「是的。」

吳博安木楞地點頭。

「那我告辭了。希望下次見到你，你已經找回了自己。」

「謝謝。」

孟姑獲腳步輕盈地離開了。

吳博安靜坐著。

無聲半晌。

將畫中人的面容補完。

呆看，詭笑。

接著，撕碎。

不知山上　一九八四

我和Y翻山越嶺，路上偶遇一老和尚。

那老和尚一直盯著我倆，就在我們要經過他時，他一邁步，擋在我們前面。

「二位施主甚是面熟啊。」笑嘻嘻的。

「大師，您可別開玩笑了，昨天以前就沒見過幾回和尚。」我苦笑幾聲。

「誒——」他直搖頭，「我真見過二位。我想起來了！」

「怎麼說？」Y也來了興緻。

「我三十年前見過你們！」

我一懵，三十年前還沒我們呢。

老和尚又道：「三十年前的昨日，你們來淨業寺尋一個女孩。可惜那女孩已走了，只留下一個嬰孩。」

「三十年前的嬰孩。」我暗自琢磨，忽驚道：「那不就是淨秋！」

「原來二位已見過他啦。」

「見是見了。」

「見了就好。」

「可我們不曾見過你，更別說三十年前。」

「唉。烏飛兔走，光陰似箭，三十年一晃而過。按道理，水都能滴穿石頭哩！可二位這執念怎還是放不下啊。三十年前，你們走得多灑脫，偏偏遇上了雪崩。三十年明明那麼漫長，你們怎麼就一直不肯離開啊？」

「你等等。」我心底一慌，「今年是幾年？」

老和尚笑而不語，不再理睬，繼續行路。越走越快，幾不見人影時，忽聽他高哦：「弗知山上何人墓？史不留名換泰平。」

我一臉迷糊地看著Y，心中惘惑。Y渾不在意地聳聳肩，眼中清明。

山上，雪層一陣鬆動，有一場雪崩正在醞釀。

（全文完）

要推理80　PG2428

要有光 FIAT LUX　不知山上

作　　者	馮　格
責任編輯	喬齊安
圖文排版	蔡忠翰
封面設計	蔡瑋筠
出版策劃	要有光
發 行 人	宋政坤
法律顧問	毛國樑　律師
印製發行	秀威資訊科技股份有限公司 114台北市內湖區瑞光路76巷65號1樓 電話：+886-2-2796-3638　傳真：+886-2-2796-1377 http://www.showwe.com.tw
劃撥帳號	19563868　戶名：秀威資訊科技股份有限公司 讀者服務信箱：service@showwe.com.tw
展售門市	國家書店（松江門市） 104台北市中山區松江路209號1樓 電話：+886-2-2518-0207　傳真：+886-2-2518-0778
網路訂購	秀威網路書店：https://store.showwe.tw 國家網路書店：https://www.govbooks.com.tw
總 經 銷	聯合發行股份有限公司 231新北市新店區寶橋路235巷6弄6號4F 電話：+886-2-2917-8022　傳真：+886-2-2915-6275
出版日期	2020年12月　BOD一版
定　　價	330元

Printed in Taiwan

國家圖書館出版品預行編目

不知山上/馮格著. -- 一版. -- 臺北市：要有光, 2020.12
面； 公分. -- (要推理；80)
BOD版
ISBN 978-986-6992-57-5(平裝)

857.81 109017862

讀者回函卡

感謝您購買本書，為提升服務品質，請填妥以下資料，將讀者回函卡直接寄回或傳真本公司，收到您的寶貴意見後，我們會收藏記錄及檢討，謝謝！

如您需要了解本公司最新出版書目、購書優惠或企劃活動，歡迎您上網查詢或下載相關資料：http:// www.showwe.com.tw

您購買的書名：______________________________

出生日期：________年________月________日

學歷：□高中（含）以下　□大專　□研究所（含）以上

職業：□製造業　□金融業　□資訊業　□軍警　□傳播業　□自由業

□服務業　□公務員　□教職　□學生　□家管　□其它____

購書地點：□網路書店　□實體書店　□書展　□郵購　□贈閱　□其他

您從何得知本書的消息？

□網路書店　□實體書店　□網路搜尋　□電子報　□書訊　□雜誌

□傳播媒體　□親友推薦　□網站推薦　□部落格　□其他________

您對本書的評價：（請填代號　1.非常滿意　2.滿意　3.尚可　4.再改進）

封面設計____　版面編排____　內容____　文／譯筆____　價格____

讀完書後您覺得：

□很有收穫　□有收穫　□收穫不多　□沒收穫

對我們的建議：______________________________

____

____

____

請貼
郵票

11466
台北市內湖區瑞光路 76 巷 65 號 1 樓
秀威資訊科技股份有限公司 收
BOD 數位出版事業部

（請沿線對折寄回，謝謝！）

姓　　名：＿＿＿＿＿＿＿＿　年齡：＿＿＿＿　性別：□女　□男

郵遞區號：□□□□□

地　　址：＿＿＿＿＿＿＿＿＿＿＿＿＿＿＿＿

聯絡電話：(日)＿＿＿＿＿＿＿＿(夜)＿＿＿＿＿＿＿＿

E-mail：＿＿＿＿＿＿＿＿＿＿＿＿＿＿＿＿